grafit

Chemnitzer Str. 31, D-44139 Dortmund
Internet: http://www.grafit.de
E-Mail: info@grafit.de

Umschlagmotive: Anna-Lena Thamm; .marqs / photocase.de
Druck und Bindearbeiten: CPI – Clausen & Bosse, Leck
ISBN 978-3-89425-494-0
1. 2. 3. / 2019 18 17

Lucie Flebbe

Totalausfall

Kriminalroman

grafit

Die Autorin

Lucie Flebbe, geb. 1977 in Hameln, lebt mit Mann und Kindern in Bad Pyrmont. Mit ihrem Krimidebüt *Der 13. Brief* (noch unter dem Namen Lucie Klassen) mischte sie 2008 die deutsche Krimiszene auf. Folgerichtig wurde sie mit dem ›Friedrich-Glauser-Preis‹ als beste Newcomerin in der Sparte ›Romandebüt‹ ausgezeichnet. Mit jedem weiteren Buch sicherte sie sich eine Topplatzierung unter Deutschlands besten KrimiautorInnen.

www.lucieflebbe.de

1.

Alles war weiß.

Die Zimmerdecke über mir, der Fensterrahmen, die Gardinen, die Fassung der Lampe. Das bedeutete, dass ich mich in einem Krankenhaus befand, denn die Hölle hat bekanntlich eine andere Farbe.

Ich hatte es nicht hingekriegt? Wie konnte das sein?

Ich bemerkte, dass ich fror. Es war eine merkwürdige Art von Kälte, die ich in den Kniekehlen spürte, am Po und an meiner Wirbelsäule entlang den Rücken hinauf. Ein Gefühl, als würde ich in lauwarmem Wasser liegen und die Stellen spüren, an denen ich die kalte Badewanne unter mir berührte.

Ich senkte den Blick, um nachzusehen, was los war, und bemerkte Danner.

Er saß auf einem Stuhl, die Arme verschränkt, die Beine ausgestreckt, und starrte mich an. Seine normalerweise betongrauen Augen kamen mir unnatürlich dunkel vor, seine Miene auf aggressive Art ausdruckslos.

In meinem Kopf blitzten Erinnerungen auf, als würde in einem stockfinsteren Raum eine Neonröhre mit Wackelkontakt aufflackern.

Meine Mutter. Über mir. Mit einem blutverschmierten Handtuch in der Hand. Ein blondiertes Skelett mit einem hysterischen Anfall.

Danner, der mir ins Gesicht schlägt. Seine blutüberströmten Hände. Rote Wischspuren auf seiner Glatze.

Mein Freund starrte unverändert. Neben ihm ragte ein Metallständer auf, an dem ein Infusionsbeutel baumelte. Danners leicht vorgeschobener Unterkiefer schien angespannt, sein Gesicht versteinert.

Ich schluckte trocken.

Ich war müde. Nicht in der Verfassung für dieses Gespräch. Es war gar nicht vorgesehen gewesen, dass ich es überhaupt führen musste. Um der Situation zu entkommen, ließ ich meine schweren Lider wieder zufallen.

Mein Name ist Lila, ich bin zwanzig Jahre alt und ich habe mächtig Scheiße gebaut.

Wieso hatte es nicht geklappt? Was war schiefgegangen? Verdammt! Mein ganzes Leben lang hatte ich darüber nachgedacht – und als es drauf ankam, war ich zu blöde gewesen? Ernsthaft?

»Bist du wieder da?«, erkundigte sich Danner.

Ich kannte ihn gut genug, um den eisigen Unterton in seiner Stimme zu registrieren. Mir wurde noch kälter.

»Feigling«, zischte er verächtlich, als ich nicht reagierte.

Ich öffnete die Augen wieder.

Danners bohrender Blick tat mir körperlich weh und sollte genau das wohl auch. Sein dunkles Shirt besaß keine Ärmel, sodass die Anspannung seiner trainierten Arme nicht zu übersehen war.

»Du hörst mich also«, stellte er fest. Seine Pupillen schienen irgendwie größer als sonst, fand ich. Und sie glänzten irritierend.

»Ich liebe dich, aber ich kann das nicht, Lila«, erklärte mein Partner langsam und überlegt. Als wüsste er genau, was er sagen würde. Als wollte er sich sicher sein, dass ich ihn auch verstand.

Als seine Worte in mein Bewusstsein sickerten, stellte mein Herz seine Tätigkeit ein.

»Ich will *nie* wieder glauben müssen, du wärst tot«, sprach er so deutlich wie möglich weiter. Als wäre ihm klar, dass ich Schwierigkeiten hatte, die Bedeutung seiner Worte zu erfassen.

Erneut fiel mir das Schimmern seiner Augen auf, im gleichen Augenblick ahnte ich, was er vorhatte.

»Ich will nicht mit der Angst leben, dass du dir was antun

könntest, sobald ich dir mal den Rücken zudrehe«, wurde Danner noch präziser. »Mach eine Therapie oder so was, werde endlich erwachsen ...«, er holte tief Luft, »... und ruf mich nicht an, bevor du das tatsächlich geschafft hast. In fünf Jahren frühestens – besser in zehn.«

Eine Träne löste sich aus seinem Augenwinkel und rann über seine unrasierte Wange. Er merkte es, griff hin und stand im gleichen Moment ruckartig auf.

»Und hör verdammt noch mal endlich auf, Scheiße zu bauen! Du bist nicht mehr zwölf!«, fuhr er mich an.

Eine Sekunde lang schien er auf eine Antwort zu warten. Als ich nichts erwiderte, drehte er sich zornig um und stürmte zur Tür.

»Ich habe sie umgebracht.« Meine Stimme funktionierte nicht. Das kaum hörbare Flüstern schmerzte in meiner Kehle. »Ich hab meine Schwester umgebracht, Ben.«

Danner hatte gute Ohren. Er fuhr wieder herum – als hätte er nur darauf gewartet, dass ich genau das endlich sagte.

»Du warst vier Jahre alt!«, explodierte er. »Das war ein Unfall! Oder eine Verletzung der Aufsichtspflicht!«

Mit zwei schnellen Schritten stand er vor meinem Bett. Und es gelang ihm nicht, sein Pokerface wieder aufzusetzen.

»Außerdem hast du offensichtlich *nichts* von dem, was ich dir beigebracht habe, kapiert!« Er sah aus, als würde er mich am liebsten am Kragen hochreißen und schütteln. »Sonst hättest du wenigstens die wichtigsten Fakten mal kurz recherchiert, bevor du versuchst, dich umzubringen!«

Die Tür flog auf.

»Hallo? So geht das aber nicht!« Eine aufgeregte, kleine Krankenschwester, die Danners Wutausbruch offenbar auf dem Flur vor dem Zimmer gehört hatte, wieselte auf ihn zu.

»Du hättest zumindest mal deine Mutter fragen können, was damals passiert ist!« Danner achtete nicht auf die zierliche Pflegerin, die ihr dunkles Haar zu Rattenschwänzen zusammengebunden hatte, für die sie eigentlich zu alt war. Die Frau versuchte, ihn am Arm aus dem Zimmer zu ziehen, gab allerdings rasch wieder auf und angelte ein mobiles Telefon aus der Brusttasche ihres weißen Poloshirts.

»Deine Mutter hätte dir nämlich das Gleiche erzählt wie mir: dass dein dämlicher Bruder bei dem Unglück damals gar nicht dabei war! Den hat sie vom Klavierunterricht abgeholt, während dein Vater auf deine Schwester und dich aufgepasst hat. Was auch immer Claudius dir erzählt hat, er hat es definitiv nicht mit eigenen Augen gesehen.«

»Was?« Lautlos formten meine Lippen das Wort.

Konnte das sein?

Ihr habt gestritten. Oben, auf der Empore, vor den Kinderzimmern …

Die Stimme meines Bruders wand sich erneut in mein Bewusstsein und versuchte mit aller Macht, die Bilder, die ich nicht sehen wollte, an die Oberfläche zu zerren.

Meine Ohren begannen zu summen. Ich sah meine rechte Hand wackeln, als ich mir an die Schläfe griff und mir die Fingernägel in die Kopfhaut krallte. Als könnte ich die Erinnerungen stoppen, indem ich sie aus meinem Gehirn herausriss und im weißen Plastikmülleimer unter dem Krankenhauswaschbecken entsorgte.

Danner schaffte es, meine Gedanken zu unterbrechen, indem er mir seinen Zeigefinger grob gegen die Stirn stieß. Mein Kopf flog nach hinten ins Kissen. Die Krankenschwester schnappte nach Luft und rannte aus dem Zimmer.

»Schalte dein Gehirn mal einen kleinen Moment lang ein und denk nach«, empfahl mir Danner.

Ein übergewichtiger Wachmann in blauer Uniform stürzte herein, riss Danner von mir weg und drehte ihm einen Arm auf den Rücken.

Danner ignorierte ihn: »Ein Typ, der bekannterweise zur Gewalttätigkeit seinen Kindern gegenüber neigt, ist mit seinen beiden Töchtern allein zu Hause. Als seine Frau wiederkommt, ist eins der Mädchen tot. Wer könnte wohl eher daran schuld sein? Eine Vierjährige? Oder vielleicht doch der Vater?«

Seine Worte schnürten mir die Luft ab.

Der Wachmann ruckte warnend an Danners verdrehtem Arm. Kapitulierend hob mein Freund die freie Hand und ließ sich endlich aus dem Zimmer schubsen.

Ich blieb liegen. Unfähig, mich zu bewegen. Oder zu begreifen, was er gerade gesagt hatte.

Irgendwann registrierte ich Staschek.

Der Kriminalkommissar saß an meinem Bett. Auf dem Stuhl, auf dem kurz zuvor noch Danner gesessen hatte. Oder war es schon länger her? Eine Stunde? Einen Tag? Oder zwei?

Verdammt! Ich wusste es nicht.

Vielleicht sogar noch länger? Verschwommen tauchte das Bild meiner Mutter in meinem Kopf auf, die an meinem Krankenbett stand. Leichenbleich und reglos, irgendwie untot. War sie wirklich hier gewesen? Oder hatte sie mich lediglich in einem Albtraum heimgesucht?

Staschek war jedenfalls da. Er sah verändert aus. Schlank natürlich, aber nicht mehr abgemagert. Sein schmales Gesicht mit den schönen braunen Hundeaugen wirkte plötzlich wieder ansprechend gebräunt. Die neuen grauen Strähnen in seiner kastanienfarbenen Haartolle glänzten geschmeidig. Und er war ordentlich gekleidet.

Seine Frau Verena stand hinter ihm, bemerkte ich jetzt. Ihre schlanken Hände lagen auf den Schultern ihres Mannes. Und ihr hüftlanger, lackschwarzer Zopf baumelte über ihrer rechten Schulter.

Der Chef der Mordkommission faselte wirres Zeug. Die Bedeutung seiner Worte erreichte mein Bewusstsein erst, als der Stuhl an meinem Bett schon lange wieder leer war.

Hatte er wirklich so was wie »Verena kennt eine gute Therapeutin« gesagt?

Und: »Du kannst bei uns wohnen, wenn du willst. Lena und die Jungs würden sich freuen. Wir kriegen das hin, Lila.«

Hatte er das tatsächlich vorgeschlagen? Oder hatte ich mir das nur eingebildet? War vielleicht sein ganzer Besuch eine Halluzination gewesen? Das Resultat hochdosierter Beruhigungsmedikamente?

Zur Bestätigung meiner Vermutung schwebte lautlos eine weiß gekleidete Pflegerin in mein weißes Zimmer. Wie ein gut getarnter Geist bewegte sie sich um mein Bett und fummelte an der Infusion herum, die immer noch über mir baumelte.

Mit den Augen folgte ich dem dünnen Plastikschlauch, durch den eine durchsichtige Flüssigkeit aus dem Beutel sickerte. Bis zu einem venösen Zugang in meiner rechten Ellenbeuge, der mir bisher nicht aufgefallen war.

Zum ersten Mal nahm ich nun auch meine linke Hand wahr, die dick einbandagiert auf meinem Bauch auf der Bettdecke lag. Wie der Plastikarm einer Schaufensterpuppe, den jemand aus unerfindlichen Gründen dort abgelegt hatte. Ein Fremdkörper, der nicht zu mir gehörte.

Ich konnte die Spitzen meiner mit Mull umwickelten Finger sehen, wusste aber nicht genau, wie ich sie bewegen sollte. Als hätte ich vergessen, wie das ging.

Die Krankenschwester lenkte mich ab. Sie hatte einen neuen prall gefüllten Infusionsbeutel an der Halterung befestigt und huschte nun zur Zimmertür. Vor der weißen Wand verschwammen ihre Konturen wie im Nebel, bevor sie sich komplett auflösten.

Ich blinzelte verwundert.

Doch der Nebel breitete sich weiter im Zimmer aus. Verschluckte das Waschbecken. Und das Fenster. Ich schloss die Augen, weil mir schwindelig wurde.

Als ich mich das nächste Mal traute, vorsichtig zu blinzeln, saß Molle an meinem Bett.

Scheiße!

Der Dicke hatte sein neuerdings rasiertes Gesicht mit den himmelblauen Augen und den Hängebäckchen in den Händen vergraben und rührte sich nicht.

Ich kniff die Augen schnell wieder zu und tat, als würde ich schlafen.

So ein Mist! Molle hatte ich nun wirklich nicht sehen wollen.

»Die ist ja echt krass drauf, was?«, hörte ich eine männliche Stimme, die nicht Molle gehörte. Es dauerte einen Augenblick, bis ich sie zuordnen konnte. Anscheinend hielt sich Molles verlorener – beziehungsweise gerade wiedergefundener Sohn Jonas ebenfalls im Zimmer auf.

Und Molles Exfrau Margo war anscheinend auch da. Ihre dunkle Stimme mit dem kaum hörbar rollenden R identifizierte ich sofort. Sie schlug vor, mich in Ruhe zu lassen, damit ich mich erholen könne.

Danke, Margo.

Erleichtert gab ich dem Wunsch, wegzudämmern, nach.

»Du grottenblöde, verlogene, rücksichtslose Schlampe! Sei froh, dass meine Mutter erst jetzt Zeit hatte, mit mir nach Hannover zu fahren! Sonst hätte ich nämlich doch noch erledigt, wozu du selbst offensichtlich zu dämlich bist!«

Die Sonne blendete mich durch das weiß gerahmte Fenster, als ich erstaunt die Augen öffnete.

Heute wusste ich zumindest, dass es Vormittag war. Und ich konnte mich an gestern erinnern. Und an die asiatisch aussehende Nachtschwester, die mich samt Bett in ein anderes weißes Zimmer geschoben hatte. Und an das Frühstück, das ich nicht angerührt hatte.

Lena saß an meinem Bett.

Und sie verschwamm fast gar nicht vor meinen Augen.

Ich sah am Infusionsständer hoch. Der mit Flüssigkeit gefüllte Beutel war verschwunden. Ich meinte, mich daran zu erinnern, wie ein Pfleger ihn nach einer Visite von drei bis fünf Geistern entfernt hatte.

Lena beobachtete mich abschätzend. Meine beste Freundin hatte die langen, mageren Beine übereinandergeschlagen, die Arme unter dem weiten Ausschnitt ihres hellen Sommershirts verschränkt. Die braunen Augen, das dichte, kastanienfarbene Haar und das schmale Gesicht hatte sie von ihrem Vater geerbt. Doch ihr Blick war wacher. Und ihre Miene ... Na ja.

»Und du hinterfotziges Miststück hast behauptet, meine Freundin zu sein?«, beschimpfte sie mich weiter, als sie bemerkte, dass sie mich geweckt hatte.

Die Kälte, die Müdigkeit und die Geister waren verschwunden.

Und fast war ich erleichtert, dass Lena zwar ziemlich sauer, aber nicht besonders verzweifelt aussah. Damit konnte ich wahrscheinlich umgehen.

Also ließ ich die Augen offen.

»Ich würde dich wirklich gern erwürgen«, wiederholte Lena giftig. »Im Augenblick wäre das bestimmt nicht mal schwierig! Es wäre nur nicht befriedigend, wenn ich dir damit womöglich einen Gefallen täte.«

Mein Blick blieb an dem Plastikgriff hängen, der über meinem Bett baumelte. Die Schwestern nannten ihn ›Galgen‹.

Meine rechte Hand konnte ich anheben, die verbundene linke zuckte zumindest. Ich erwischte den Griff und zog mich aus dem Kissen.

Das Zimmer schaukelte hin und her, als ich saß. Ich achtete nicht darauf, sondern versuchte, mich auf meine Freundin zu konzentrieren.

»Warum hat es nicht geklappt?«, wollte ich wissen. Meine Stimme krächzte, war heute aber zumindest zu hören.

Lena zog die Brauen hoch. »Glaubst du, ich lasse mich von dir aushorchen?«, schnappte sie dann. »Damit du es beim nächsten Versuch besser machen kannst, oder was?«

Eine Sekunde lang zögerte ich. Eher als ich selbst hatte Lena geschnallt, worauf ich hinauswollte. Aber wenn ich herausfinden wollte, was eigentlich schiefgelaufen war, war das gerade die beste Gelegenheit, die ich bekommen würde. Lena wusste doch garantiert, was geschehen war. Ihr Vater war als Kriminalkommissar und Danners bester Kumpel im Bilde. Und wenn Lena sich in den Kopf gesetzt hatte, etwas aus Staschek herauszuquetschen, konnte er nicht dichthalten.

»Es hätte funktionieren müssen«, ließ ich nicht locker. »Ich kann mich nicht erinnern. Du musst mir helfen … bitte.«

Eine Gänsehaut kroch meinen Rücken hinauf, als ich Lenas schöne Rehaugen schimmern sah.

Reiß dich zusammen! Nicht heulen jetzt!

»Schwör mir, dass du so was nie wieder machst«, verlangte meine Freundin von mir.

Fuck.

Ich senkte den Blick.

Lena atmete scharf ein. Sie hatte den Spieß umgedreht und mich ausgehorcht, begriff ich zu spät.

Wer könnte wohl eher daran schuld sein? Eine Vierjährige? Oder vielleicht doch der Vater?, gingen mir Danners Worte durch den Kopf.

»Du willst dich immer noch umbringen?«, fragte Lena entsetzt.

Weil ich mich mit der nicht bandagierten rechten Hand festhalten musste, zuckte meine linke an meine Stirn.

»Ich bemühe mich, okay?«, versuchte ich, einen Kompromiss auszuhandeln.

»Du willst dich *bemühen,* keinen Selbstmord zu begehen?« Lena ruckte mit ihrem Stuhl von mir zurück, als wäre mir unbemerkt ein Auge aus dem Gesicht gekullert und sie hätte dadurch begriffen, dass in Wahrheit Frankensteins Monster vor ihr im Krankenhausbett lag.

»Soll ich lügen?«, erkundigte ich mich kühl.

Lenas Schultern sackten nach vorn. Mitsamt dem Stuhl und dem Rest des Zimmers drehte sie sich um mein Bett herum. Es fiel mir schwer, sie im Blick zu behalten.

»Ich muss wissen, was überhaupt passiert ist, verstehst du das nicht?«, bearbeitete ich sie trotzdem weiter. »Die Tabletten hätten für einen Elefanten gereicht. Wieso hat das nicht funktioniert?«

Mit traurigem Bambi-Blick sah Lena mich an. »Molles Krankenhauszimmer hatte ein eigenes Klo«, sagte sie dann. Aus ihrem resignierenden Tonfall schloss ich, dass mir das irgendetwas erklären sollte, doch es gelang mir nicht, diesen Gedankensprung mitzumachen.

Letzte Woche war Molle wegen eines Herzinfarktes in einem Bochumer Krankenhaus behandelt worden. Ich erinnerte mich an die piependen und blinkenden Monitore auf der Intensivstation. Und auch an das Zimmer, auf das er danach verlegt worden war. Das hatte eine eigene Toilette besessen, okay.

Aber was hatte das Krankenhausklo damit zu tun, dass ich weit entfernt, in der Villa meiner Eltern in Hannover, offenbar zu wenige Schlaftabletten geschluckt hatte?

»Als du aus dem Krankenhaus abgehauen bist, hast du behauptet, du müsstest auf die Toilette«, half Lena mir auf die Sprünge. »Das hat Papa mir jedenfalls so erzählt.«

Ich nickte langsam.

Mein Bruder Claudius hatte mich geködert. Mit dem dunklen Familiengeheimnis, das es meinen Eltern angeblich unmöglich machte, mich zu mögen. Die Antwort auf alle Fragen, die ich mir mein Leben lang gestellt hatte. Ich hatte nicht anders gekonnt, als mich klammheimlich aus dem

Krankenhaus zu schleichen. Allein, ohne jemandem davon zu erzählen, weil ich meine Probleme selbst lösen wollte. Und wohl wissend, dass es sich bei dem Treffen mit Claudius vermutlich um eine Falle handelte. Um einen weiteren Versuch meiner Familie, mich dazu zu bringen, die Anzeige wegen häuslicher Gewalt gegen meinen Vater zurückzuziehen.

»Du hättest einfach die Toilette in Molles Zimmer benutzen können«, fuhr Lena fort. »Da hat aber keiner drüber nachgedacht. Erst als du nicht wieder aufgetaucht bist, hat Ben geschnallt, dass du abgehauen sein musstest. Im Krankenhaus warst du nicht mehr. In eurer Wohnung war seine Waffe weg. Da war er ziemlich sicher, dass dein Verschwinden mit deiner Familie zusammenhängen muss. Papa hat Bochum nach dir abgesucht und Ben ist nach Hannover gefahren. Er wusste offenbar, wo deine Eltern wohnen, und hat wohl noch deinen Bruder aus dem Haus kommen sehen.«

Ich schwieg.

Am Grab meiner Großmutter hatte mein Bruder mir enthüllt, dass ich nicht nur die Existenz meiner älteren Schwester Fee vollkommen verdrängt hatte, sondern auch, dass ich selbst sie als Vierjährige im Streit durch das morsche Geländer der Empore in der Eingangshalle der Villa meiner Eltern gestoßen und so getötet hatte.

Nach dieser Erkenntnis begann mein Filmriss. Ich hatte keine Ahnung, wie ich vom Friedhof ins Haus meiner Eltern gelangt war und was dort passiert war. Na gut, bis auf das verschwommene Bild der Rasierklinge vielleicht, deren gesamte untere Hälfte in meinem linken Handgelenk gesteckt hatte.

Mein Blick wanderte auf den dicken, weißen Verband an meinem Unterarm.

»Als dein Bruder verschwunden war, ist Ben ums Haus geschlichen«, berichtete Lena weiter. »Weil hinten eine Terrassentür offen stand, hat er deine Mutter um Hilfe rufen gehört.«

Meine Mutter?

Gebannt hing ich an Lenas Lippen. Sie hatte aufgehört, sich zu drehen.

Lena räusperte sich. »Hätte deine Mutter nicht nach dir gesehen, sobald dein Bruder weg war, und versucht, die Blutung zu stoppen, wäre Ben wohl zu spät gekommen. Er sagt, das Zimmer war komplett weiß eingerichtet und überall war Blut. Auf dem Teppich, der Kommode, den Medikamentenschachteln. Als er die leeren Packungen entdeckt hat, hat er dir den Finger in den Hals gesteckt.«

Bambis Augen funkelten gefährlich.

»Dann kam das volle Programm. Magen auspumpen, Bluttransfusionen, zwei Tage Koma.«

Zwei Tage? Wie lange war ich eigentlich schon im Krankenhaus?

»Ben spricht kein Wort«, beendete Lena ihren Bericht böse. »Molle ist kurz vorm nächsten Herzinfarkt. Und ich ...«

Ich spürte den Impuls, den fiesen Tiefschlag, der ohne Zweifel folgen würde, abzuwehren. Doch ich konnte den Galgen nicht loslassen.

»... hasse dich, weil du dich umbringen willst, obwohl du ganz genau weißt, dass ich schon einmal meine beste Freundin verloren habe.«

Autsch.

»Mehr konntest du nicht kaputtmachen«, meinte Lena bitter. »Herzlichen Glückwunsch.«

Das Zimmer rauschte zur Seite. Ich verlor das Gleichgewicht, der Galgen rutschte mir aus den Fingern, ich kippte ins Kissen zurück.

»Dass du das alles nicht rückgängig machen kannst, ist klar, oder?«

Ehrlich gesagt, war mir gar nichts klar. Irgendetwas rückgängig machen zu wollen, war nicht geplant gewesen. So weit hatte ich nie gedacht.

Ich schloss die Augen. Hatten Danners Worte irgendwo

in mir einen winzigen Funken Hoffnung aufglimmen lassen, dass es doch eine klitzekleine Chance für mich geben könnte, mit dem Wissen um den Tod meiner Schwester weiterzuleben, dann hatte Lena die kleine Flamme gerade zwischen zwei Fingern zerquetscht.

Denn sie hatte vollkommen recht: Es gab nichts mehr, wofür sich das Weiterleben lohnen würde.

Mein Leben in Bochum, meine Beziehung zu Danner, die sich in letzter Zeit als überraschend stabil erwiesen hatte, meine Freundschaft mit Molle, Staschek, Lena, meinen Job als Privatdetektivin – einfach alles hatte ich mit einem gigantischen Knall in die Luft gesprengt. Unwiederbringlich vernichtet.

Wie eine dicke, schwarze Wattewolke senkte sich diese Erkenntnis über mein Bewusstsein.

»Du hast versprochen, dich zu bemühen«, hörte ich Lena gedämpft durch die Watteschicht sagen. »Denk daran.«

2.

»Sie können sich vermutlich denken, warum wir heute miteinander sprechen, Frau Ziegler.«

Seit Lenas Besuch waren zwei weitere Tage vergangen und heute hatte ich ohne Probleme aufstehen und in das Behandlungszimmer des Arztes am Flurende hinübergehen können. Der venöse Zugang, die Nadel mit dem Schlauchanschluss aus Plastik, steckte noch in meiner Ellenbeuge, aber schon seit Tagen waren keine Infusionen mehr daran angeschlossen worden. Und den dicken, weißen Mullverband an meinem linken Handgelenk hatte eine Nachwuchschirurgin gestern Nachmittag durch ein sechs Zentimeter langes, hautfarbenes Pflaster ersetzt, nachdem sie die aus der frischen Narbe ragenden Fäden herausgezogen hatte.

Der Rasierklingenschnitt war mit fünf Stichen vernäht worden. Davon waren jetzt nur noch rote Punkte zu sehen.

Dr. Dr. G. Schneider – Chefarzt Akutpsychiatrie, stand aufgestickt auf der Brusttasche am Kittel des Mannes hinter dem Schreibtisch.

Ich ging davon aus, dass er mich einbestellt hatte, weil er mein Krankenzimmer neu belegen wollte.

»Denken ist heute nicht meine Stärke«, blockte ich den Gesprächsversuch ab. Mir war egal, was als Nächstes passierte.

Das Krankenhausnachthemd hatte ich gegen eine Jeans und ein langärmeliges schwarzes Shirt ausgetauscht. Neben dem Mülleimer unter dem Waschbecken hatte ich meinen alten Rucksack und Danners vollgestopfte, schwarze Sporttasche entdeckt und die Klamotten herausgefummelt. Genauer hatte ich nicht hineinsehen müssen, um zu wissen, dass sich all meine Sachen aus Danners Wohnung darin befanden. Ich war keine Shoppingsüchtige, mein gesamter Besitz passte bequem in die beiden Taschen hinein.

Es war also Schluss. Endgültig. Das war keine Kurzschlusstrennung nach einem eskalierten Streit. Ich hatte zwei Tage im Koma gelegen. Danner hatte ausreichend Zeit gehabt, darüber nachzudenken, was er tun würde, wenn ich wieder aufwachte.

Ich liebe dich …

In meiner Brust verknotete sich irgendwas.

Noch nie war jemand auf die Idee gekommen, das zu mir zu sagen. Ironie des Schicksals, dass Danner ausgerechnet in dem Moment damit anfing, in dem er unsere Beziehung beendete.

Aber nicht einmal das tat mir wirklich weh.

Es gab kein Zuhause mehr, in das ich zurückkehren konnte, wenn Dr. Dr. mich jetzt hinauswarf. Ich würde auch keines mehr brauchen.

Dr. Dr. musterte mich kritisch. Er gehörte zur Spezies

›Gott in Weiß‹: ein schmaler, intellektueller Typ mit einer dominanten Nase im ernsten Gesicht, Nickelbrille und kurz geschnittenem, dunklem Haar.

Eine Sekunde lang beobachtete er mich unzufrieden, bevor er einen Stift zückte und etwas in die Akte kritzelte, die ausgebreitet vor ihm auf dem Tisch lag.

Automatisch senkte sich mein Blick auf das Blatt. Obwohl ich über Kopf lesen musste, konnte ich den Vermerk leicht entziffern. Für einen Mediziner hatte er eine recht akzeptable Handschrift.

Antriebsarmut, emotionale Abgestumpftheit – V. a. akute depressive Episode.

Wichser.

»Gut, Frau Ziegler.« Dr. Dr. legte den Stift zur Seite und presste die langen Finger zur Bundeskanzlerinnenraute zusammen, bis seine Gelenke knackten. »Dann kläre ich Sie mal über den Grund für unser heutiges Zusammentreffen auf: Ihr körperlicher Zustand hat sich so weit stabilisiert, dass ein Aufenthalt in unserem Haus nicht mehr notwendig ist.«

Ich sparte es mir, Überraschung zu heucheln.

»Ihr seelischer Zustand ist meiner Meinung nach allerdings alles andere als zufriedenstellend«, fuhr der Arzt fort. »Ich gehe davon aus, dass Sie unter einer Depression leiden.«

Meine Augenbrauen zuckten nach unten.

»Diese Erkrankung ist bei Jugendlichen und jungen Erwachsenen keine Seltenheit. Und sie ist glücklicherweise gut therapierbar. Eine erneute Eskalation, die womöglich wieder zu einem Suizidversuch führt, ist sicherlich vermeidbar. Deshalb …«, er zog einen Zettel aus der Akte und kritzelte wieder, »… deshalb überweise ich Sie von hier aus direkt in ein anschließendes Heilverfahren, in eine stationäre psychosomatische Therapie.«

»Was?« Ich richtete mich auf.

»Depressionen sind behandelbar, Frau Ziegler«, wiederholte sich der Arzt. »Vorausgesetzt, sie werden behandelt.«

Ich muss nicht behandelt werden, du Hirn! Ich muss nur hier raus! Und zwar zügig.

Einem spontanen Fluchtimpuls folgend, erhob ich mich: »Ich glaube nicht, dass das nötig ist.«

»Das zu beurteilen, ist meine Aufgabe«, korrigierte mich der Arzt. »Aber ...«

Er presste erneut die Hände gegeneinander und legte die Fingerspitzen nachdenklich ans Kinn.

»Aber ich könnte Ihnen eventuell die Wahl lassen zwischen einem dreiwöchigen Aufenthalt auf einer akutpsychiatrischen Station oder ... Wenn Sie gewillt wären, ernsthaft und freiwillig an Therapieangeboten teilzunehmen, dann käme unter Umständen auch eine psychosomatische Fachklinik infrage.«

»Akutpsychiatrische Station?«, schnappte ich. »Sie wollen mich in die Geschlossene stecken? Das können Sie nicht gegen meinen Willen. Ich bin ja nicht Amok gelaufen, oder so.«

Dr. Dr. hob seine scharfkantige Nase ein kleines Stückchen höher. Es gelang ihm, auf mich herabzusehen, obwohl er hinter dem Schreibtisch saß und ich immer noch stand.

»Liegt eine akute Selbstgefährdung vor, ist ein vorübergehender Aufenthalt in einer geschlossenen Psychiatrie zu Ihrem eigenen Schutz möglich. In Hildesheim stünde ein entsprechender Therapieplatz für Sie zur Verfügung.«

Scheiße.

Geschlossene Psychiatrie. Das klang nach abgeschlossenen Fenstern, Beruhigungsmitteln und Zwangsjacken.

Ein bitter schmeckender Anflug von Panik kroch meine Kehle hinauf. Der betäubte Zustand, in dem ich mich befand, würde nicht ewig anhalten. Früher oder später würden die Erinnerungen zurückkehren.

Mir blieb nicht viel Zeit. Aber ich brauchte einen Plan. Einen, der besser funktionierte. Und der ohne einen unbegrenzten Vorrat verschreibungspflichtiger Medikamente auskam, denn an den würde ich kein zweites Mal so einfach herankommen.

In einer geschlossenen Abteilung würde ein Selbstmord recht schwierig werden.

»Sollten Sie sich allerdings einsichtig zeigen und aktiv an Ihrer Erkrankung arbeiten wollen«, hörte ich Dr. Dr. weitersprechen, »und mich davon überzeugen, dass keine akute Selbstgefährdung vorliegt, könnte ich eventuell den Aufenthalt in der psychosomatischen Fachklinik empfehlen. Eine Kombination aus Gesprächstherapie und Bewegung hat sich als wirksames Mittel bei Depressionen erwiesen. Sie sind jung und ansonsten gesund, mit der richtigen Hilfe könnten Sie gestärkt aus dieser Krise hervorgehen und langfristig vielleicht sogar um eine Psychopharmaka-Medikation herumkommen.«

Ich starrte ihn an.

»Haben Sie irgendeine Meinung dazu?«, wollte er wissen, weil ich immer noch nicht antwortete.

»Wie läuft das in so einer psychosomatischen Klinik?«, erkundigte ich mich misstrauisch.

»Ähem ...« Dr. Dr. deutete auf den Stuhl vor dem Schreibtisch. Zögernd setzte ich mich wieder. »Bei der Psychotherapie handelt es sich ebenfalls um eine stationäre Maßnahme«, fuhr der Mediziner fort. »Sie bekommen ein Zimmer in einer Klinik, tagsüber nehmen Sie an den Anwendungen teil, abends haben Sie frei.«

»Offener Vollzug, sozusagen?«

»Wenn Sie so wollen.«

Ich hatte Dr. Dr. zum Schmunzeln gebracht.

»Abends und am Wochenende können Sie, soweit ich weiß, machen, was Sie möchten. Ein Buch lesen, gemeinsame Unternehmungen mit Ihren Mitpatienten starten, spazieren gehen. Viele Kliniken bieten ein Freizeitprogramm an. Also?«

Eine echte Wahl blieb mir nicht. Ich nickte langsam.

Der Mediziner grunzte zufrieden und wandte sich seinem Computer zu. »Mal sehen, ob wir hier in Hannover einen Platz für Sie finden …«

Ich zuckte zusammen. Der Gedanke, dass mein Vater mir jederzeit einen Überraschungsbesuch abstatten konnte, behagte mir gar nicht. Auch wenn ich prinzipiell kein Problem mit dem Sterben hatte, wollte ich ungern im Affekt erschlagen werden.

»Weit weg wäre mir lieber«, entgegnete ich.

Dr. Dr. runzelte die Stirn und tickerte auf der Tastatur herum: »Wie wäre es mit Passau?«

Passau? Ich hatte keine Ahnung, wo das lag.

»Bochum wäre schön«, war mir herausgerutscht, bevor ich darüber nachgedacht hatte.

Dr. Dr. sah mich verwirrt an.

Was für einen Quatsch redete ich da? Ich hatte kein Leben mehr in Bochum! Es wurde höchste Zeit, dass ich das schnallte! Die Stadt war nicht mehr meine Zuflucht, mein rosa Wolkenschloss, mein sicherer Ort, an dem mir nichts passieren konnte. Ich konnte nicht dorthin zurückkehren.

… aber vielleicht konnte ich noch einen Blick in Molles Kneipe werfen. Nur ganz kurz. Durchs Fenster oder so. Nur um mich noch einmal daran zu erinnern, wie es sich anfühlte, denn die schmuddelige Ruhrpottkneipe mit den karierten Tischdecken und dem liebevoll polierten, alten Tresen hatte mich immer gewärmt wie ein knisterndes Kaminfeuer.

Eine Sekunde lang bekam ich keine Luft. Ich ahnte, dass mir nicht mehr viel Zeit blieb. Und dass ich auf keinen Fall noch einmal in die Nähe der Kneipe kommen durfte. In diese Richtung sollte ich besser nie wieder denken.

»Bochum ist nicht unbedingt als Kurort bekannt …«, murmelte Dr. Dr.

War ja auch scheißegal.

Gleichgültig zuckte ich die Schultern.

Der Arzt fing an, auf seiner Computertastatur herumzuhacken. »Das Hochsauerland ist in der Nähe …«, murmelte er. »In Hamm gibt es auch eine psychosomatische Klinik, das weiß ich, weil ich den Chefarzt kenne, aber … Moment! Da gibt es tatsächlich ein stationäres Angebot«, wunderte er sich.

Ich hielt den Atem an.

Er tickerte noch mal und zog dabei, ohne hinzusehen, einen weiteren Zettel aus der Ablage.

»Die Leitung kenne ich nicht. Ehrlich gesagt, bin ich bisher nicht darauf gekommen, jemanden ausgerechnet nach Bochum zu schicken. Aber ich sehe mal, was ich für Sie tun kann, Frau Ziegler …«

Er warf einen Blick auf den Zettel und notierte *Z. n. Suizidversuch (Schnittverletzung A. radialis, V. radialis, Medikamentenüberdosis)* unter seinem Depressionsverdacht auf dem Überweisungsschein.

»Fangen Sie schon mal an zu packen.«

3.

Mein Herz pochte dumpf und schwer von innen gegen mein Brustbein. Dass es nicht herumflatterte wie ein hysterischer Wellensittich, der jeden Augenblick mit einem Herzinfarkt tot von seiner Käfigstange kippen konnte, verdankte ich vermutlich den drei Tabletten, die ich heute Morgen um sechs statt eines Frühstücks serviert bekommen hatte. Jetzt kamen mir die Herzschläge irgendwie zu langsam vor. Es fühlte sich an, als würde nicht genug Blut mein Gehirn erreichen.

Ein Taxi hatte heute Morgen vor dem Krankenhaus auf

mich gewartet und mich weggebracht. Weg von meiner Familie und von dem von Efeu überwucherten Grabstein mit dem eingravierten Engel.

Krankentransport, hatte die Pflegerin, die mich in den Wagen gesetzt hatte, das genannt. Möglicherweise hatte Dr. Dr. Zweifel daran gehabt, dass ich mich in den richtigen Zug setzte und auch wirklich in der Klinik ankam. Vielleicht hatte er mich auch nicht in unmittelbarer Nähe eines heranrollenden Zuges wissen wollen.

Feiner Nieselregen hatte die schwarzgraue Autobahn und die schwarzgrauen Wolken vor der Frontscheibe verschwimmen lassen. Das Wetter passte ausgezeichnet zu meiner allgemeinen Stimmungslage. Der Rentner mit der Schiebermütze kaute auf einem Lollistiel, während er das Taxi steuerte. Bis Bad Oeynhausen hatte ich ihn angeschwiegen, dann hatte er den Schlagersender, der im Radio lief, laut gestellt.

Wie üblich staute sich der Verkehr auf dem Ring vorm Bochumer Bahnhof, weil ein über zwölf Meter hoher Quader aus rostigem Stahl mitten auf der Straße im Weg stand. Der Berufsverkehr musste sich drum herumschlängeln. Auf den ersten Blick sah das Ding aus, als wäre ein Frachtcontainer aus einem Flugzeug gestürzt, hätte sich in die Fahrbahn gerammt und würde dort vor sich hin rosten, weil sich niemand die Mühe machte, den Schrott wegzuräumen. Aber nach fast einem Jahr in Bochum wusste ich, dass es sich bei dem Schrott um das sogenannte *Terminal* handelte. Eine Stahlskulptur. Kunst.

Wie Wachtürme einer Festung ragten die sechzehn Stockwerke des Europahauses und die Zwillingstürme in den wolkenverhangenen Himmel. Dazwischen führte eine schmale Spalte in der Mauer aus Häuserfronten in die Innenstadt.

Vor nicht einmal einem Jahr war mir die Stadt eng, grau und feindselig vorgekommen. Heute fühlte sich alles so vertraut an, dass mir schwindelig wurde.

Ich stützte die Ellenbogen auf die Oberschenkel und ließ das Gesicht in die Hände sinken.

»Kotz mir nicht ins Auto!«, fuhr mich der Fahrer an, während Costa Cordalis *Anita!* jodelte.

»Geht schon«, murrte ich, ohne den Kopf zu heben.

Was wollte ich hier?

Um kurz nach neun lenkte der Mann mit der Schiebermütze den Wagen vom Ring Richtung Stadion. Gleich darauf bog er in eine schmale Straße Richtung Stadtpark ein. Rechts neben mir erhob sich ein langer, zweigeschossiger Altbau aus braunem Ziegelstein mit gemauerten Rundbögen über den Fenstern und Gauben im Dachgeschoss.

Willkommen im Klinikum Birkenhain, las ich auf einem Schild neben einer tunnelartigen Durchfahrt, die durch das Erdgeschoss des Gebäudes hindurch in einen quadratischen Innenhof führte.

Die einzelne Birke, der die Klinik anscheinend ihren Namen verdankte, stand in der Hofmitte. Neben einer Bank und einem Mülleimer. Der Wagen rumpelte über das vom Regen glänzende Kopfsteinpflaster und hielt vor einer großen Glastür mit einem ausladenden Vordach.

Dicke Regentropfen prasselten auf das Autodach und in meine Haare, als ich aus dem Wagen stieg, aber ich spürte es kaum. Das Gebäude ragte rechtwinklig um den Innenbereich auf. Fühlte sich wie ein Gefängnishof an.

Der Fahrer ließ meinen Rucksack und Danners Reisetasche neben meine Füße plumpsen, stieg wieder in den Wagen, kurvte einmal um die Birke und dann durch den Tunnel hinaus auf die Straße.

Jetzt stand ich allein im Regen im Innenhof der Klinik. Ich betrachtete die Anlage. An der Straße entlang verlief der Altbau, durchbohrt von dem Tunnel, durch den das Taxi in den Hof gelangt war. Die verwitterten Ziegelmauern und das Satteldach mit den Gauben verrieten das Alter des Traktes. Die anderen drei Seiten waren darangeschusterte Neubauten mit roten Klinkerfassaden, hohen, weißen Kunststofffensterreihen und Flachdächern. Eine Seite des Vierecks war vierstöckig, die anderen drei Seiten mit zwei Stockwerken deutlich niedriger.

Über meinem Kopf rauschte der Regen in den Blättern der Birke. Im Mülleimer lagen Fast-Food-Verpackungen und eine kaputte Colaflasche.

Spitzenidee, meine Therapie mitten in der Bochumer Innenstadt zu machen. Einen Ort zu finden, an dem ich mich ungestört umbringen konnte, wäre in einer ruhig gelegenen Klapse, irgendwo auf einem Berg im Hochsauerland einfacher geworden.

Der Regen durchweichte mein dünnes, schwarzes Langarmshirt. Es hatte Löcher im Saum der Ärmel, durch die ich die Daumen stecken konnte. So verdeckte das Oberteil das große Pflaster an der Innenseite meines linken Handgelenkes und der Ärmel konnte nicht aus Versehen hochrutschen.

Aus meinen kinnlangen Haaren lief ein Rinnsal über meine Wange. Meine Hände zitterten, aber die Kälte spürte ich nicht.

Ich überlegte, ob das an den Scheißegaltabletten von heute Morgen lag. Vermutlich nicht. Ich befand mich noch immer in diesem irgendwie weggetretenen Zustand, in dem es ganz einfach war, mir mit einer Rasierklinge den Unterarm aufzuschlitzen und zuzusehen, wie ich verblutete.

Der Gedanke lenkte meinen Blick auf den Mülleimer unter der Birke. Auf die kaputte Colaflasche, die ganz oben in einem aufgerissenen Pizzakarton lag. Automatisch machte ich einen Schritt darauf zu. Eine Scherbe mit einer scharfkantigen Spitze fiel mir ins Auge.

»Kann ich Ihnen helfen?«

Wie aus dem Nichts war eine Frau neben mir aufgetaucht, die sich eine Aktentasche über die streichholzkurzen, dunklen Haare hielt, um sich vor dem Regen zu schützen.

Na ja, aus dem Nichts aufgetaucht war sie wahrscheinlich nicht. Der Hof war nicht gerade klein und sie musste ihn überquert haben, bevor sie mich erreicht hatte. Ich nahm im Augenblick vielleicht die Kälte und den Schmerz nicht wahr, aber einiges andere offenbar auch nicht.

»Zur Rezeption geht es hier entlang. Kommen Sie.« Sie hob meinen Rucksack auf und hielt ihn mir hin. Auf ihren Wangen tauchten tiefe Grübchen auf, als sie lächelte.

Ich unterdrückte ein genervtes Seufzen. Die Dunkelhaarige klemmte ihre Aktentasche unter den Arm, schnappte mit der einen Hand meinen Ellenbogen, mit der anderen Danners Sporttasche und schob mich vorwärts.

Klinikum Birkenhain – Haupteingang, stand in lindgrünen Buchstaben auf weißem Hintergrund gut sichtbar auf dem Schild neben der Glastür.

Klinik für Psychosomatik und Psychotherapie – Behandlung von Depressionen, Angst- und Zwangsstörungen, Störungen der Krankheitsverarbeitung und Essstörungen, überflog ich die Erläuterungen darunter.

Die Tür surrte automatisch zur Seite und meine Begleiterin schüttelte den Regen aus ihren kurzen Haaren. Sie war ein Stück größer als ich, mit weiblichen Rundungen, und sie trug Hippielook: ein fließendes, weinrotes Oberteil mit geschnürtem Ausschnitt und überlangen Trompetenärmeln, unter dem ihr Hüftspeck verschwand. Dazu verblichene Jeans, unter deren ausgestelltem Bein rote Chucks mit weißen Schnürsenkeln hervorlugten.

»Hallo, Maria«, wandte sich meine Begleiterin an die Frau hinter dem Empfangstresen. »Ich glaube, die junge Dame hier möchte anreisen.«

Sie zwinkerte mir aufmunternd zu, bevor sie sich verabschiedete. Anscheinend würde mich nun Maria weiterbetreuen.

»Wie heißen Sie denn?« Obwohl Maria bestimmt schon

fünfzig war, trug sie ihre schwere, schokobraune Haarmatte zu einem mädchenhaften Pferdeschwanz zusammengebunden. Sie schielte unter dem gerade geschnittenen Pony hindurch. Ich brauchte einen Moment lang, um das Auge zu identifizieren, mit dem sie mich ansah.

»Ziegler. Liliana.«

Die Empfangsdame blätterte hinter der Kante des Tresens. Im Dekolleté ihres dunklen Hosenanzugs glitzerte eine goldene Kette.

»Sie stehen nicht auf meiner Liste«, blaffte sie im nächsten Augenblick vorwurfsvoll.

Ich starrte sie wortlos an.

M. Alberti-Bartholomeitschak – Leitung Empfang, las ich auf dem Namensschild am Revers von Marias Hosenanzug. Ein Wunder, dass der Name auf das Schild gepasst hatte. Wer war denn auf die Idee gekommen, ausgerechnet Maria zur Oberempfangsdame einer Klinik zu machen, in der sie Patienten mit Depressionen und Angststörungen begrüßen musste? Genauso gut hätte Godzilla die Gäste willkommen heißen können, der hätte sie auch nicht mehr erschreckt.

Maria brütete schweigend über ihrer Liste und ich hatte nicht vor, irgendetwas zur Problemlösung beizutragen.

»Haben Sie Ihre Papiere dabei?«, erkundigte sie sich schließlich.

Vielleicht war Godzilla die einzige Empfangsdame hier und deshalb automatisch ihre eigene Chefin?, überlegte ich. Ich legte die dünne Pappmappe, die mir die Schwester im Krankenhaus bei der Entlassung in die Hand gedrückt hatte, auf den Tresen.

»Simanowski-Ziegler, sagen Sie das doch gleich«, schnauzte die Frau nach einem prüfenden Blick auf den Deckel. Dann holte sie so tief Luft, als wollte sie mich rückwärts wieder zur Tür hinauspusten wie der böse Wolf eines der drei kleinen Schweinchen.

»Also: Wir können Ihnen ein Dreibettzimmer anbieten, da übernimmt Ihre Krankenkasse die gesamten Kosten. Wenn Sie ein Zweibettzimmer wollen, müssen Sie zehn Euro pro Tag zuzahlen, ein Einzelzimmer kostet zwanzig Euro pro Tag, zahlbar im Voraus für die ersten vier Wochen des Regelheilverfahrens. Sollte das Heilverfahren verlängert werden, werden die zusätzlichen Zimmerkosten natürlich auch für die Dauer des verlängerten Aufenthaltes im Voraus fällig. Wie hätten Sie es gern?«

»Ein Dreibettzimmer?« Ich blinzelte verdutzt. Während ihres heruntergeratterten Vortrages hatte Maria nicht ein einziges Mal Luft geholt, deshalb war ich mir nicht sicher, ob ich alles richtig mitbekommen hatte.

»Ein Zweibettzimmer kostet eine Zuzahlung von zehn Euro pro Tag, ein Einzelzimmer zwanzig Euro pro Tag, zahlbar im Voraus ...«, begann Maria erneut, ihren Text herunterzubeten wie das Vaterunser im Konfirmandenunterricht.

Im Voraus. Das war doof. Ich hätte keine Skrupel gehabt, Zahlungsmoral vorzuheucheln und dann die Zeche zu prellen, vor allem, da ich nicht vorhatte, das Zimmer lange in Anspruch zu nehmen, und davon ausging, dass man mir im Nachhinein keine Sozialstunden mehr aufbrummen konnte. Aber im Voraus zu zahlen, stellte mich vor ein Problem.

War die Vorauszahlung notwendig, weil sich die Patienten hier öfter vorm Bezahlen drückten, indem sie sich umbrachten?

Wie dem auch sei, ein Einzelzimmer, in dem ich in Ruhe darüber nachdenken konnte, wie ich meinen Aufenthalt in dieser Klinik endgültig und todsicher beenden konnte, kostete zwanzig Euro am Tag, das machte hundertvierzig Euro pro Woche. Bei vier Wochen Regelaufenthalt betrug die Vorauszahlung also fünfhundertsechzig Euro. Das gab der Dispo meines Kontos im Leben nicht her. In meiner Kasse herrschte mal wieder Ebbe. Der Lohn des letzten Auftrages unserer Privatdetektei wurde mit der Miete der Wohnung verrechnet, aus der ich gerade rausgeflogen war. Und mein Job hatte sich zusammen mit meiner Beziehung in Luft aufgelöst – das hatte man davon, wenn man seinen Boss vögelte.

Obwohl ich eher eine mumifizierte Maus als fünfhundertsechzig Euro darin finden würde, öffnete ich meinen alten Rucksack mit dem zerrissenen Träger. Zum ersten Mal, seit ich ihn im Krankenhaus entdeckt hatte.

Ich stieß auf meine sorgfältig zusammengefalteten, neuen Jeans und meine alten Turnschuhe und bekam eine Gänsehaut. Mein Portemonnaie steckte in dem Seitenfach mit Reißverschluss, in dem ich es immer aufbewahrte neben einem – ich stutzte – einem Smartphone?

Verwundert zog ich beides heraus.

Mein altes Smartphone hatte vor Kurzem eine Zeugenbefragung nicht überstanden. Danach hatte ich übergangsweise ein altertümliches Telefon benutzt, das Tasten anstelle eines Touchscreens besessen hatte.

»Rund-um-die-Uhr-Überwachung und Abhören mithilfe von Spionageapps fällt zumindest flach«, bemerke ich trocken. Wenn Danner nicht verhindern kann, dass ich allein ermittele, neigt er zum Stalking.

»Neues Handy ist schon bestellt«, entgegnet er gereizt.

Ich zuckte zusammen. Ich hörte Danners Worte so deutlich, als stünde er direkt hinter mir. Einen Wimpernschlag lang bildete ich mir ein, die Wärme seines Körpers an meinem Rücken zu spüren und das Aftershave zu riechen, das er benutzte, obwohl er sich nie zu rasieren schien.

»Frau Ziegler, was meinen Sie?« Maria hatte ihren Vortrag irgendwann beendet und sah mich nun abwartend an. Es kostete mich Kraft, Danner aus meinen Gedanken zu schieben. Ein kurzer Blick verriet mir, dass neben meinem Ausweis zweihundert Euro in der Geldbörse steckten, die nicht von meinem Konto stammen konnten. Hastig klappte ich das Portemonnaie wieder zu und steckte es in die Hosentasche.

Für ein eigenes Zimmer reichte das trotzdem nicht.

»Ein Einzelzimmer kann ich mir nicht leisten«, murmelte ich, während mein Blick an der lila Lederhülle des neuen Telefons hängen blieb.

»Also das Dreibettzimmer«, nahm Maria mir die Entscheidung ab. »Ich melde Sie an, dann wissen die Schwestern Bescheid, wenn Sie gleich hinübergehen.« Sie wandte sich dem Computer zu.

Ob Danner …?

»Den Zimmerschlüssel bekommen Sie von den Schwestern, ich benötige nur noch eine Unterschrift.« Mit einer Hand, an der ein breiter Goldring glitzerte, schob mir Maria einen Zettel hin.

Ohne durchzulesen, was ich unterschrieb, kritzelte ich meinen Nachnamen auf das Papier. Mein Blick klebte an dem lila Handy, das neben dem Formular auf dem Tresen lag.

»Das hier sind noch einige Zettel, die Sie sich am besten in Ruhe durchlesen. Die Hausordnung besagt …«

Ich griff nach dem Smartphone. Das neueste Modell … Ich klappte die lila Hülle auf und tippte auf das Display. Hatte er …?

»… abmelden. In der Woche müssen Sie um spätestens zweiundzwanzig Uhr dreißig im Haus sein, samstags erst um dreiundzwanzig Uhr dreißig, weil viele Patienten gern in die Stadt fahren, ins Kino …«

Ich klickte mein Kontaktverzeichnis an. Lena, Karo, Franzi, Staschek, Molle – alle meine Kontakte waren da, das sah ich sofort, weil die Liste so kurz war.

Und im gleichen Moment wusste ich, dass Danners Name fehlte. Er hatte seine eigene Nummer nicht abgespeichert.

»Ich lass doch nicht jeden Penner in meine Wohnung!«, schnauzt Danner mich an, gibt meinem Rucksack einen Tritt und knallt die Tür ins Schloss …

Ich presste die Handballen an meine Schläfen.

»Was ist das denn?« Sacht fahren seine Finger zwischen meinen Schulterblättern entlang. Die Berührung zuckt wie ein Stromstoß bis in meine Arme hinab und hinterlässt ein elektrisiertes Kribbeln …

Mir wird schwindelig.

Danner geht zu Boden, reißt die Arme schützend vors Gesicht. Ein Tritt in die Seite, den Bauch, gegen den Kopf …

Ich greife nach der Kante des Tresens.

Sein Kuss ist wie ein Knock-out. Als sich sein Mund von meinem löst, kann ich kaum den Kopf heben. Es ist, als hätte ich keine Nackenmuskeln mehr …

Mein Partner lehnt in breitbeiniger Biertrinkermanier an der Theke. Seine Glatze ist besser rasiert als sein Kinn …

Natürlich weiß ich, was auf dem Briefkasten steht, aber ich lese die neue Aufschrift trotzdem noch mal: Danner und Ziegler – Privatdetektei …

»Tut mir leid, verdammte Scheiße!«, brüllt er mir hinterher. Klingt wie: Verrecke möglichst bald!

»Mir nicht!«, antworte ich. …

Ohne den Kuss zu unterbrechen, steigt er über den Badewannenrand zu mir unter die Dusche. In Jeans, T-Shirt und Stiefeln …

Error.

4.

»… glaube ich nicht, dass Sie hier bei uns richtig sind, Frau Simanowski-Ziegler. Ich werde eine Überweisung in eine Einrichtung veranlassen, die Sie akutpsychiatrisch weiterbehandelt, bis sich Ihr Zustand …«

Wie bitte?

Ich blinzelte.

Ein stark – also wirklich sehr stark – übergewichtiger Mann betrachtete mich über einen riesigen Schreibtisch hinweg. Schweiß perlte auf seiner Glatze und seiner Stirn. Sein runder, roter Kopf saß auf einem in Weiß gehüllten Körper, der auf dem Stuhl in die Breite zu zerfließen schien. Wie ein Schneemann mit Bluthochdruck. Er hatte kein einziges Haar auf dem Kopf und trug eine randlose Brille mit spiegelnden, runden Gläsern. Die Knöpfe seines Kittels drohten jeden Moment abzuplatzen und wie Geschosse durch das Zimmer zu sausen.

Mit einem Tuch aus bräunlichem Recyclingpapier, das aussah, als hätte er es aus dem Handtuchspender einer öffentlichen Toilette gezogen, tupfte er seine Glatze und die unter seinem Kinn hervorquellende Speckwulst ab.

Mir kam es vor, als hätte der Übergewichtige mich aus einem Traum geweckt. Tatsächlich hatte ich keine Ahnung, wo ich mich befand, wie ich hergekommen war und wie lange ich schon vor ihm saß.

Mit einem schnellen Blick scannte ich die Umgebung. Schreibtisch mit bunter, auseinandernehmbarer Gehirnattrappe neben dem staubigen Monitor des PCs. Bücher mit Titeln wie *Atlas der Neurologie* oder *Klinische Psychotherapie* im Regal. Behandlungsliege mit weißem Papierlaken auf altmodisch braunem Lederbezug. Arztzimmer.

Ich suchte Hilfe auf dem Namensschild am Kittelkragen.

Dr. Oppolt – Stationsarzt, stand da.

Auf was für einer Station war ich jetzt wieder gelandet?

Mein Blick wanderte aus dem Fenster. Schemenhaft identifizierte ich die Umrisse einer Birke im Regen. Daneben stand ein Glasbau, der wie ein überdimensionaler Wintergarten aussah. Ich erkannte ein Schwimmbad, in dem mehrere Personen lange, bunte Schaumstoffwürste durch das Wasser bewegten.

Eine Birke, okay. Ich blickte nicht mehr in den Innenhof,

sondern hinter das Gebäude, schien mich aber immer noch in der Bochumer Psychoklinik zu befinden.

Noch.

Der Schneemann war dabei, mich rauszuschmeißen.

»Nein!«, unterbrach ich hastig den Arzt, der mir gerade erklärte, dass ich gern wiederkommen könne, sobald es mir besser ging. Ich fing an zu schwitzen. Auf keinen Fall durfte er mich in eine Zwangsjacke stecken und mit Beruhigungsmitteln zudröhnen.

»Entschuldigen Sie, ich habe Ihnen nicht zugehört. Ich war gerade mit meinen Gedanken woanders.« Ich versuchte ein entschuldigendes Lächeln und registrierte, dass der Blick des Übergewichtigen erstaunt an meinem Gesicht hängen blieb. In seinem rechten Auge, außen neben der Pupille, war eine Ader geplatzt, seine runde Brille vergrößerte die rote Stelle.

»Aber ich bin doch hier, weil ich an dem Problem arbeiten will.« Ich machte Kulleraugen. »Ich nehme an allen Therapien teil und versuche, mich zu konzentrieren.«

Ich wiederholte die Worte des Krankenhausarztes, in der Hoffnung, dass sie das waren, was Oppolt von mir hören wollte, und unterstrich meine Versprechungen mit einem Hilfe suchenden Augenaufschlag.

Oppolts Gesicht färbte sich noch dunkler. Erschrocken senkte er den Kopf und blätterte in meiner Akte.

Er war nicht daran gewöhnt, angelächelt zu werden, schlussfolgerte ich boshaft. Von mehr oder weniger attraktiven, jungen Frauen schon gar nicht. Verständlicherweise.

»Hören Sie, Frau Simanowski-Ziegler, der Kollege aus dem Krankenhaus hat Sie …«, Oppolt tippte auf den Überweisungsschein, »… er hat Sie mit dem Verdacht auf eine Depression eingewiesen. Es ist aber nicht gesagt, dass er mit seiner Diagnose richtigliegt. Sie waren gerade minutenlang nicht ansprechbar. Da kann eine schwere psychische Störung ursächlich sein. Leiden Sie unter Halluzinationen? Hören Sie Stimmen? Passiert es öfter, dass Sie nicht ansprechbar sind? Oder finden Sie sich irgendwo wieder, ohne zu wissen, wie Sie dorthin gelangt sind? Ein akuter, schizophrener Schub übersteigt unsere Möglichkeiten. Wir sind nicht darauf ausgerichtet, Sie Tag und Nacht zu betreuen. Da sind Sie in einer akutpsychiatrischen Einrichtung besser aufgehoben.«

Ich runzelte die Stirn.

Schizophrenie? Der Kittelträger hatte gerade einen Satz mit mir gesprochen und wollte mir schon eine gespaltene Persönlichkeit andichten? Ausgerechnet ein Typ, dem man auf den ersten Blick ansah, dass in seinem eigenen Kopf andauernd mindestens zwei verschiedene Stimmen miteinander zankten?

Ich verschränkte die Arme und musterte den schmelzenden Schneemann skeptisch.

Mit Sicherheit hörte der selbst die Stimme seines inneren Mediziners – der musste sich doch zumindest anstandshalber hin und wieder melden und ihn erinnern: »Wiegst du dreihundert Kilo, ist das nicht förderlich für die Gesundheit. Da kriegst du hohen Blutdruck und einen Herzinfarkt.«

Und dann gab es da ganz offensichtlich noch diese andere böse, kleine Stimme in seinem Kopf, die ihm befahl: »Geh in die Küche und friss den Kühlschrank leer!«

Dass ausgerechnet der mir eine gespaltene Persönlichkeit andichten wollte, war ja wohl ein Witz.

»Also ich weiß wirklich nicht, Frau Ziegler …« Der Schizophrene tupfte wieder über Doppelkinn und Glatze.

Ich legte die Hände in den Schoß, schob meine Unterlippe vor und ließ sie zittern: »Ich war gerade wirklich nur in Gedanken. Kommt nicht wieder vor! Ehrlich.«

Vorsicht mit dem Wort, warnt mich Danner.

Halt die Klappe!

»Ich nehme an den Therapien teil und gebe mir Mühe.

Versprochen«, konzentrierte ich mich auf das Gespräch mit dem Arzt.

»Ja, hm ... also schön.« Dr. Oppolt schob die Zettel auf dem Schreibtisch hin und her und wurschtelte schließlich ein Blatt nach oben. »Versuchen wir es noch einmal: Mal sehen, ob Sie es jetzt schaffen, meine Fragen zu beantworten. Wie lautet Ihr Name?«

Eine Ahnung sagte mir, dass es in diesem Moment keine gute Idee war, den Namen meines Vaters, den ich gewöhnlich ignorierte, zu verschweigen.

»Liliana-Cassandra Simanowski-Ziegler.«

»Alter?«

»Zwanzig.«

»Wohnort?«

»Bochum.« Meine Stimme streikte. Ich hustete, um es zu vertuschen.

»Gut ... Was machen Sie beruflich?«

Hm.

Weil ich zögerte, sah Oppolt misstrauisch von seinem Zettel auf: »Folgen Sie mir noch, Frau Ziegler?«

Ich schenkte ihm ein strahlendes Lächeln: »Seit dem Abi letztes Jahr habe ich in einer Kneipe gekellnert.«

Wieso sollte ich ihn noch zusätzlich misstrauisch machen, indem ich ihm erzählte, dass ich Leute bespitzelte?

Oppolt notierte.

»Waren Sie vor Ihrem ...« Er blätterte in meiner Pappakte, um sich mit einem Blick auf den Verordnungsbogen des Krankenhauses noch einmal zu vergewissern. »Waren Sie vor Ihrem Suizidversuch schon mal in psychiatrischer oder psychologischer Behandlung?«

»Nein, noch nie«, antwortete ich artig.

»Wie kam es dann zu diesem Vorfall? Liebeskummer?«

Ich zwang mich, keine Miene zu verziehen. Da legte mir der Trottel mit der gespaltenen Persönlichkeit die logischste

Erklärung der Welt wie ein Stück Schokolade in den Mund und ich musste sie, so schnell es ging, wieder ausspucken, weil sie mir sonst im Hals stecken bleiben und ich daran ersticken würde.

Das Wort ließ mich Danners kratzige Wange an meiner spüren, kurz bevor er die Arme von hinten um mich schlang und mich auf die Schulter küsste.

Ich musste es mit einer vollkommen bescheuerten Begründung probieren und hoffen, dass der Mediziner sie mir abkaufte, weil ich so traurige, blaue Augen hatte.

Wenn er wirklich nur den Überweisungsschein vor sich liegen hatte, auf den Dr. Dr. knapp *V. a. akute depressive Episode* und *Z. n. Suizidversuch (Schnittverletzung A. radialis, V. radialis, Medikamentenüberdosis)* gekritzelt hatte – oder wenn Oppolt zumindest nur diesen tatsächlich durchgelesen hatte – konnte es vielleicht klappen.

»Wie alle anderen, werden vermutlich auch Sie mir nicht glauben«, seufzte ich und kaute auf meiner Unterlippe.

Die roten Augen des Arztes blieben an meinem Gesicht kleben.

»Ich habe mich aus Versehen am Arm verletzt«, fuhr ich fort. »Ein dummer Unfall. Und weil es wehtat, habe ich eine Schmerztablette genommen. Oder zwei. Das alles ist ein blödes Missverständnis, aber meine Eltern wollen mir das einfach nicht glauben.«

Der Arzt starrte mich an.

Ich klimperte mit den Wimpern und schniefte.

Dr. Oppolt senkte den Blick auf den Überweisungsschein, zog dann ein Formular aus einer Ablage und machte ein Kreuz. »Heute Nachmittag melden Sie sich um fünfzehn Uhr in der psychologischen Abteilung.« Er deutete mit dem Finger zur Zimmerdecke. »Die psychologischen Behandlungsräume finden Sie genau über uns, im ersten Stock dieses Gebäudeteils.«

Er griff nach der Maus seines Computers und schob sie neben der Gehirnattrappe hin und her.

»Frau ... Frau Kovacevic wird ein psychologisches Aufnahmegespräch mit Ihnen durchführen und ...«, er tippte etwas ein, »... und sie wird auch gleich verschiedene Tests mit Ihnen machen, damit wir eine gesicherte Diagnose in die Hand bekommen. Dann sehen wir weiter.«

Er blickte mich abwartend an.

Ich wartete ebenfalls ab.

»Außerdem ...«, fuhr er fort, »... falls Sie sich zusammenreißen und weiter bei uns zu Gast sein werden, gibt es am Ende jeder Woche, donnerstags oder freitags, eine Gesprächsrunde für alle Bewohner Ihrer Station. In dieser Runde können Sie Probleme im Zusammenleben mit Ihren Mitpatienten ansprechen. Außerdem verordne ich Ihnen regelmäßige Gruppenpsychotherapie. Dort können Sie gemeinsam mit Menschen mit den gleichen Problemen unter psychotherapeutischer Anleitung Lösungsmöglichkeiten erarbeiten.« Er machte ein weiteres Kreuz auf dem Formular. »Und ein bisschen Bewegung an der frischen Luft.« Er kreuzte wieder. »Und Entspannung.«

Dann betrachtete er seinen Verordnungsbogen wie ein Künstler sein neuestes Werk, bei dem er nicht sicher ist, ob ein weiterer Pinselstrich noch zur Perfektion beitragen könnte. »Und Kunst- und Gestalttherapie, das schult ebenfalls die Konzentrationsfähigkeit«, entschied er dann und kreuzte noch mal.

Ich biss mir auf die Zunge.

Oppolt ließ mich bleiben.

Der Arzt griff nach seinem Telefon: »Schwester Annelie? Frau Simanowski-Ziegler ist jetzt so weit, aber ich denke, Sie holen sie besser hier bei mir ab und begleiten sie auf ihr Zimmer.«

5.

»… das ist gar nicht so schlecht. Man hat jedenfalls immer jemanden zum Quatschen. Und Frau Lüchow und Frau von Felkenberg sind sogar in Ihrem Alter.«

Genau. Das war, was mir noch fehlte in meinem sonnenbeschienenen Leben: zwei spätpubertierende Zimmergenossinnen, die mit mir über Sex und Klamotten tratschen und Pyjamapartys veranstalten wollten. Warum war ich da nicht selbst draufgekommen?

Ich sparte es mir, die Augen zu verdrehen.

»Sie passen da wunderbar rein, warten Sie es ab.«

Am liebsten hätte ich der hyperaktiven, dauerquasselnden Blondine den Hals umgedreht. Ich habe noch nie irgendwo reingepasst, du dämliche Tussi!

Falsch.

Ich blieb stehen und kniff mir in die Nasenwurzel. Schon wieder in die falsche Richtung gedacht.

»Sie brauchen keine Angst zu haben.« Die blonde Krankenpflegerin hatte bemerkt, dass ich stehen geblieben war. Unter ihrem weißen Poloshirt lugte ein runder, pinkfarbener Ausschnitt hervor. Bestimmt war auch Schwester Annelie nicht viel älter als ich selbst. Sie kehrte zu mir zurück und legte mir mütterlich eine Hand auf den Arm.

Ich zuckte zurück. Eine Berührung konnte ich jetzt echt nicht ertragen!

»Sie freunden sich bestimmt schnell an«, bemühte sich Blondie, mich zu trösten. »Sie werden sehen.«

Direkt sah ich in Annelies weiches, völlig überschminktes Gesicht. Sie trug eines dieser Nasenpiercings, bei dem aus jedem Nasenloch eine winzige Kugel ragte wie ein metallener Popel. Ihre Wimperntusche krümelte auf ihre Wangen und, weil sie ihre strohigen, wasserstoffblonden Haare zum Pferdeschwanz zurückgebunden hatte, konnte ich den dunkel nachwachsenden Ansatz deutlich sehen.

Du kennst die Angst, so wie du bist, nicht gut genug zu sein, dachte ich.

Die junge Pflegerin wich vor mir zurück, als hätte ich den Gedanken laut ausgesprochen. Ihr erschrockener Blick strafte ihre Worte Lügen. Wahrscheinlich ahnte sie bereits, dass es nicht ganz einfach sein würde, mit Frau Lüchow und Frau von Felkenberg Freundschaft zu schließen.

»Zimmer 4, nicht wahr?« Ich deutete auf die übernächste Zimmertür. Wir befanden uns in der zweiten Etage des vierstöckigen Gebäudetraktes. Der Flur war lang mit weißen Wänden, gelbem Kunststoffboden und vom diffusen Tageslicht erhellt, weil die großen Fenster an der linken Seite in den Innenhof hinausgingen. Zwölf gelbe Türen gab es an der rechten Wand, dazwischen Kunstdrucke mit gelben und orangefarbenen Blüten. Neben dem nächsten Zimmereingang war eine sonnengelbe *4* auf die weiße Wand aufgemalt, die mich ahnen ließ, was im Zimmer auf mich zukam. Die Farbe strapazierte schon jetzt meine Nerven.

Schwester Annelie hatte ich anscheinend erschreckt, denn sie hielt Sicherheitsabstand – und glücklicherweise auch endlich die Klappe.

Die Pflegerin nickte nur stumm, als ich auf den Eingang deutete. Weil sie keine Anstalten mehr machte, vorauszuhüpfen, trat ich selbst auf die Zimmertür zu, klopfte kurz an und schob sie auf, ohne eine Reaktion abzuwarten.

Ich seufzte.

Geradeaus blickte ich auf eine Wand mit Fenster. Ein riesiger Kunstdruck mit Sonnenblume blendete mich, aber die stimmungsaufhellenden gleichfarbigen Vorhänge verfehlten ihre Wirkung, denn dahinter wälzten sich noch immer düstere Regenwolken über die Stadt.

Weil ich in einem schmalen Flur zwischen einem offenen Garderobenschrank und der Tür zum Badezimmer auf der linken Seite stand, musste ich ein Stück weitergehen, um den eigentlichen Wohn- und Schlafraum komplett einsehen zu können. Die Wände waren weiß, die drei Betten und der schmale Schreibtisch unter dem Fenster in Holzoptik gehalten. Nur der Kleiderschrank griff die Sonnenblumenthematik noch einmal auf. Ansonsten war das Zimmer recht schlicht eingerichtet.

Ein Mädchen stand am Fenster und starrte in den Regen. Sie drehte sich nicht um, als ich, gefolgt von Schwester Annelie, eintrat, wofür sie einen spontanen Pluspunkt von mir bekam. Vielleicht konnte ich doch mit dem Dreibettzimmer klarkommen.

Ganz kurz musterte ich den Rücken meiner Zimmergenossin, während ich Danners Sporttasche abstellte. Das Mädchen war auffallend groß und auffallend dünn. Die fusseligen, dunkelblonden Haare hatte sie zu einem struppigen Knoten zusammengebunden. Sie trug ein knielanges Oversizedshirt, das mich an die Wollpullis erinnerte, die ich vor nicht allzu langer Zeit selbst mit Vorliebe getragen hatte, und das für einen Augusttag eigentlich zu warm war, selbst wenn es regnete.

Ihre Finger verschwanden in den Ärmeln, das konnte ich sehen, weil sie ihre Arme um den Körper geschlungen hatte, als wäre ihr kalt.

»Frau von Felkenberg, das ist Liliana Ziegler, Ihre neue Zimmergenossin«, stellte Schwester Annelie mich vor. »Frau Ziegler, Romy von Felkenberg.«

Jetzt sah sich das große Mädchen doch nach uns um. Irgendwie verlangsamt drehte sie den Kopf. Wie in Zeitlupe.

Ich zog die Augenbrauen hoch. Romy war blass, mit weit auseinanderstehenden Katzenaugen, einer kleinen Nase und vollen Lippen. Sie war weder gekämmt noch geschminkt und trotzdem verstörend schön und gleichzeitig … irgendwie gruselig. Hinter ihren Lippen zeichneten sich die Konturen ihrer großen Schneidezähne ab und ich meinte, auf ihren Wangen eine Linie zu erkennen, an der Stelle, an der ihre Zahnreihen aufeinanderlagen. Es war, als könnte ich unter ihrer Haut die Konturen ihres Schädels sehen.

Auf ihrem Pulli war ein knallroter Mund aufgedruckt, der mir die Zunge herausstreckte. Ein *Stones*-Shirt. Der weite Ausschnitt war über ihre Schulter gerutscht, ihr rechtes Schlüsselbein zeichnete sich grätenartig ab.

Magersucht, war mein erster Gedanke.

Oder Drogen?

Hatte auf dem Schild vor dem Klinikeingang nicht was von Essstörungen gestanden?

Mit der Geschwindigkeit einer sehr alten Schildkröte wandte sich Romy wieder zum Fenster, ohne auch nur ein Nicken anzudeuten.

»Frau Lüchow ist anscheinend gerade in der Therapie«, erklärte mir Annelie. »Sie schläft hier drüben. Bett Nummer 1 ist noch frei.«

Annelie deutete auf die auf das Kopfende des Bettes gemalte, gelbe Ziffer. Meine Mitbewohnerinnen hatten die Fensterplätze besetzt. Bett Nummer 2 und Nummer 3 standen rechts und links von der Sonnenblume und dem Schreibtisch. Ich warf meinen Rucksack und die Sporttasche auf Bett Nummer 1, das mir am nächsten längs an der Wand stand. Kopfende an Kopfende mit dem Bett der noch unbekannten Frau Lüchow. Das war eindeutig zu dicht.

Auf der linken Zimmerseite stand neben Romy von Felkenbergs Bett der dreitürige, sonnenblumengelbe Kleiderschrank.

Ich griff mein Kopfkissen und deponierte es am Fußende, um so viel Abstand wie möglich zu Frau Lüchow zu schaffen. Etwa einen halben Meter würde sich das Bett schieben lassen, bevor es an die Garderobe stieß. Das Nachtschränkchen mit der Leselampe und einem uralten Telefonapparat mit Schnur ließ sich ebenfalls bewegen.

»Dieser Schrank ist noch frei.« Annelie öffnete eine gelbe Tür, hinter der vier tiefe, gähnend leere Regalfächer zum Vorschein kamen. So viele Klamotten besaß ich gar nicht.

»Für Ihre Wertsachen gibt es hier einen kleinen Tresor.« Die junge Pflegerin deutete auf ein ganz oben im Kleiderschrank eingelassenes Stahlfach.

»Den Zahlencode können Sie beim ersten Benutzen selbst bestimmen. Im Laufe des Vormittags kommt der Reinigungsdienst aufs Zimmer. Unser Haus versucht, Rücksicht auf die Umwelt zu nehmen: Wenn Sie frische Handtücher benötigen, werfen Sie die schmutzigen einfach auf den Fußboden. Die Handtücher, die Sie weiterbenutzen möchten, lassen Sie auf der Halterung hängen.«

Hinter uns klappte die Tür. Ein großes, übergewichtiges Mädchen füllte den schmalen Flur beinahe aus.

»Hallo, Frau Lüchow«, flötete Annelie. »Ich habe hier eine neue Mitbewohnerin für Sie. Das ist Liliana Ziegler.«

Ich verschränkte die Arme vor der Brust.

»Frau Ziegler, das ist Bibiane Lüchow.«

»Bibi«, korrigierte die junge Frau, die sich sofort näher an mich herantraute. Bibi betrachtete mich mit unverhohlener Neugier.

Sie hatte rabenschwarz getönte Haare, die ihr bis an die Hüfte reichten und richtig was hätten hermachen können, wenn sie sie gelegentlich gewaschen hätte. Ihren fülligen Körper versteckte sie unter einem weiten T-Shirt mit Totenkopfaufdruck und einer schlabberigen Jogginghose, unter der die Spitzen klobiger *Doc-Martens*-Treter hervorlugten. Ihr Gesicht hatte jedoch beinahe zarte, zerbrechliche Züge, fiel mir auf. Eine Stupsnase, schöne Lippen und warme, braune Augen mit langen Wimpern.

Aber sie versank quasi unter ihren teigigen Fettpolstern, es sah aus, als würde ihre zierliche Nase bald komplett in ihren aufgedunsenen Wangen verschwinden. Die unreine Haut und die Piercings in Ohren, Nase, Unterlippe und rechter Augenbraue halfen, um zu verhindern, dass irgendjemandem auffiel, wie hübsch Bibi Lüchow eigentlich war.

Mir war es aber doch aufgefallen. Ehrlich gesagt, fand ich Bibi auf den ersten Blick ganz sympathisch und ich ärgerte mich darüber.

»Lila«, antwortete ich zähneknirschend.

»Wenn Sie noch etwas benötigen oder Fragen haben, finden Sie die Mitarbeiter des Pflegedienstes im Erdgeschoss des Schlafflügels«, sprach Annelie schon weiter.

»Von welchem Flügel?« Die Frage war mir rausgerutscht, bevor ich mich daran erinnerte, das mich das alles nicht interessierte.

»Der Gebäudeteil, in dem wir uns gerade befinden, ist der Schlafflügel unseres Hauses«, informierte mich die Krankenschwester.

»Weil wir hier schlafen«, ergänzte Bibi und ließ sich auf ihr Bett plumpsen. Es knackte bedenklich.

»Einfallsreich«, fand ich das und brachte Bibi damit versehentlich zum Kichern.

»In den vier Stockwerken dieses höchsten Gebäudetraktes befinden sich die Patientenzimmer, zwölf auf jeder Etage. Das Ärztezentrum, die Räume für die Gruppentherapien und die Psychologen finden Sie im Therapieflügel hinter und über dem Eingangsbereich, die Physiotherapie und die Sporthalle im Bewegungspavillon im Nebengebäude, an der Rezeption vorbei hinter dem Haupthaus, genau wie den Wassertempel mit Bewegungsbad und die Massageabteilung. Die Kunst-, Gestalt- und Ergotherapie, der Speisesaal, die Ernährungsberatung und die Lehrküche sind im Kunst- und Genussflügel gegenüber untergebracht und im Erdgeschoss des Altbaus gibt es Aufenthalts- und Fernsehräume. Ihren Therapieplan für morgen und Freitag entnehmen Sie heute Abend Ihrem Postfach hier im Erdgeschoss des Schlafflügels neben dem Pflegezentrum. Die Wege sind ausgeschildert, die Bezeichnung der Gebäudeabschnitte finden Sie in den Treppenhäusern und an den Durchgangstüren. Wenn Sie in den ersten Tagen Orientierungsschwierigkeiten haben sollten, fragen Sie einfach. Ihre Zimmergenossinnen werden Ihnen bestimmt auch gern weiterhelfen.«

Bibi nickte eifrig.

Romy nicht.

Schwester Annelie zuckte aufmunternd die Schultern, dann verließ sie das Zimmer und ließ mich mit meinen Mitbewohnerinnen allein. Die Tür klappte hinter ihr zu.

Bibi lächelte mich erwartungsvoll an. Romy von Felkenberg blickte weiter aus dem Fenster.

6.

»Und?«, erkundigte sich Bibi, nachdem ich eine Weile unentschlossen im Zimmer herumgestanden hatte. »Warum bist du hier?«

Ungläubig neigte ich den Kopf zur Seite. Glaubte die ernsthaft, dass ich meine schlimmsten Probleme jemandem auf die Nase band, dem ich vor fünf Minuten das erste Mal begegnet war?

Mit gespielter Verzweiflung rang ich die Hände: »Weil alle denken, ich spinne. Nur weil ich von Außerirdischen entführt worden bin, die aus mir herausquetschen wollten, warum unsere Spezies *Pokemon go* spielt. Die Psychodoktoren glauben mir das einfach nicht.«

»Echt?«, staunte Bibi.

»Nein«, antwortete Romy an meiner Stelle genervt. Ihre

Stimme klang jünger, als sie aussah, beinahe kindlich. Sie passte überhaupt nicht zu ihrer Körpergröße und ihrer Weltuntergangsmiene.

Das magere Mädchen schnappte sich ein Handtuch und eine Handtasche, die aussah, als bestünde sie aus Schlangenhaut oder etwas ethisch ähnlich Inakzeptablem, und ging zwischen Bibi und mir hindurch zur Tür. Am liebsten hätte sie uns wohl zur Seite gerempelt.

»Viel Spaß mit der Labertasche«, zischte sie mir im Vorbeigehen zu. Dann rumste die Tür hinter ihr ins Schloss.

Bibi setzte sich auf ihr Bett. Die junge Frau mit dem eigentlich hübschen Gesicht und den eigentlich tollen Haaren zupfte an ihrem schmuddeligen Totenkopf-T-Shirt. Ihre Schultern waren recht schmal und ihr Becken, na ja, nicht so schmal, sodass sie aussah wie eine Birne, deren unterer Teil ein bisschen zermatscht war, als sie auf die Matratze aufgeschlagen war.

Ihr demonstrativer Grufti-Look überzeugte mich nicht. Ich hätte Wetten darauf angenommen, dass sie keineswegs vorhatte, sich in einen Sarg zu legen und einfach mal die Klappe zu halten.

Einen Moment lang spielte ich mit dem Gedanken, dem Gespräch mit ihr aus dem Weg zu gehen, indem ich raus in den Regen flüchtete und mich einfach vor die nächste U-Bahn warf. Doch ich verwarf die Idee gleich wieder, denn womöglich stellte ich hinterher fest, dass der Zug nur meine Beine überrollt hatte und ich ohne Füße in der Geschlossenen saß.

Schluss jetzt!

Bis ich einen Plan hatte, würde ich mit Bibi klarkommen müssen. Und irgendwie den heutigen Tag überstehen. Heute Abend im Bett konnte ich überlegen, was ich tun wollte. Schmerz- und Schlafmittel in ausreichender Menge würden mir die Krankenschwestern sicher nicht zur Verfügung stellen. Aber ein Messer oder Rasierklingen waren leicht zu beschaffen. Hohe Gebäude kannte ich in der näheren Umgebung genug und auch die Sache mit der U-Bahn könnte eine Option darstellen.

Bibi beobachtete mich immer noch. Ich fragte mich, ob sie mir meine ungesunden Gedanken ansehen konnte. Und wenn ja, ob sie mich verpetzen würde.

Aber jetzt musste ich Bibi und mich selbst erst mal von meinen Problemen ablenken. Am besten funktionierte das gewöhnlich, indem ich mich mit den Problemen anderer Leute beschäftigte. Diese Methode hatte sich in der Vergangenheit jedenfalls bewährt.

»War das eigentlich Krokodilleder?«, erkundigte ich mich bei meiner Mitbewohnerin.

»Ich dachte schon, die hätten hier noch eine stumme Psychopathin einquartiert«, atmete Bibi auf. »Die Tasche von unserem Supermodel ist selbstverständlich von Chanel«, beantwortete sie dann bereitwillig meine Frage. Der Totenschädel sollte also nur vertuschen, dass Bibi in Wahrheit gern kichernd im Pyjama Chips futtern und mit mir über Romy lästern oder über Klamotten und Jungs quatschen würde. Obwohl ... in Gedanken strich ich Klamotten und Jungs wieder. Ich bezweifelte, dass Bibi zu den Lieblingstratschthemen meiner Exfreundinnen etwas beitragen konnte.

»Ist die reich, oder was?« Ich deutete auf die Tür, durch die Romy schon lange verschwunden war. »Oder hat sie vergessen, ihren Turnbeutel einzupacken?«

»Nee, die ist wirklich ein Supermodel«, sprudelte Bibi fröhlich los. »Und von dem ganzen Schmink- und Friseurstress und dem Hin- und Hergelatsche auf den Modenschauen, auf denen sie Tausende von Euro am Tag verdient, hat sie jetzt ein richtig schlimmes Burn-out.«

Theatralisch legte die Dicke einen Handrücken an ihre

Stirn. Offenbar spielte sie ganz gern den Clown. Nur war mir leider im Moment so gar nicht nach Lachen zumute.

»Romy ist schon seit acht Wochen hier und noch mal verlängert worden. Aber in drei Wochen muss sie unbedingt wieder hundert Bauchmuskelübungen am Stück schaffen und supigut drauf sein, weil es dann nämlich nach Mailand geht. Deshalb erholt sie sich hier, während wir anderen uns mit unseren Asi-Problemen herumschlagen. Und dass sie mit einer hässlichen Fetten wie mir ein Zimmer teilen muss, das kotzt sie mal so richtig an. Sie meint, ich bin schlampig, undiszipliniert und ich stinke.«

Ich zog die Brauen hoch.

»Darüber beschwert sie sich in jedem Stationsgespräch«, zuckte Bibi die Schultern. »Aber keine Angst«, beruhigte sie mich hastig. »Du bist bestimmt ihr Typ. Mit dir hat sie in den ersten paar Minuten schon mehr gesprochen als mit mir in der ganzen letzten Woche.«

Ich ließ mich auf die Kante meines Bettes sinken und kratzte mir das Kinn. Vor meinem inneren Auge tauchte Romy von Felkenbergs schönes Gesicht auf. Gespenstischerweise konnte ich sogar in meiner Erinnerung die Knochen dahinter sehen. Dass der Aufenthalt hier ein reiner Erholungsurlaub für Romy war, wie Bibi behauptete, konnte ich nicht ganz glauben.

Im Gegensatz zu der fröhlich vor sich hinplappernden Bibi. Alles in allem machte meine korpulente Zimmergenossin auf mich einen recht munteren Gesamteindruck. Gut, sie hatte ein offensichtliches Gewichtsproblem, war also vermutlich wegen einer Essstörung hier. Besonders niedergeschlagen schien sie deswegen aber nicht zu sein.

»Willst du nicht auspacken?«, erkundigte sich Bibi jetzt und deutete auf mein Gepäck.

Mein Blick wanderte zu dem Rucksack und der Sporttasche auf meinem Bett. Lieber packte ich den Schlangenkorb eines Fakirs aus. Sollte ich etwa die neuen Jeans, die ich mit Lena, Karo und Franzi vor wenigen Wochen im Ruhrpark geshoppt hatte, als die Sonne geschienen und wir Cappuccino getrunken hatten und noch Freundinnen gewesen waren, in den Schrank einer Psychoklinik einsortieren?

Und auf gar keinen Fall konnte ich das Handy, in dem Danners Nummer nicht gespeichert war, noch mal in die Hand nehmen. Ich konnte nicht einmal daran denken, dass ich es nicht konnte!

Ruckartig stand ich auf, packte Rucksack und Sporttasche, stopfte beides ungeöffnet in den Kleiderschrank und knallte die sonnengelbe Tür zu. »Fertig.«

Bibi machte große Augen.

»Und was machen wir jetzt?«, schnauzte ich sie an.

7.

Links von mir flog eine überfütterte, rote Taube mit unnatürlich langen Schwanzfedern und einem Raubvogelschnabel, als ich kurz darauf im Erdgeschoss vor einer ganzen Wand von Metallschließfächern stand.

Ich neigte nachdenklich den Kopf. Die kurzen Flügel des übergewichtigen Vogels passten nicht zu dem in die Breite gezerrten Bauch. Keine Minute würde der sich in der Luft halten, wenn er wirklich fliegen müsste. Musste er aber nicht, denn das Federvieh verzierte den Oberarm des Tattoosüchtigen, der das Schließfach neben meinem aufklickte. Nach längerem Überlegen kam ich zu dem Schluss, dass die Taube eigentlich gar keine Taube sein sollte. Ich identifizierte Harry Potters Feuervogel, der gemeinsam mit dem Tätowierten in die Breite gegangen war.

Kurz vor dem Mittag herrschte reger Betrieb am Nebeneingang vor den Schließfächern. Mehrere südländisch aussehende Frauen unterhielten sich aufgeregt gestikulierend auf Arabisch oder Türkisch. Zwei ältere Frauen, die durch die unscheinbare Tür zum Innenhof hereingekommen waren, schüttelten ihre Regenschirme aus. Rechts von mir öffnete ein großer dunkelhäutiger Mann im roten Kapuzenshirt seinen Briefkasten und zog einen Zettel heraus.

»Wir sollen mehrmals am Tag in unser Postfach schauen«, erklärte mir Bibi. »Andauernd liegen da Terminänderungen drin, weil irgendwer krank geworden ist oder noch eine Untersuchung angesetzt wurde.«

2, 4/1, stand an meiner Blechtür. Gemeint war damit: zweite Etage, Zimmer Nummer 4, Bett Nummer 1. Und tatsächlich lag ein einzelnes, handbeschriebenes Blatt Kopierpapier darin.

15:00–17:00 Uhr – Therapieflügel, Raum TF 208 – Psych. Erstgespräch / Testverfahren – Frau Kovacevic, las ich.

Der Psychologentermin, den mir mein schizophrener Stationsarzt Dr. Oppolt angedroht hatte.

Für das Gespräch waren zwei Stunden eingeplant, fiel mir auf. Ein Schauer kroch mir über die Arme. Zwei Stunden, in denen die unbekannte Frau Kovacevic den Grund für meinen Selbstmordversuch aus mir herauszuquetschen versuchte. Und was in meiner Kindheit so alles schiefgelaufen war. Und was im Moment in meinem Leben so alles schieflief …

Meine Überlegungen ließen den Zettel in meiner Hand prompt wackeln.

»Hey, mach dir mal keine Sorgen«, winkte Bibi ab. »Die Kovacevic ist ganz okay.«

Weil meine Mitbewohnerin eine Ecke größer war als ich, konnte sie bequem über meine Schulter hinweg auf meinen Plan linsen.

Hatte sie mein Zittern registriert?

»Die ist noch ganz jung«, plapperte Bibi bereits weiter. »Ich bin auch bei der.«

Ablenken! Jetzt.

Ich zwang meine Aufmerksamkeit von mir selbst weg zu Bibi.

»Was will die denn wissen?« Ich klang heiser.

»Na, den ganzen Psychokram halt.« Bibi zuckte die Schultern. »Aber mit der kommst du schon klar. Der Anfang ist hart, aber du schaffst das schon.«

Konnte man mir meine Angst so deutlich ansehen?

»Komm!« Bibi sah auf die schwarze Plastikuhr an ihrem Handgelenk. »Es gibt Mittag.«

Nicht zum ersten Mal heute war ich erleichtert, dass Bibi sich so bereitwillig um mich kümmerte.

Ab halb zwölf gab es Mittagessen. Dazu mussten wir uns in den Genussflügel genannten Gebäudeteil der Klinik begeben. Bibi, die kalorienarme Kost serviert bekam, nannte den Trakt den »Frustflügel«.

Im Viereck des Klinikkomplexes lag der Speisesaal unseren Zimmern genau gegenüber. Um auf direktem Weg dorthin zu gelangen, mussten wir den Klinikhof überqueren. Bibi spannte einen schwarzen Regenschirm mit Totenkopfmuster auf und hielt ihn mir einladend hin.

Ich wunderte mich, wie selbstverständlich wir unter dem Schirm zusammenrückten. Bibis Freude darüber war ihr anzusehen.

Aber auch ich hatte mich schon fast an sie gewöhnt. Bibi machte es mir viel zu leicht, den Tag zu überstehen. Ab morgen würde ich unfreundlicher zu ihr sein, entschied ich.

Im Speisesaal herrschte bereits aufgeregtes Gewusel, als wir eintraten. Es roch nach Eintopf.

Ruckartig blieb ich stehen.

Bibi trat an ein Stehpult neben der Tür, auf dem eine Liste mit Datum lag, und schrieb die Nummern hinein, die auf den Postfächern gestanden hatten.

Der Speisesaal mit den langen Tischen war ebenfalls in Farben gehalten, die plump die Stimmung aufhellen sollten. Die Servietten, die Vorhänge und die Bilder an den Wänden leuchteten in frühlingsfrischem Grün. An der Wand entlang war das Buffet aufgebaut. Davor hatte sich bereits eine Schlange gebildet, eine dürre Frau mit Kochmütze schaufelte mit einer Kelle Eintopf auf die Teller.

Molle stellt einen großen Topf Linsensuppe auf die zusammengefaltete Zeitung.

»Ups!« Jemand rempelte unsanft gegen meine Schulter.

Der hochgewachsene, dunkelhäutige Mann, dem das Postfach neben meinem gehörte, verdrehte übertrieben genervt die Augen, weil ich im Weg stand. Oder er hatte mich einfach übersehen, denn er war so groß, dass er über mich hinweggucken konnte, stämmig, mit Bauchansatz und einem kurzen, pechschwarzen Vollbart.

»Excusez-moi«, murmelte er, während er sich an mir vorbeidrängelte.

Bibi hatte sich längst mit einem Teller in der Hand in die Warteschlange eingereiht und mein Fehlen gar nicht bemerkt. Gerade nahm sie ein Brötchen aus einem geflochtenen Korb.

Ich kniff die Augen zu, so fest ich konnte.

Ich stand im Scheißspeisesaal einer Scheißpsychoklinik! Es konnte doch nicht wahr sein, dass ich das nicht geregelt bekam!

Ich öffnete die Augen wieder und konzentrierte mich auf die frühlingsgrünen Servietten, das Klirren des Bestecks. Nur nicht an Brötchen denken!

Molle balanciert einen Korb mit duftenden Brötchen, Kaffee, Marmelade, Honig, Nutella, Käse, Aufschnitt, ein Ei und Tee auf einem Tablett herein.

»Wow!«, stottere ich. »Hören Sie, Herr Molle, ich kann das nicht bezahlen, ich …«

Der Dicke schnaufte empört: »Herr Molle? Das lassen Sie

mal schnell wieder bleiben. Wenn Sie wollen, können wir uns duzen. Oder bestehen Sie auf ›Frau Lila‹?«

Ich drehte mich auf dem Absatz um und rannte hinaus.

8.

Ich hasste Psychologen.

Ich hasste sie wirklich.

Dipl. Psych. N. Kovacevic stand an der Tür, vor der ich überpünktlich um zehn vor drei Platz nahm, um auf mein Erstgespräch zu warten.

Zumindest mein Suizidproblem schien sich von selbst zu erledigen: Weil ich mich auf keinen Fall noch einmal in den Speisesaal wagen würde, würde ich in absehbarer Zeit verhungern.

Die psychologischen Behandlungsräume befanden sich auf einem kurzen Flurstück im ersten Stock des Therapieflügels. Durch eine Glastür gelangte man zu den Gruppen- und Vortragsräumen. Sechs Stühle standen den sechs Türen im Flur gegenüber, immer paarweise zwischen den Fenstern.

Ein schmaler Spalt verriet mir, dass Dipl. Psych. Kovacevics Tür gar nicht geschlossen war.

Häh? Ich neigte den Kopf zur Seite.

Interessierte mich nicht. War mir egal. Wie mir alles egal war.

Ich hielt den Atem an und lauschte. Ein Gespräch fand da drinnen im Augenblick definitiv nicht statt. War Kovacevic gar nicht im Raum? Mal eben auf dem Klo oder was? Und die Tür war hinter ihr nicht wieder ins Schloss gefallen?

Ich ärgerte mich über mich selbst, schaffte es aber trotzdem nicht, der magischen Anziehungskraft, die die offene Tür auf mich ausübte, zu widerstehen.

Leise trat ich an den Eingang und legte sacht meine Hand

an das schwere Türblatt. Lautlos schwang es ein Stückchen weiter zur Seite.

Mein Blick fiel auf eine Sitzecke mit Glastischchen und drei modernen, hellen Cocktailsesselchen. Dahinter stand ein Riesenschreibtisch vor einem Aktenregal.

Keine Couch?

Dass der Raum leer war, war mir klar, bevor ich eintrat.

»Frau Kovacevic?«, machte ich mich trotzdem bemerkbar.

Das Zimmer war auffallend aufgeräumt und roch nach Desinfektionsmittel. Die obligatorische Couch, auf der Dr. Freuds Nachfolger erbarmungslos tiefenpsychologisch in der verkorksten Kindheit ihrer Klienten herumwühlten, fehlte tatsächlich. Oder handelte es sich bei der Couch nur um ein sich hartnäckig haltendes Klischee?

Kovacevic jedenfalls führte die Gespräche anscheinend an dem Glastischchen direkt vor mir. Neben einer Flasche Wasser und zwei Gläsern lagen ein Schreibblock und ein dünner, roter Pappschnellhefter. Überhaupt waren das die einzigen, herumliegenden Unterlagen, der Schreibtisch war blitzblank aufgeräumt.

Die übrigen Papiere vermutete ich in den Akten im Regal. Einen Augenblick lang blieb mein Blick daran hängen. Nur in der obersten Reihe standen Aktenordner, die Regalbretter darunter waren mit Fachbüchern gefüllt. Sämtliche Ordner waren schwarz und mit blauem Kugelschreiber beschriftet. Mit einer sauberen, runden Mädchenschrift.

Ich trat an das Tischchen und warf einen Blick auf die Mappe.

Auf dem Pappdeckel identifizierte ich die gleiche Schrift, die mir bereits auf den Akten aufgefallen war.

Matundu, 3, 4/1. Die obligatorische Patienten-Identifikationsnummer kannte ich ja schon. Davor stand vermutlich der zugehörige Name. Ich nahm an, dass der Schnellhefter noch vom letzten Gespräch liegen geblieben war. Kurzerhand schlug ich ihn auf. Auf einem Blatt Kopierpapier war in Schwarz-Weiß und schlechter Qualität ein Foto abgedruckt. Große, weiße Augen blickten aus der komplett schwarzen Silhouette eines menschlichen Kopfes. Konturen waren nicht zu erkennen. Ein dunkelhäutiger Mann. Der, der mir vorhin beim Essen begegnet war?

Ich blätterte weiter und stieß unter dem Foto auf mehrere, noch lose liegende Zettel mit Notizen, wieder in der Mädchenschrift verfasst. *Erstgespräch*, stand ganz oben neben dem Datum von heute.

Patient grimassiert – Tick? Übersprungshandlung?
Neurol. Ursache?

Es folgten persönliche Daten:

Name: Laurent Matundu
Alter: 42 Jahre
Familienstand: ledig
Beruf: Straßenreinigung, Straßenbau, zuletzt ca. 2 Jahre Schlachthof

Ein neongelbes Ausrufezeichen am Zettelrand lenkte mich ab. *Aggression!*, hatte die Therapeutin neben die Angaben zur Person gekritzelt und mit Textmarker ein Ausrufezeichen dahintergemalt.

Was hatte der Typ angestellt, um sich das Ausrufezeichen zu verdienen? Handgreiflich geworden war er in der Therapiesitzung wohl kaum. Hatte er sie angepöbelt?

Ich versuchte, mich an den großen, kräftigen Mann mit dem kurz geschnittenen Bart zu erinnern, der mich im Speisesaal angerempelt hatte. Er hatte ein rotes Kapuzenshirt getragen und die Augen verdreht. Gut, seine höfliche Art war auch mir nicht auf Anhieb aufgefallen.

Das Protokoll des Erstgespräches war mehrere Seiten lang. Weil die Psychologin jeden Moment auftauchen musste, klappte ich die Mappe wieder zu. Ich schlenderte zum Zimmereingang zurück, vergewisserte mich, dass niemand zu sehen war, schlüpfte hinaus und zog die von innen mit schweren Lederpolstern schallgedämmte Tür leise hinter mir in den Rahmen.

Im gleichen Moment klackte irgendwo neben mir ein Schloss und ich hörte eine helle Frauenstimme im leeren Flur hallen.

»... ist, wie gesagt, nur der erste Eindruck.« Die Frau klang jugendlich. Das passte zu Bibis Beschreibung meiner Psychologin. Ich wappnete mich innerlich für mein eigenes ›Erstgespräch‹.

»Sag mir Bescheid, wenn er dir in der Gruppe auffällt«, verabschiedete sich die Frau und trat in den Flur. Ihre Stiefeletten klapperten auf dem Laminat.

Ich holte tief Luft und straffte die Schultern: Jetzt bloß nicht schwächeln! Wäre doch gelacht, wenn ich mich von einer Psychotante fertigmachen ließ.

Im gleichen Moment entdeckte mich die Therapeutin vor ihrem Behandlungsraum. Sie rückte ihre Brille mit dem markanten, eckigen Rahmen zurecht und hob ihre kleine, gerade Nase, bis es wirkte, als würde sie auf mich hinuntersehen.

In den langen Ärmeln meines Shirts ballte ich die Fäuste.

»Frau Simanowski-Ziegler?« Zielstrebig kam sie auf mich zu und reichte mir eine schlappe Hand. »Nica Kovacevic, wir haben einen Termin.«

Die Psychologin hatte ihre sorgfältig mit einem Glätteisen bearbeitete dunkle Mähne dekorativ auf ihrer rechten Schulter drappiert, zu den halb hohen Stiefeletten aus braunem Leder trug sie Stretchjeans, die ihre langen, dünnen Beine betonten, ein vanillefarbenes Shirt und ein cappuccinofarbenes Halstuch. Und sie war höchstens fünfundzwanzig Jahre alt.

Im gleichen Moment ahnte ich, welchen ersten Eindruck die Frau von mir bekommen musste. Ich erinnerte mich nicht, wann ich zum letzten Mal etwas gegessen oder in einen Spiegel gesehen hatte – aber was mit meinen Haaren passierte, wenn ich sie nicht kämmte, wusste ich. Außerdem trug ich ein Shirt, das klitschnass geregnet und wieder getrocknet war.

Artig folgte ich ihr in den Behandlungsraum, den ich erst Sekunden vorher verlassen hatte.

»Nehmen Sie Platz.« Kovacevic deutete auf die modernen Cocktailsesselchen mit der schrägen Rückenlehne. War es Zufall, dass deren Polster haargenau die gleiche Farbe wie Kovacevics vanillefarbenes Oberteil hatten?

Ich hockte mich auf die Sesselkante und zupfte an den dünnen Ärmeln meines dunklen Shirts, die nicht hochrutschen konnten, weil ich die Daumen durch die Löcher im Ärmelsaum gesteckt hatte.

Kovacevic griff die Akte *Matundu,* klackerte mit dem Schnellhefter zum leeren Schreibtisch, um diesen dort abzulegen und dann mit einem dicken, schwarzen Ordner und einer neuen, gelben Pappmappe zurückzukehren. Sie ließ sich mir gegenüber nieder und schlug die langen Beine übereinander.

Das Vanille-Cappuccino-Outfit passte farblich so perfekt zu dem Sessel, dass es nur Absicht sein konnte, überlegte ich, während sie *Simanowski-Ziegler, 2, 4/1* auf die neue Mappe malte.

Konnte man eigentlich mit fünfundzwanzig schon als vollausgebildete Psychologin seelisch Kranke behandeln? Über gefährlich viel Berufserfahrung verfügte Kovacevic jedenfalls nicht.

»Nun, Frau Simanowski-…«

»Ziegler reicht«, korrigierte ich.

»Frau Ziegler«, begann sie erneut. »Für unseren Termin ist heute etwas mehr Zeit als üblich eingeplant, weil Sie bisher nicht psychologisch betreut wurden und noch keine gesicherte Diagnose existiert. Wir wollen also erst einmal gemeinsam herausfinden, was mit Ihnen los ist und welche Ziele Sie durch Ihren Aufenthalt hier erreichen wollen.«

Auf alle Fälle wollte ich keine neongelben Ausrufezeichen in meiner Akte. Und ich wollte auch nicht, dass sie zu ihren Kollegen rannte und diese beauftragte, mich zu bespitzeln.

Also verzog ich keine Miene, während ich ihr meine persönlichen Daten nannte. Auf die unvermeidliche Frage nach meinem Suizidversuch erklärte ich ihr knapp, dass es sich um ein Versehen handelte und es mir eigentlich gut ginge. Dass meine Kindheit normal gewesen sei, ich seit dem Abi in Bochum als Kellnerin arbeitete, dort Freundinnen gefunden und mich gut eingelebt habe. Es gelang mir, mich auf meine Worte zu konzentrieren.

Als ich das Wort ›Abi‹ in Zusammenhang mit ›Kellnern‹ erwähnte, runzelte Kovacevic die Stirn.

Logisch. Ihr musste jedes Verständnis für eine solch unnütze Lücke im Lebenslauf fehlen, denn sonst hätte sie kaum in diesem Moment vor mir sitzen und sich ein Urteil über mich erlauben können.

Unser Gespräch war ins Stocken geraten und ein unangenehmes Schweigen entstand, das ich nicht zu unterbrechen gedachte. Ich sah Kovacevic abwartend an.

»Gut.« Die Psychologin räusperte sich und bückte sich nach dem dicken Ordner, den sie neben ihrem Sessel auf den Boden gestellt hatte. Mir fiel die kleine Tätowierung auf ihrer linken Nackenseite auf, weil ich das Motiv erkannte. Eine stilisierte Blüte der Blume, der ich meinen Namen verdankte. Kovacevic richtete sich wieder auf und zog ein Formular aus einer Einsteckfolie.

»Dann beantworten Sie erst mal die Fragen auf diesem Zettel.« Sie schob mir das Papier und einen Stift hinüber. »Lassen Sie sich so viel Zeit, wie Sie brauchen.«

Sie nahm alles, was sie bisher über mich notiert hatte, ging zu ihrem riesigen Schreibtisch hinüber und setzte sich an den PC.

Schnelltest Depression, stand oben auf dem einseitigen Formular. Ich überflog die zwanzig Aussagen, bei denen ich angeben sollte, ob sie *überhaupt nicht, teilweise* oder *in hohem Maß* auf mich zutrafen. An einem besseren Tag hätte ich ziemlich sicher darüber gelacht.

Ich fühle mich müde.
Ich glaube, ein Versager zu sein.
Meine Zukunft scheint hoffnungslos.

Man musste sich nicht mal die Mühe machen und darüber nachdenken, um zu durchschauen, worauf der Test abzielte.

Der Knaller war Frage Nummer zwanzig: *Ich mache mir Gedanken, wie ich Selbstmord begehen kann.*

Welcher Vollidiot gab denn hier *in hohem Maß* an, wenn er ernsthaft vorhatte, sich in näherer Zukunft ungestört umzubringen?

Ohne Zögern kreuzte ich durchgehend *überhaupt nicht* an. Nur Frage zwölf ließ mich kurz stocken.

Sie fühlen sich schuldig und glauben, bestraft werden zu müssen.

Ich wusste die Antwort nicht mehr, wurde mir klar.

Deine Mutter hätte dir das Gleiche erzählt wie mir: dass dein dämlicher Bruder bei dem Unglück damals gar nicht dabei war! Den hat sie vom Klavierunterricht abgeholt, während dein Vater auf deine Schwester und dich aufgepasst hat! Was auch immer Claudius dir erzählt hat, er hat es definitiv nicht mit eigenen Augen gesehen!

Claudius wusste nicht, ob ich meine Schwester wirklich

von der Empore gestoßen hatte. Er hatte nur wiederholt, was mein Vater ihm erzählt hatte. Mein Vater war mit Fee und mir allein gewesen, als meine Schwester gestorben war.

Du warst vier Jahre alt!, erinnerte mich Danner.

Ich knirschte mit den Zähnen, merkte, dass Kovacevic mich beobachtete und entspannte mein Gesicht wieder.

Danner hatte mal wieder recht. Die Möglichkeit, dass ich nicht schuld am Tod meiner Schwester war, existierte zumindest. Mehr noch: Je länger ich darüber nachdachte, umso wahrscheinlicher schien sie zu werden.

Zum allerersten Mal fühlte ich wieder etwas, wovor ich keine Angst hatte: Wut.

Ich konnte mir die Szene mühelos vorstellen.

»So sprichst du nicht mit mir!«

Fee versucht, an ihm vorbei in ihr Zimmer zu kommen, doch er erwischt sie am Arm, reißt sie zurück. Ihre langen, blonden Haare fliegen. Sie ist so klein und er so riesig! Er schleudert sie gegen das Geländer!

Ich schreie ihn an, doch als ich das Krachen höre, fahre ich herum. Ich sehe Fees Augen groß werden vor Schreck, als das gedrechselte Geländer hinter ihr wegknackt.

Ich renne auf sie zu, sehe sie von mir wegstürzen. Fallen …

War das wirklich eine Erinnerung? Oder hatte meine lebhafte Fantasie die Lücken in meinem Gedächtnis mit den Bildern aufgefüllt, die ich sehen wollte?

So oder so, die Möglichkeit war real. Es war sehr gut denkbar, dass mein Vater meine Schwester in einem unkontrollierten Wutausbruch getötet hatte, und als meine Mutter mit meinem Bruder heimkam, hatte er behauptet, ich hätte sie im Streit geschubst.

Selbstverständlich war ihm das zuzutrauen.

Mir wurde heiß, als ich den Gedanken zu Ende dachte: Hätte mein Suizidversuch Erfolg gehabt, hätte mein Vater endgültig gewonnen.

Und eigentlich hatte er das auch so, wurde mir im gleichen Moment klar, denn ich saß kurz vor der Unzurechnungsfähigkeit in einer Psychoklinik. Genauso gut hätte ich meine Anzeige wegen häuslicher Gewalt zurückziehen können, denn niemand würde meiner Aussage vor Gericht jetzt noch Glauben schenken. Er brauchte hier nicht einmal mehr aufzutauchen und mich unter Druck zu setzen.

Ich hatte es verbockt.

Kovacevic beobachtete mich weiterhin nicht sonderlich unauffällig.

Sie fühlen sich schuldig und glauben, bestraft werden zu müssen.

Schnell machte ich das Kreuz bei *überhaupt nicht,* genau wie bei allen anderen Fragen, erhob mich und legte der Psychologin den Zettel hin.

Sie überflog meine Antworten.

Ich überflog ihren Arbeitsplatz, während ich wartete. Der Schreibtisch stand mitten im Raum, vor dem Aktenregal und mit Blick zu Tür und Sitzgruppe, sodass die Psychologin immer sehen konnte, was im Raum passierte und wer hereinkam. Ihr Schreibtisch war schlicht und modern, eine große, abwischbare Arbeitsplatte, darunter konnte ich zwei Rollcontainer und den surrenden PC neben den Metallbeinen des Stuhls sehen.

Ein edler, silberner Federhalter, ein Lineal und ein Brieföffner lagen genau parallel zur Tischkante. Neben dem Flachbildschirm ihres PCs standen mehrere Stifthalter mit unzähligen, bunten Textmarkern, Kugelschreibern und Bleistiften – im exakt gleichen Abstand zueinander. Und ein Desinfektionsmittelspender. Familienfotos gab es keine.

Eine altmodische, schwere Keramikbuchstütze im Regal fiel mir auf, weil sie die Form eines dicken, nackten Engels mit goldenen Flügeln hatte. Eine in einer Ecke wohnende Ratte hätte genauso gut in Kovacevics geradezu perfektionistisch durchgestyltes Büro gepasst.

Die Psychologin hatte meinen Depressionstest überflogen und musterte mich skeptisch.

Dann ließ sie mich noch einen *Schnelltest Schizophrenie* und einen *Schnelltest Angsterkrankungen* ausfüllen, deren Fragen genauso durchschaubar waren.

»Ganz ehrlich, Frau Ziegler, so unauffällige Testergebnisse wie Sie hat hier noch niemand abgeliefert«, bemerkte Kovacevic mit einem hörbar schnippischen Unterton in der Stimme. »Sind Sie sich sicher, dass Sie auf alle Fragen die korrekte Antwort gegeben haben?«

Ich machte ein erschrockenes Gesicht: »Hab ich was falsch gemacht? Ich kann die Tests gern noch mal ausfüllen, dann können Sie mir ja einfach sagen, was ich ankreuzen muss.«

Die Psychologin presste angepisst ihre zartrosa Lippen aufeinander: »Natürlich nicht.«

Ihre perfekt geschwungenen, dunklen Augenbrauen rückten auf den dicken Rand ihrer Hornbrille herunter. Einen Moment lang schien sie tatsächlich zu überlegen, ob ich das ernst meinte, zog dann aber wohl den richtigen Schluss.

»Wenn Ihr Suizidversuch tatsächlich nur ein Unfall gewesen sein sollte und es Ihnen so gut geht, wie Sie behaupten, dann stellt es ja kein Problem für Sie dar, mir das hier zu unterschreiben.«

Sie bemühte sich hinter ihrem Schreibtisch hervor und kehrte mit mir zur Sitzgruppe zurück, wo sie einen weiteren Zettel aus ihren Unterlagen kramte. »Das hier ist ein Vertrag, in dem Sie mir versichern, dass Sie während Ihres Aufenthaltes und darüber hinaus keinen weiteren Suizidversuch unternehmen. Sollten Sie doch darüber nachdenken, melden Sie sich umgehend bei mir, in Ordnung?« Sie versuchte ein dünnes Lächeln.

Ich blinzelte fassungslos. Jetzt war ich mir nicht sicher, ob die Psychologin das ernst meinte oder sie zur Abwechslung versuchte, mich zu verarschen. Ehrlich gesagt, traute ich ihr so viel Humor aber nicht zu.

Ich sollte mich vertraglich verpflichten, keinen Selbstmord zu begehen? Was, bitte, sollte denn passieren, wenn ich mich nicht daran hielt?

Ich biss mir kräftig auf die Zunge, weil sie mir diese Gedanken vermutlich ansehen konnte.

»Kein Thema.« Kopfschüttelnd nahm ich ihr den Zettel aus der Hand und kritzelte meine Unterschrift darunter, ohne durchgelesen zu haben, was genau ich unterschrieb.

»Ich sag doch, dass es mir gut geht.«

Kovacevic trommelte mit perfekten, durchsichtig lackierten Fingernägeln auf den Glastisch. Einen Augenblick lang herrschte knisterndes Schweigen.

»Na schön, Frau Ziegler«, gab die Psychologin dann auf. »Wenn es nichts gibt, worüber Sie noch mit mir sprechen wollen, haben wir es für heute geschafft.«

Tatsächlich? Ich warf einen Blick auf die Uhr neben dem Mohnblumenbild an der Wand. Eine knappe Stunde hatte unsere Therapiesitzung gedauert. Das war ja ein Kinderspiel gewesen. Ich erhob mich erfreut.

»Wir sehen uns diese Woche noch wieder, Frau Ziegler«, rief mir Kovacevic nach, als ich zur Tür lief. »Überlegen Sie mal, ob es ein Thema gibt, das Sie mit mir bearbeiten wollen. Wenn Sie das Gefühl haben, keine Einzeltherapie zu benötigen, können wir die Anwendung absetzen. Möglicherweise reicht in Ihrem Fall die Psychotherapie in der Gruppe aus.«

Na also. Geht doch. Bibi hatte recht, man konnte tatsächlich mit Kovacevic auskommen.

»Vielen Dank«, nickte ich der Psychologin beim Rausgehen zu und meinte es auch so.

9.

Ich knirschte mit den Zähnen.

Mein persönlichkeitsgespaltener Stationsarzt Dr. Oppolt war doch nicht ganz so dämlich, wie ich angenommen hatte. Das wurde mir klar, als ich am frühen Abend gemeinsam mit Bibi meinen Therapieplan für die Restwoche – also Donnerstag und Freitag – aus meinem Postfach nahm. Der Plan war voll. Das stramme Programm dauerte bis in den späten Nachmittag. Und abends auf dem Zimmer bewachte mich Bibi. Die nahm meine Verhaltensauffälligkeiten ausgesprochen tolerant hin, offenbar fest entschlossen, mit mir endlich die Pyjamapartys zu veranstalten, die Romy sabotierte.

Sah aus, als hätte ich bis zum Wochenende keine Zeit, mich umzubringen.

»Und hier, sieh mal!« Bibi zupfte an meinem Zettel, um besser draufgucken zu können. »In der Gruppentherapie hast du die Minotti. Das ist echt eine Liebe.«

Lieb? Ich runzelte die Stirn. ›Lieb‹ wäre das letzte Wort, das mir im Zusammenhang mit einer Gehirnwäscherin eingefallen wäre.

Ich faltete den Therapieplan nicht besonders ordentlich zusammen, stopfte ihn in meine Hosentasche und kehrte dann allein in unser Zimmer zurück, während Bibi sich auf den Weg zum Frustflügel machte. Nach meiner Flucht vor dem Mittagessen war mir der Appetit vergangen.

Meine dürre Mitbewohnerin Romy fürchtete sich anscheinend auch vor dem Speisesaal, wenn vermutlich aus anderen Gründen als ich. Sie kam kurz nach mir ins Zimmer, warf sich wortlos auf ihr Bett und starrte an die Decke.

Mein Blick fiel auf eine längliche Plastikschachtel auf dem kleinen Schränkchen am Fußende meiner Schlafstätte, das ja ursprünglich das Kopfende gewesen war. *Morgens, mittags, abends* stand auf aufgeklebten Druckschriftstreifen auf dem durchsichtigen Deckel. Ich nahm die Dose in die Hand. Drei weiße Tabletten klapperten im mit *Abend* beschrifteten Fach. Zwei kleinere und eine größere.

Beruhigungsmittel?

Schlafmittel?

Antidepressiva?

Egal eigentlich. Ohne lange zu überlegen, öffnete ich die Schachtel und schluckte alle drei Pillen auf einmal. Ich traute mich nicht, nachzusehen, ob irgendwas in Danners Sporttasche oder meinem Rucksack als Schlafanzug taugte. Deshalb schlüpfte ich aus meiner Jeans und kroch in dem dünnen, langärmeligen schwarzen Shirt und der Unterhose, die ich den ganzen Tag getragen hatte, unter die Bettdecke.

Entweder wirkten die Medikamente schneller, als sie sich in meinem Magen auflösen konnten, oder aber der erste Tag in der Klinik hatte mich mehr Kraft gekostet, als mir bewusst war.

Beinahe auf der Stelle fielen mir die Augen zu.

Das Letzte, was ich sah, war Romys lange, flache Gestalt auf dem Bett schräg gegenüber, die sich nicht mal, als ich mich ausgezogen hatte, bewegt hatte.

10.

»Können Sie lesen, Frau ...«

Die schlanke Therapeutin mit der sportlichen, grauen Kurzhaarfrisur und der dunkelgrünen Regenjacke warf einen Blick auf meinen zerknitterten Therapieplan. Ich hielt ihr den Zettel hin, weil alle anderen das auch taten, damit sie eine Unterschrift darauf kritzelte.

»... Frau Simanowski-Ziegler?«

Sie wartete auf meine Antwort, als gäbe es tatsächlich berechtigte Zweifel an meiner Lesefähigkeit. Die Frau ging auf die sechzig zu, was man ihrem gepflegten, unaufdringlich geschminkten Gesicht durchaus auch ansah, ihrem geschmeidigen Körper und ihren energiegeladenen Bewegungen hingegen kein bisschen.

»Achten Sie bitte auf die kursiv gedruckten Zusätze hinter Ihren Terminen«, empfahl sie mir, als ich bockig schwieg.

Ich zog ihr den Zettel weg und warf einen Blick darauf.

6:45 Uhr – Walking – Frau Welliehausen – Innenhof – Bitte erscheinen Sie pünktlich und in dem Wetter angepasster Kleidung zum Termin!, stand dort.

Mein Blick wanderte zum Himmel. Auch heute hingen schwarze Wolken über der Stadt. Es blieb düster und der nächste Wolkenbruch war absehbar.

Mein dünnes schwarzes Shirt von gestern, Jeans und ausgelatschte Sneakers waren wohl nicht das, was Welliehausen als ›dem Wetter angepasst‹ bezeichnete.

»Heute haben wir viele neu angereiste Patienten dabei, wir gehen nur eine kleine Runde durch den Stadtpark. Vielleicht bleiben Sie ja trocken.«

Ein weiterer Blick zum Himmel verriet mir, dass ich dafür schon unverschämt viel Glück benötigte, und auf mein Glück wollte ich mich im Moment lieber nicht verlassen. Aber eine Stunde im Regen würde mich nicht umbringen.

Leider.

Natürlich hatte ich heute Morgen die gelbe Kleiderschranktür angestarrt und überlegt, ob ich in Danners Sporttasche nach einer Jacke suchen konnte. Aber was sollte ich machen, wenn er noch irgendwas eingepackt hatte, womit ich nicht rechnete? Oder wenn er sein eigenes, verschwitztes Sportshirt in der Tasche vergessen hatte? Oder wenn sie noch nach seinem Aftershave roch?

Rückwärts war ich vor der Schranktür zurückgewichen

und in den Klamotten von gestern aus dem Zimmer gestürzt.

»Wer neu angereist ist, wundert sich möglicherweise, weil so viel Sport im Therapieplan steht, obwohl Sie vielleicht ausschließlich wegen einer psychischen Erkrankung hier sind.« Welliehausen riss mich aus meinen Gedanken, als sie zwei Schritte Abstand von der im lockeren Halbkreis versammelten Gruppe nahm.

Bestimmt dreißig Leute hatten sich an diesem finsteren Morgen im Innenhof eingefunden, um zu ›walken‹, was ja im Grunde genommen nichts Anderes bedeutete als zu ›gehen‹.

Ich entdeckte den Dunkelhäutigen, dem meine Psychologin anscheinend Aggressionen attestiert hatte. Er hielt sich etwas abseits, die Kapuze seiner Regenjacke tief ins Gesicht gezogen. Weil er die meisten anderen überragte, konnte ich ihn gut sehen. Sein wacher Blick wanderte über die Gruppe.

»Unser ganzheitliches Behandlungskonzept beruht auf der Überzeugung, dass geistiges und körperliches Wohl zusammenhängen und das eine das andere bedingt«, referierte Welliehausen. »Steigt Ihr körperliches Wohlbefinden, wirkt sich das günstig auf Ihren Allgemeinzustand aus. Körperliche Bewegung stellt eine sehr wirksame Therapie zum Beispiel bei Depressionen dar. Vor allem an der frischen Luft in natürlicher Umgebung. Ein Aufenthalt im Grünen entspannt automatisch, vermutlich handelt es sich dabei um einen Überlebensinstinkt, der noch aus der Zeit stammt, in der Menschen in Höhlen lebten.«

»Uga, uga!« Ein älterer Kerl mit bauchlangem Bart, der direkt neben mir stand, mimte genervt den Steinzeitmenschen. Zu einer zerschlissenen grauen Jogginghose trug er eine speckige Lederweste mit Motorrademblem. Sah aus, wie ein Hells Angel in Rente.

»Außerdem …«, sprach Welliehausen den Altrocker so

direkt an, als richtete sie ihre Worte ausschließlich an ihn, »… sind Gespräche während des Walkings unerwünscht.«

Die Miene des Bärtigen verfinsterte sich so stark, dass Kovacevic ihm wahrscheinlich ebenfalls unterstellt hätte, aggressiv zu sein. Ich hörte ihn etwas brummeln, das wie »Pass auf, dass ich dich nicht zum Schweigen bringe, du Zicke!« klang.

»Ziel des Walkings ist, Ihre Gedanken in eine Art Leerlauf zu bringen«, wandte sich die Therapeutin unbeeindruckt wieder der gesamten Gruppe zu. »Versuchen Sie, sämtliche Überlegungen an sich vorbeiziehen zu lassen, ohne sie zu bewerten. Registrieren Sie, welche Richtung Ihre Gedanken einschlagen, wenn Sie sie schweifen lassen. Und ganz wichtig: Wenn wir unsere Walkingrunde beendet haben, hören Sie auf zu grübeln und gehen frühstücken.«

Die Körperspannung des Bärtigen neben mir hatte sich verändert. Seine hochgezogenen Schultern fielen mir auf und der dunkle Schorf auf allen vier Knöcheln seiner breiten Faust.

Welliehausen drehte sich auf dem Absatz um und marschierte los. Die Gruppe setzte sich deutlich schwerfälliger in Bewegung, beschleunigte dann aber zusehends, um die forsche Therapeutin nicht aus den Augen zu verlieren, die sich auf der Straße vor der Klinik nach rechts gewandt hatte.

Ich ließ dem schlecht gelaunten Altrocker den Vortritt. Er hinkte. Die ersten Regentropfen trafen mein Gesicht, während sich der Bärtige eine Zigarette anzündete. Auf der rechten Straßenseite reihten sich die Krankenhäuser aneinander, denen die Straße ihren Namen verdankte. Auf der anderen Seite begann der Stadtpark.

Danner tauchte in meinen Gedanken auf, wie er sich in ausgebeulter Jogginghose und dunkler Regenjacke eine Mütze über die Glatze zog, um joggen zu gehen. Das Wetter war ihm egal. Hoffentlich versuchte er nicht ausgerechnet heute Morgen, seinen Frust mithilfe seiner üblichen Joggingrunde durch den Park abzubauen …

Schnell verdrängte ich den Gedanken, vergrub die Hände in den Hosentaschen und trottete hinter der Walkinggruppe her.

Als wir den gepflasterten Platz am Bismarckturm erreichten, wanderte mein Blick an den massiven Mauern hinauf. Die Höhe war ausreichend. Leider war der Turm nicht frei zugänglich, die Fenster waren vergittert und die Fugen zwischen den Steinblöcken boten nicht genug Halt zum Klettern …

Wie Welliehausen empfohlen hatte, registrierte ich die Richtung, die meine Gedanken einschlugen. Wertfrei. Dass sich die Bewegung an der frischen Luft an diesem düsteren Donnerstagmorgen positiv auf mein Befinden auswirkte, hätte ich allerdings nicht unterschrieben.

Der Turm stand auf einer Anhöhe. Während wir bergab in den Park hinuntergingen, konnte ich über den Gondelteich hinwegsehen. Zwischen den Baumkronen dahinter blitzte das blaugraue Stahlskelett des Bergbaumuseums auf. Es befand sich in unmittelbarer Nähe zum Polizeipräsidium …

Das war definitiv nicht die Richtung, in die ich meine Gedanken schweifen lassen wollte! Ruckartig wandte ich mich ab. Zurück zum Problem: Es wurde Zeit zu überlegen, was ich tun wollte, sobald sich nicht mehr verdrängen ließ, was in meinem Leben schiefgelaufen war. Den Bismarckturm konnte ich als Problemlösung streichen.

Wir umrundeten den Teich. Die Therapeutin hatte sich mit energischen Schritten einen deutlichen Vorsprung herausmarschiert. Der Weg stieg wieder an und oben an der Straße überragte die lang gezogene, weiße Front des Sankt-Josefs-Hospitals die Baumkronen.

Nachdenklich verlangsamte ich mein Tempo.

»Scheißwetter, hm?« Der Rocker, zu dem ich eigentlich

Sicherheitsabstand halten wollte, humpelte neben mir her. Seine rechte Hüfte schien steif zu sein. Er trug klobige, schwarze Turnschuhe mit dicker Lasche und der Regen perlte von seiner ledernen Weste ab, die wie eingefettet aussah.

Ich ignorierte ihn.

»Schlecht drauf?«, brummte er.

Verpiss dich.

»Bessere Laune kostet dich fünf Euro.« Er zog ein langes buntes Plastikröhrchen unter seiner Kutte hervor. Eine Packung Vitamintabletten zum Auflösen, wie man sie in jedem Drogeriemarkt kaufen konnte. Mit Johannisbeergeschmack, die roten Früchte waren auf der Verpackung abgebildet. Doch als der Bärtige das Ding schüttelte, begriff ich, dass sich darin keine Brausetabletten befanden. Klang, wie eine mit getrockneten Erbsen gefüllte Rassel. Jetzt hatte der Bärtige meine Aufmerksamkeit.

»Was haste ’n da?«, erkundigte ich mich.

Seine kleinen, dunklen Augen lugten misstrauisch unter seinen borstigen Brauen hervor. Überhaupt konnte man von seinem Gesicht für meinen Geschmack viel zu wenig erkennen. Nur die knubbelige, mit geplatzten Äderchen überzogene Nase ragte aus dem wild wuchernden Bart.

»Meinste, ich lass mir für fünf Euro eine Paracetamol andrehen?«, spottete ich, als er schwieg.

»Meinste, ich sitz in der Psychiatrie, um mich mit Paracetamol zudröhnen zu lassen?«, konterte er und klickte den Plastikdeckel auf. Das etwa fünfzehn Zentimeter lange Röhrchen war mit bunten Pillen gefüllt. »Die hauen rein. Das ist was zum Schlafen, zum Runterfahren, gegen Depri.«

Ich zog mein Portemonnaie aus der Gesäßtasche und zupfte einen Hunderter hervor.

Seine unter den Brauen versteckten Augen leuchteten auf.

Vier Stockwerke unter mir parkte ein Rettungswagen. Der Fahrer rauchte neben dem Fahrzeug. Das Metalltor, durch das Lieferfahrzeuge auf einen Wirtschaftshof fuhren, stand offen, die Tür zum Treppenhaus ebenfalls. Morgens um acht herrschte unter mir reger Verkehr.

Nicht weit entfernt verlief ein stabiles Regenfallrohr an der Fassade hinunter, weiter hinten sah ich eine verzinkte Feuertreppe, doch ich hatte einen einfacheren Weg genommen. Der Krankenhauskomplex mit seinen verschiedenen Gebäuden war nur ein paar hundert Meter von *Birkenhain* entfernt und so riesig, dass niemandem auffiel, wer ein- und ausging. Das frei zugängliche Treppenhaus endete vor der Stahltür, die auf das Dach hinausführte. Zwar war der Durchgang durch einen dieser grünen Kästen unter der Klinke gesichert, die Alarm schlugen, sobald jemand die Tür öffnete. Das schmale Treppenhausfenster daneben allerdings nicht.

Ich hörte auf, das bis zum Rand mit Tabletten gefüllte Plastikröhrchen zwischen den Fingern zu drehen, rutschte ein Stück von der Dachkante weg und faltete die Beine zum Schneidersitz. Der Regen klebte mir die Haare an den Kopf und prasselte auf die blechernen Abluftschächte hinter mir. Über den Stadtpark hinweg konnte ich bis zum Bergbaumuseum sehen.

Ich fummelte das Pflaster von der Innenseite meines Handgelenks. Die frische Narbe war rot, aber gut verheilt. Hier oben würde so schnell niemand nach mir suchen. Außerdem interessierte ja auch keinen, was aus mir wurde.

Ich fing wieder an, das Tablettenröhrchen zu drehen.

Aber was, wenn Danner recht hatte? Wenn mein Vater wirklich meine Schwester von der Empore gestoßen hatte? Vor meinen Augen? Und mir die Sache mein Leben lang in die Schuhe geschoben hatte, ohne dass ich überhaupt davon wusste?

Mein dünnes Shirt war durchnässt. Ich zitterte, aber das störte mich nicht.

Mein Vater hatte längst gewonnen. Ich wusste nicht, was damals geschehen war. Und selbst wenn die Erinnerung irgendwann zurückkehrte, würde mir niemand glauben. Meine Unzurechnungsfähigkeit hatte ich ja mit dem Selbstmordversuch eindrucksvoll unter Beweis gestellt.

Trotzdem ...

Ich konnte das feine Brodeln in meinem Bauch jetzt ganz deutlich fühlen. Wie die feinen Bläschen, die sich, kurz bevor das Wasser kochte, vom Boden des Topfes lösten. Meine Wut war wieder da.

Irgendwo in meinem Kopf ging eine Lampe an und eine Sekunde lang erkannte ich plötzlich, was es bedeutete, wenn ich diese Gedanken konsequent zu Ende dachte.

Wenn Danner recht hatte und ich tatsächlich *nicht* schuld am Tod meiner Schwester war ...

Am liebsten hätte ich mir die Ohren zugehalten und laut gesungen, aber seine eigenen Gedanken kann man schlecht übertönen. Ich ließ das Plastikröhrchen aufs Dach klappern und meinen Kopf in die Hände sinken.

Dann gab es keinen Grund, mich umzubringen.

Außer vielleicht Liebeskummer ...

Aber wie ein neurotischer Teenager konnte ich mich nun wirklich nicht benehmen.

Boah, Ben, du Arsch!

Mein Leben sah aus wie Pompeji nach dem Ausbruch des Vesuvs. Konnte er mich wirklich zwingen, trotzdem weiterzumachen?

11.

Als ich in die Klinik zurückkehrte, war es Mittagszeit.

Ein Stationsgespräch hatte ich verpasst und vor dem Speisesaal hatte ich Angst. Deshalb kehrte ich auf mein Zimmer zurück, um nicht tropfnass, schlotternd und mit rot gefrorener Nase in der Kunsttherapie aufzutauchen.

Als Erstes sah ich die Sonnenblume, die neben dem Fenster mit Ausblick auf die Schlechtwetterfront wie ein schlechter Scherz wirkte. Rechts an der Wand waren die Betten von Bibi und mir so unordentlich zerwühlt, wie wir sie heute Morgen verlassen hatten.

Links saß Romy neben dem sonnengelben Kleiderschrank auf ihrer akkurat glatt gestrichenen Decke, die gar nicht unter ihrem Gewicht zu zerknittern schien.

Als sie mich bemerkte, hörte Romy auf, ins Leere zu starren. Wie in Zeitlupe wandte sie mir ihr schrecklich-schönes Gesicht zu. Ich tat, als würde ich es nicht bemerken, schleuderte meine nassen Turnschuhe in eine Ecke und schnappte mir ein Handtuch aus dem Badezimmer, um meine Haare trockenzurubbeln.

Mein Shirt konnte ich auswringen und meine Jeans war schmutzig, weil ich stundenlang auf dem Krankenhausdach gehockt hatte. Doch vor dem Kleiderschrank fürchtete ich mich. Und Bibi war blöderweise nicht da, um mir zu helfen.

Wenn Kovacevic die Psychogespräche unbedingt fortsetzen wollte, würde ich sie meine Kleiderschrankphobie therapieren lassen. Mal sehen, was sie vorschlug, um dieses Problem in den Griff zu kriegen.

Romy beobachtete mich mit undurchdringlicher Miene. Ich glaubte nicht daran, dass sie mir helfen würde, aber ich ließ es auf einen Versuch ankommen.

»Tu mir mal einen Gefallen«, sagte ich zu dem mageren Mädchen, ohne eine Antwort zu erwarten. »Im Rucksack oder in der Sporttasche im Schrank müssten irgendwo eine trockene Jeans und ein brauchbares Oberteil stecken. Eins mit langen Ärmeln. Kannst du mir die Klamotten rausholen?«

Zum ersten Mal regte sich Romys Miene. Ihre grünen Katzenaugen wurden schmal. »Warum machst du das nicht selbst?«, erkundigte sie sich beinahe interessiert.

»Bevor ich dir das erzähle, gehe ich in diesem Aufzug zur Kunsttherapie«, blockte ich ab. »Machst du es jetzt, oder nicht?«

Romy musterte mich wie ein seltenes Insekt mit vielen, haarigen Beinen. Dann erhob sie sich mit der Geschwindigkeit eines Riesenfaultiers, flanierte gemächlich zum Schrank hinüber und zog Danners Sporttasche heraus.

Ich wandte mich ab.

Romy entging das nicht. Aus dem Augenwinkel registrierte ich, dass ihr Kopf zu mir herumzuckte. Die schnellste Bewegung, die ich sie bisher hatte machen sehen.

Gleich darauf warf sie mir Jeans, ein blasslila Shirt und frische Unterwäsche aufs Bett.

»Sag einfach Bescheid, wenn ich dir mal deine Socken aus dem Koffer kramen soll«, bedankte ich mich.

Eine Sekunde lang bildete ich mir ein, Romys linker Mundwinkel würde nach oben zeigen.

Aber wahrscheinlich hatte ich mich getäuscht.

12.

»Frau Biermann-Krämer?«

»Hier.« Die dünne Blondine links neben mir hob eine Hand. Rechts neben mir hatte sich zu meinem Ärger mein bärtiger Tablettendealer breitgemacht. Zielstrebig hatte er den Platz neben mir angesteuert und mir »Meld dich, wenn du noch was brauchst« zugeraunt.

Großartig. Freundschaft mit dem Hells Angel zu schließen, war das Letzte, was ich mir wünschte. Zwar drohte der Bärtige im Augenblick niemandem Gewalt an, doch hier im geschlossenen Raum, in seiner unmittelbaren Nähe, drängte sich die Vermutung auf, dass er wegen einer Angststörung hier war. Wegen Angst vor Wasser, um genau zu sein. Er roch nach einer Mischung aus altem Schweiß, Zigaretten und nassem Leder. Aus der Nähe betrachtet, glänzte die speckige Weste unter einer Schmutzschicht, unter der das aufgenähte Emblem eines Skeletts auf einem Motorrad kaum noch zu erkennen war. Die Kutte sah aus, als hätte er sie seit zwanzig Jahren nicht mehr ausgezogen.

Ich ging so weit wie möglich auf Abstand.

»Frau Katschomeit?«

»Ja.«

Das war eine Brünette ganz vorn.

»Frau Simanowski-Ziegler?«

Ich meldete mich artig. Es kam mir vor, als verweilte der Blick der Therapeutin mit den wirren, fuchsroten Locken etwas länger auf meinem Gesicht.

»Herr Matundu?«

Der große, angeblich aggressive Dunkelhäutige saß mir genau gegenüber. Er hatte eine breite Nase, volle Lippen und einen kurz geschnittenen, schwarzen Bart. Mir fielen seine wachen Augen auf, deren weißer Bereich einen auffälligen Kontrast zu seinem dunklen Gesicht bildete. Obwohl absehbar gewesen war, dass die Therapeutin ihn aufrufen würde, schien sie ihn erschreckt zu haben. Er kniff die Augen zusammen, um sie im nächsten Moment weit aufzureißen. Rund um seine dunklen Pupillen war das Weiße zu sehen und seine rosa Zunge schnellte aus seinem Mund wie bei einem Frosch.

Ich erinnerte mich an Kovacevics Kommentar in den Unterlagen: *Pat. grimassiert …*

Der Mann merkte, dass ich ihn ansah. Schnell ließ ich meinen Blick weiterschweifen, über die in U-Form angeordneten Tische. Die zerschrammte Holzplatte vor mir war mit Farbe bekleckst, die ursprüngliche Oberfläche nur an wenigen Stellen sichtbar. Mit alten Zeitungen gefüllte Kartons standen neben einem langen, hohen Regal. In den schmalen Fächern lagen Papierbögen in unterschiedlichen Größen und Farben. Mit Pinseln und Stiften gefüllte Gläser standen auf einem Sideboard. An einer an der Wand befestigten Leiste hingen Bilder von Fabelwesen, die aussahen, als hätten sie Grundschulkinder mithilfe ihrer Tuschkästen angefertigt.

Den Namen des Tablettendealers und den einer Frau mit Kopftuch hatte ich nicht mitbekommen.

»Schön, dass Sie den Weg hierhergefunden haben«, begrüßte uns die Therapeutin mit dem Fuchsschwanz und der von Sommersprossen übersäten Stupsnase. »Mein Name ist Hartig und ich erkläre Ihnen heute …«

Matundu grimassierte wieder. Sein Kopf zuckte unkontrolliert und seine Mimik entgleiste. Das Zungerausstrecken und Augenverdrehen erinnerte an den Todestanz der Maori und sah zugegebenermaßen nach schlecht beherrschbarem Wahnsinn aus.

Plötzlich konnte ich mir ganz gut vorstellen, warum sich die zierliche, junge Kovacevic mit dem körperlich deutlich überlegenen Mann allein im Raum unbehaglich fühlte.

Doch einen Sekundenbruchteil später war der Spuk vorbei und Matundu folgte weiter aufmerksam Hartigs Erklärungen.

Weil der Beobachtete wieder bemerkte, dass ich ihn beobachtete, wandte auch ich mich rasch der rothaarigen Gruppenleiterin zu. Sie erklärte gerade, dass sie Kunst- und Gestalttherapeutin war und sie uns helfen würde, wenn wir uns in unserer Freizeit mit kreativer Arbeit beschäftigen wollten.

Ihr Look war nicht uncool, eine Mischung aus Künstlerin und Obdachloser. Ihre Jeans war größtenteils zerstört und da, wo sie kein Loch hatte, hatte sie Farbflecken. Dazu trug sie ein enges ehemals weißes Spaghettiträgershirt und bunt bekleckerte Biolatschen. Als wäre sie geradewegs aus ihrem Atelier hergekommen, wo sie eben noch mit Farbe gefüllte Wasserbomben auf eine riesige Leinwand geschleudert hatte.

Hier in der Kreativtherapie konnten wir uns in unserer Freizeit einem Projekt unserer Wahl aus den Bereichen Malen, Werken oder Textilverarbeitung widmen. Im Klartext hieß das wohl, wir sollten Stunden unserer Lebenszeit damit vergeuden, einen Korb zu flechten.

Die Therapeutin war der Meinung, wir könnten dabei unsere Konzentrationsfähigkeit schulen und herausfinden, ob kreative Arbeit eine Entspannungsmöglichkeit für uns darstellte. Mit ein bisschen Glück gerieten wir sogar in einen ›Flow‹, einen vertieften Arbeitsprozess, in dem wir mit unseren Händen ein Kunstwerk erschufen.

Ich war mir ziemlich sicher, dass allein der Anblick eines Korbes meinem überreizten Gehirn Anlass geben würde, um mir duftende Brötchen darin vorzugaukeln. Und den Geruch von frisch aufgebrühtem Kaffee.

Schon ploppten die Erinnerungen auf wie schillernde Seifenblasen.

Die leicht schmuddelige Ruhrpottkneipe mit den alten Holzbänken, den rot karierten Tischdecken, dem Flipper und dem kaputten Computer, an dem man irgendwann mal für zwei Euro Trivial Pursuit hatte spielen können. Den Tisch an der Theke, an dem Molle hinter der Bildzeitung sitzt. Der belustigte Blick des Dicken über seine halbmondförmige Weihnachtsmannbrille hinweg. Die verschmitzten Lachfältchen in seinen Augenwinkeln, die ich so liebte.

»Alles in Ordnung?«

Ich registrierte zwei kleine Hände mit schlanken Fingern

und Farbresten unter den Nägeln auf der fleckigen Tischplatte. Dass mein Kopf nach unten und mein Gesicht in meine Handflächen gesunken war, bemerkte ich erst einen Moment später.

Als ich mich aufrichtete, sah ich direkt in die bernsteinfarbenen Augen der Therapeutin. Ich hatte keine Ahnung, wie lange sie schon so dicht vor mir stand. Alle anderen Gruppenteilnehmer musterten mich ebenfalls. Wie in der Schule, wenn man vom Mathelehrer aus einem Tagtraum geweckt wurde.

Ruckartig lehnte ich mich zurück und verschränkte die Arme.

»Geht es Ihnen nicht gut, Frau Simanowski-Ziegler?« Die Bernsteinaugen der Therapeutin waren unangenehm klar.

Scheiße.

»Wird es Ihnen zu viel? Brauchen Sie eine Pause?«

Der Gesprächsverlauf gefiel mir nicht. Sie vermittelte den Eindruck, als wüsste sie tatsächlich, warum man ein Gespräch übers Körbeflechten nicht aushalten konnte.

»Sorry.« Ich zwang mich, ein Lächeln aufzusetzen. »Bilder malen, Körbe flechten, das ist ziemlich harter Stoff. Das halten meine Nerven kaum aus.«

Der hinkende Bärtige in der speckigen Motoradkutte grunzte. Das erste Zeichen, dass er überhaupt zuhörte.

Hartigs Blick wurde scharf.

Ich hob trotzig die Nase.

»Niemand hat behauptet, Ihre Therapie würde ein Spaziergang werden«, erklärte mir die Möchtegernkünstlerin schnippisch und wandte sich wieder der Gruppe zu.

Außer der kreativen Freizeitgestaltung, bei der wir einfach nur konzentriert vor uns hinarbeiten sollten, kamen auch noch mehrmals pro Woche Sitzungen sogenannter Kunst- und Gestalttherapie auf uns zu. Dort würde sich die gleiche Gruppe zusammenfinden, die sich heute hier getroffen hatte. Alle in dieser Runde waren neu in der Klinik angekommen, begriff ich.

Rasch checkte ich noch einmal die Gesichter: der Rocker mit der Wasserphobie, der Grimassenschneider, eine Frau mit Kopftuch, die dünne Blondine links neben mir und die Brünette, die mir gegenüber neben dem Dunkelhäutigen saß. Die schmale Frau hatte einen gebeugten Rücken und ihre glatten, dunklen Haare hingen wie eine Gardine vor ihrem Gesicht. Sie lugte mit großen, ängstlichen Augen durch einen schmalen Spalt in der Mitte.

Die Blondine saß genau genommen gar nicht mehr, sie lehnte mit verzerrtem Gesicht an der Wand neben dem Regal. Offenbar bereitete ihr das Sitzen aus irgendeinem Grund Schmerzen.

»In der Kunsttherapie werden Sie lernen, Ihre Gefühle mit bildhaften Mitteln auszudrücken«, informierte uns Hartig weiter.

»Was ich schon immer können wollte«, dachte ich. Dass ich laut gesprochen hatte, merkte ich nur, weil der ranzig riechende Rocker wieder grunzte und mir damit erneut Hartigs Aufmerksamkeit einbrachte.

Herzlichen Dank.

Während Hartig erklärte, dass wir die Wahl zwischen Ton, Tusche, Kreide, Acryl, Makramee, Wolle und Korb hatten und sie auch gewagteren Projekten wie der Verhüllung des Klinikgebäudes mithilfe von Klopapier aufgeschlossen gegenüberstand, streifte mich ihr Blick öfter als vorher.

Sie führte uns durch die Räume und beauftragte uns, übers Wochenende zu überlegen, welche Art kreative Arbeit wir ausprobieren wollten.

»Ähm – Frau Simanowski-Ziegler?«, hielt sie mich zurück, nachdem sie alle anderen verabschiedet hatte.

»Ziegler reicht«, knurrte ich.

»Haben Sie noch einen Augenblick?« Die Rothaarige deutete mit einer Handbewegung, die eher nach einem Marschbefehl als nach einer Einladung aussah, auf einen durch eine dicke Plexiglaswand abgetrennten Raum. Drei Schreibtische auf denen kreatives Chaos herrschte, standen in dem Büro, außerdem Aktenschränke und ein Regal voller Ablagen mit losen Blättern.

Eigentlich spürte ich keinen Gesprächsbedarf, doch Hartigs Gesicht sah aus, als hätte ich keine Wahl. Sie rauschte die durchsichtige Schiebetür hinter mir zu, bevor sie auf einen Hocker am Schreibtisch deutete.

Zögernd nahm ich Platz.

Die Kunsttherapeutin setzte sich auf den quietschenden, alten Drehstuhl hinter dem unordentlichen Arbeitsplatz und sah mich wieder an.

Nicht nur ihre Stupsnase war mit dicken Sommersprossen übersäht, sondern auch ihre Schultern unter den dünnen Trägern ihres Shirts. In ihren Augenwinkeln entdeckte ich feine Fältchen. Vielleicht war sie schon dreißig.

Ich rückte ein Stück von ihr weg.

Sie musterte mich nachdenklich, dann legte sie mir einen Zettel hin und deutete mit einem Stift darauf.

Simanowski-Ziegler, Liliana-Cassandra, las ich meinen Namen und ärgerte mich darüber, dass er vollständig abgedruckt war und die Therapeutin damit schon mehr über mich wusste als die meisten anderen Menschen.

(20) 2, 4/1, stand dahinter. Meine Patientennummer erkannte ich mittlerweile. Bei der Zahl in Klammern konnte es sich eigentlich nur um mein Alter handeln. Stand meine Körbchengröße auch irgendwo?

Mein Blick flitzte über den ganzen Zettel.

Frau Jenna Hartig las ich ganz oben neben dem Datum von heute. Jenna. Wenigstens wusste ich jetzt auch, wie sie hieß. Darunter waren Uhrzeiten und Namen aufgelistet. Das war der Arbeitsplan der Kunsttherapeutin, begriff ich.

Die Liste mit den verschiedenen Gruppen und deren Teilnehmern, die sie heute zu betreuen hatte. Die Namen in unserer Gruppe hatte sie beim Überprüfen der Anwesenheit abgehakt.

Weil sie noch immer mit der Kugelschreiberspitze darauf deutete, entdeckte ich jetzt den kursiv gedruckten Zusatz unter meinem Namen: *Auf Anwesenheit achten! Keine Therapie absetzen!*

Häh?

»Das ist die Anweisung Ihres behandelnden Arztes. Ich muss rückmelden, wenn Sie nicht an den Therapien teilnehmen.«

Oppolt, dieser persönlichkeitsgestörte, fresssüchtige …!

»Das gilt übrigens für alle Therapien und auch für die Mahlzeiten. Sie waren heute Vormittag nicht beim Stationsgespräch und beim Mittagessen haben Sie ebenfalls gefehlt.«

»Wie bitte?«

»Nur, weil es öfter vorkommt, dass Patienten am zweiten Tag die Hausordnung noch nicht gelesen haben, ist keine Suchaktion gestartet worden.«

War ich im Knast, oder was?

»Sie dürfen die Kunsttherapie scheiße finden oder bescheuert, aber Sie werden in den nächsten Wochen daran teilnehmen«, verdeutlichte mir Hartig nachdrücklich.

Ich verschränkte die Arme vor der Brust.

»Wir können uns gut vertragen oder nicht, aber Sie werden mich nicht los.«

Ich funkelte sie wütend an.

»Ich wollte nur, dass Sie das wissen«, lächelte sie freundlich. »Und werfen Sie bei Gelegenheit mal einen Blick in die Hausordnung.«

13.

Die Teilnahme an den verordneten Anwendungen ist Pflicht. Sollten Sie aus gesundheitlichen Gründen an einer Therapie nicht teilnehmen können, kann Ihr Fehlen ausschließlich vom behandelnden Arzt entschuldigt werden. Sollten Sie einer Mahlzeit fernbleiben, melden Sie sich beim Pflegedienst ab.

Ich saß im Schneidersitz auf meinem Bett, die zusammengehefteten Blätter der Hausordnung vor mir ausgebreitet. Gestern hatte ich zwar einen flüchtigen Blick darauf geworfen – allerdings nur auf die erste Seite.

»Kontrollieren die beim Essen etwa, ob alle da sind?«, erkundigte ich mich bei Bibi.

»Na klar.«

Mein Blick wanderte zu Romy hinüber.

»Und wie machst du das?«, wollte ich wissen, denn das Romy nichts aß, war offensichtlich. Außerdem hatte ich sie ja schon mehrmals zu den Essenszeiten im Zimmer angetroffen.

Im Schildkrötentempo wandte Romy den Kopf in meine Richtung.

»Eintragen und wieder die Biege machen«, beantwortete sie schließlich tatsächlich meine Frage.

Ach ja. Ich erinnerte mich an die Liste, auf der Bibi bei unserem ersten und einzigen gemeinsamen Besuch im Speisesaal unsere Patientennummern notiert hatte.

»Das kannst du doch für mich erledigen«, erklärte ich Bibi. »Du gehst doch immer zum Essen.«

»Hast du eine Macke?« Die Dunkelhaarige tippte sich an die Stirn. »Willst du verhungern wie das Skelett, oder was?«

Mit ihrer Hand, die am Ende ihres massigen Armes zu klein geraten schien, fuchtelte sie in Romys Richtung.

»Du frisst doch für uns beide mit«, murmelte Romy laut genug, um von Bibi gehört zu werden.

Bibis Kopf zuckte zu mir herum.

Als ich nichts erwiderte, sprang sie auf und rannte zur Tür. Im schmalen Flur streifte ihre ausladende Hüfte die Kleidung in der Garderobe. Eine Jacke rauschte zu Boden, als sie hinausstürmte.

Ich blieb im Schneidersitz auf meinem Bett hocken. Bibis Worte hallten durch meinen Schädel, als wäre er hohl.

Willst du verhungern wie das Skelett?

Hatte ich eigentlich irgendwas gegessen, seit ich im Krankenhaus aufgewacht war? Ich rieb mir mit der Hand durchs Gesicht und spürte plötzlich meine Jochbeinknochen hart unter der Haut.

Wann genau hatte ich das Bewusstsein wiedererlangt? Und wie lange war ich im Krankenhaus gewesen? Das alles kam mir wie eine Ewigkeit vor.

Zwei Tage Koma, hatte Lena gesagt.

Ich versuchte zu rechnen.

An einem Samstag hatte ich mich mit meinem Bruder auf dem Friedhof in Hannover getroffen. Das bedeutete, ich musste Montag oder Dienstag wieder aufgewacht sein. An dem Tag hatte Danner mich verlassen. Dann waren ja Staschek, Molle und Lena im Krankenhaus gewesen … aber ich konnte nicht mehr sagen, ob sie alle am gleichen Tag aufgetaucht waren oder im Laufe einer ganzen Woche? Auf alle Fälle war ich an einem Mittwochmorgen entlassen worden. Ob ich aber nur vier Tage oder über eine Woche im Krankenhaus gewesen war, wusste ich tatsächlich nicht.

Heute war Donnerstag.

Das bedeutete, dass ich inzwischen mindestens fünf Tage nichts gegessen hatte?! Wenn nicht sogar deutlich mehr?!

Angenommen, ich hätte tatsächlich eineinhalb Wochen im Krankenhaus gelegen, dann kam ich bei meiner Rechnung sogar auf zwölf Tage.

Abrupt stand ich auf, ging ins Bad und sah zum ersten Mal bewusst in den Spiegel.

Wow! Kein Wunder, dass mich alle für geistesgestört hielten, so scheiße hatte ich das letzte Mal ausgesehen, als ich mich mit Alkohol und Drogen zugedröhnt …

Gerade noch rechtzeitig wurde mir bewusst, dass meine Gedanken schon wieder in eine gefährliche Richtung schleuderten. Ich zwang meine Aufmerksamkeit zurück zu meinem Spiegelbild. Meine Augen waren riesig und von blauschwarzen Ringen umrandet, mein Gesicht kreidebleich und meine kinnlangen Haare sahen aus, als hätte ich mir Dreadlocks verpassen lassen. In meinem Ausschnitt zeichnete sich nicht nur mein Schlüsselbeinknochen ab, sondern auch die darunterliegende Rippe, die ein knubbeliges Gelenk mit dem Brustbein verband.

Ich stützte die Hände aufs Wachbecken und starrte mein Spiegelbild an. Ich spürte keinen Hunger. Es wäre so einfach, weiterhin nichts zu essen.

Und so feige.

Ich musste mich entscheiden. Jetzt.

Ich stand vor dem Nichts.

Aber einfach aufgeben und meinem Vater kampflos den Sieg überlassen – verdammt, das war einfach nicht mein Ding! Zumindest konnte ich versuchen, herauszufinden, was meiner Schwester wirklich zugestoßen war. Ich war immerhin Detektivin. Irgendwas musste mir einfallen. Es war doch verrückt, dass ich ausgerechnet an meinem eigenen Fall scheiterte.

Verhungern konnte ich später immer noch.

Entschlossen griff ich nach einer Haarbürste, die auf der Ablage unter dem Spiegel lag. Den langen, schwarzen Haaren, in die die Borsten eingewickelt waren, nach zu urteilen, gehörte sie Bibi. Es dauerte eine Weile, bis ich die Dreadlocks ausgekämmt hatte und mein zottiger Blondschopf zwar noch zerknittert, aber nicht mehr wie ein Parasitenparadies aussah.

»Gibt's hier in der Nähe *McDonald's?*«, erkundigte ich mich bei Romy, als ich ins Zimmer zurückkehrte.

»Sehe ich aus, als wüsste ich das?«, antwortete sie, ohne den Blick von der Zimmerdecke abzuwenden. Ich glaubte bereits, sie würde es bei dem knappen Kommentar belassen, als sie hinzufügte: »Frag die Fressmaschine, die bestellt sich doch jeden Abend eine Pizza.«

14.

»Ist nur zur Sicherheit, okay? Ich kann ihn nicht einschätzen und fühle mich einfach ... unwohl mit ihm allein im Raum.«

»Du glaubst, er könnte gefährlich werden?«

Das Gespräch schwappte wie lauwarmes Wasser in mein Bewusstsein.

»Bis jetzt ist nichts vorgefallen.« Die Frauenstimme klang angenehm weich, trotzdem schien es da irgendeinen Unterton im Ultraschallbereich zu geben, der sich anfühlte wie das Geräusch von Fingernägeln auf einer Tafel.

»Aber diese Kriegsgeschichten ... Und wie groß seine Akzeptanz mir als Frau gegenüber bei seinem kulturellen Hintergrund ist, habe ich auch noch nicht heraushören können ...«

Die Nacht war anstrengend gewesen.

Nach einer Viertelpizza war mir schlecht geworden, dabei hätte ich noch vor vier Wochen das komplette Ding verdrückt. Anscheinend war mein Magen nicht mehr an Nahrungsaufnahme gewöhnt. Schon gar nicht in Form von vier fettreichen Käsesorten. Bibi hatte den Rest vernichtet.

Weil ich die Beruhigungsmittel, oder was auch immer in der Schachtel auf meinem Nachtschrank gewesen war, im Klo heruntergespült hatte, hatte ich kaum geschlafen. In der Dunkelheit waren meine Gedanken wie ein Schwarm Fledermäuse auseinandergeflattert. Ich hatte keine Chance gehabt, sie wieder einzufangen.

Gerettet hatte mich schließlich der älteste Trick der Welt: Ich hatte einen imaginären Zaun aufgebaut und Schäfchen drüberspringen lassen. Damit meiner hyperaktiven Fantasie das nicht zu schnell langweilig wurde, musste sie mir jedes Mal einen anderen Wolleproduzenten liefern: winzige Lämmchen, blökende Schafe und Widder mit dicken, schneckenförmigen Hörnern, Heidschnucken, Mufflons, Ziegen, ein paar Steinböcke und Shrek, das Rekordschaf, das sich sechs Jahre lang in neuseeländischen Höhlen versteckt hatte und dann als Wollberg wieder rausgekommen war, ließ ich durchgehen. Genau wie weiße Schafe, schwarze Schafe, gescheckte Schafe, rote Schafe, gelbe Schafe, pinkfarbene Schafe, gestreifte Schafe, Schafe mit Punkten, Schafe mit zwei Köpfen und Schafe mit Flügeln. Als heute Morgen Bibis Handywecker losdudelte, war ich bei Schaf neunhundertsechsundachtzig angekommen.

»Wann kommt er denn?«, holte mich die zweite, männliche Stimme zurück in den Wartebereich vor den Behandlungsräumen der Psychologen. Der Tonfall des Typs erinnerte mich an das Schnurren eines satten Katers. Mich machte der angenehme Klang misstrauisch, weil auch Staschek ihn gern benutzte, wenn die Situation es erforderte. Vorzugsweise beim Schnorren oder beim Telefonsex.

Ums Schnorren ging es hinter der angelehnten Tür, soweit ich es mitbekommen hatte, nicht. *Dipl. Psych. L. Wulf* arbeitete in dem Raum rechts von dem Eingang, vor dem ich wartete. Das verriet mir das Türschild.

Und die weibliche Stimme hatte ich bereits identifiziert.

»Um elf.«

»Jetzt muss ich erst in die Entspannungsgruppe, aber um elf habe ich auch ein Gespräch. Klopf einfach gegen die Wand, wenn was ist.«

»Du bist ein Schatz, Leon.«

Absätze klackten auf dem Laminatboden.

Im nächsten Moment schlüpfte Kovacevic in den Flur und drückte die Tür hinter sich zu. Erst einen Moment später entdeckte sie mich. Und noch einmal deutlich länger brauchte sie, um etwas zu sagen.

»Frau Ziegler?« Ihr Tonfall verriet mir, dass sie mich gestern nicht genau genug angesehen hatte, um mich frisch gekämmt auf Anhieb zu identifizieren.

Gut, ich hatte außerdem geduscht und meine Augenringe mithilfe eines sehr teuren Make-ups, das ich Romy zuordnete, weggeschminkt. Und dank der Viertelpizza wirkte ich nicht mehr blutarm wie ein Vampir auf Diät.

Wir haben uns gestern schon eine knappe Stunde unterhalten. Erinnern Sie sich?, lag mir auf der Zunge zu sagen. Aber weil mich Kunsttherapie-Jenna ja davor gewarnt hatte, mich weiter danebenzubenehmen, schluckte ich die Bemerkung herunter.

»Sie sehen viel besser aus«, staunte die Psychologin. »Haben Sie gut geschlafen?«

»Jemand hat mir eine Haarbürste geliehen«, antwortete ich wahrheitsgemäß.

Meine Chancen, mit der Mir-geht-es-gut-und-der-Suizid-ist-nur-aus-Dämlichkeit-passiert-Geschichte durchzukommen, standen vermutlich auch besser, wenn ich nicht wie eine Psychopathin aussah.

Ich folgte Kovacevic in ihren Behandlungsraum und registrierte dabei, dass ihr luftiges Halstuch zwar ihre Oberweite brav kaschierte, ihre Jeans allerdings ihren Hintern bemerkenswert in Szene setzte. Und die Killerabsätze ihrer

Sandaletten waren auch nicht dazu gedacht, die Aufmerksamkeit auf ihre Fachkompetenz zu lenken.

Kovacevic nahm wieder mir gegenüber am Glastischchen Platz, faltete die manikürten Hände, legte kokett das Kinn darauf und musterte mich ratlos über den dicken, dunklen Rand ihrer Brille hinweg. Die Schickse ging mir auf den Keks, bevor sie das erste Wort gesagt hatte.

»Sie haben gestern nicht am Stationsgespräch teilgenommen, Frau Ziegler«, stellte sie dann fest.

Na toll. Hatte einer gepetzt.

»Hab ich verpennt«, erklärte ich achselzuckend.

Kovacevic schlug ihre Akte auf und notierte etwas.

»Welche Maßnahmen könnten Sie ergreifen, damit Sie nächstes Mal pünktlich zur Therapie erscheinen?«, fragte sie mich mit ernster Miene.

Ich zog belustigt eine Augenbraue hoch: »Auf die Uhr gucken?«

Ihr Gesicht verriet mir, dass wir definitiv keine Freundinnen werden würden.

»Sind Ihnen inzwischen noch Probleme eingefallen, bei deren Bewältigung Sie Unterstützung benötigen?«

Ich biss mir auf die Zunge, als mir die Kleiderschrankphobie einfiel. Eine Sekunde lang überlegte ich, ob es mir gelingen würde, die Psychologin in den Wahnsinn zu treiben, damit sie das Gefühl selbst mal kennenlernte.

»Oder ein Thema, über das Sie sich gern mit jemandem austauschen wollen?«, fügte Kovacevic hinzu, während sie etwas notierte. »Ihr behandelnder Arzt legt nämlich Wert darauf, dass die Einzelgespräche fortgesetzt werden.«

Ich legte den Kopf schief: »Es gibt da wirklich etwas, was mich beschäftigt.«

Überrascht richtete Kovacevic ihre Aufmerksamkeit wieder auf mich.

»Wissen Sie, mir fehlt – wie soll ich sagen? – so ein bisschen die Richtung in meinem Leben.« Ich zuckte die Achseln. »Mein Abi war nicht so prall und danach hatte ich kein Bock mehr auf Lernen und hab mich erst mal mit Kellnern über Wasser gehalten und ein bisschen Party gemacht.«

Ich konnte ihr ansehen, was sie dachte.

»Sie sind ganz anders«, seufzte ich. »Sie haben einen tollen Job, ein schickes Büro, verdienen viel Geld und sehen auch noch super aus.« Ich imitierte Staschecks Schnurren. »Und dabei sind Sie doch bestimmt nicht viel älter als ich.«

Die Psychologin sah mich verwundert an. »Na ja, dafür habe ich hart gearbeitet«, stotterte sie verwirrt. »Außerdem habe ich zwei Schulklassen übersprungen, sonst hätte ich meine Ausbildung heute noch nicht fertig. Das Studium plus die anschließende Psychotherapeutenausbildung dauert zehn Jahre.«

»Oh«, hauchte ich beeindruckt.

»Und es gibt natürlich einen Numerus clausus«, fügte Kovacevic hinzu. Sie hatte den Faden wiedergefunden. »Aber es muss ja nicht gleich ein Psychologiestudium sein. Wir können gern die Therapiezeit nutzen, um Ihre Interessen herauszufinden und eine berufliche Perspektive für Sie zu entwickeln.«

Ich kratzte mich am Kopf: »Woher wussten Sie denn, dass Psychologie das Richtige für Sie ist?«

Ich hatte ein Thema gefunden, über das die Psychologin sich gern mit jemandem austauschen wollte. Im Laufe der folgenden Stunde erfuhr ich, dass sie ein Einser-Abi hatte, beide Eltern Psychologen waren und sie sich durch Praktika über den Beruf informiert hatte, um ohne Wartezeit studieren zu können. Im Anschluss hatte sie eine psychotherapeutische Ausbildung absolviert, die aus irgendwelchen Gründen nicht automatisch im Studium enthalten war. Übergangslos war sie in die Festanstellung gewechselt und bildete sich nun fleißig fort, um ihre Karriere weiter anzukurbeln.

Kovacevic hatte keine Chance, das Desaster, in das sich mein Leben verwandelt hatte, nur ansatzweise zu begreifen.

»Unsere Zeit ist leider um. Ich schlage vor, wir brechen an dieser Stelle ab und setzen unser Gespräch bei unserem nächsten Termin fort«, beendete ich ihre Ausführungen, als die Therapiezeit vorbei war, und erhob mich. »Einen schönen Tag wünsche ich Ihnen.«

Kovacevics Augenbrauen zuckten über dem eckigen Rahmen ihrer Brille nach oben, als sie endlich schnallte, dass ich sie verarscht hatte.

Aber da schlüpfte ich schon in den Flur hinaus.

Auf der Stuhlreihe saß nun Matundu in einem orangefarbenen, ärmellosen Shirt mit Kapuze, Shorts und Flipflops, die langen Beine ausgestreckt. Offenbar wartete er auf seinen Termin.

Im gleichen Moment fiel mir das Gespräch der beiden Psychologen hinter der angelehnten Tür ein, das ich mitgehört hatte.

Matundu war Kovacevics nächster Patient.

Sie musste richtig Schiss vor ihm haben, wenn sie ihren Kollegen während der Therapie im Nebenraum wissen wollte!

Ich grüßte ihn mit einem Nicken, während ich die schwere, schalldichte Tür von Kovacevics Zimmer hinter mir zuzog.

Er schnitt eine Grimasse, bei der es sich durchaus um ein Statement zu Kovacevics Behandlung handeln konnte.

Im Vorbeigehen fiel mir der Umfang seiner nackten Waden auf.

»Na dann, viel Spaß«, wünschte ich.

Statt zu antworten, drehte der Mann die Pupillen unter seinen Lidern weg und streckte mir die Zunge raus.

15.

»Dein Handy klingelt«, informierte mich Romy, als ich eine halbe Stunde später auf meinem Bett saß und mich zwang, den Inhalt des Joghurtbechers herunterzuwürgen, den mir Bibi vom Frühstück gemopst hatte.

Seit sie nach Romys gemeinem Spruch aus dem Zimmer gerannt war, war Bibi mir gegenüber zurückhaltender. Obwohl ich gestern Abend meine Pizza mit ihr geteilt hatte, fürchtete sie wohl, ich könnte dem Klub der Hungerhaken beitreten und mich mit Romy verbünden. Mir war das Gezicke egal, solange Bibi brav meine Patientennummer in die Anwesenheitsliste beim Essen eintrug. Immerhin schien meine füllige Mitbewohnerin mich aber vor dem Hungertod bewahren zu wollen und versorgte mich mit Schmuggelware aus dem Speisesaal.

Der Joghurt schmeckte nach Schleim. Aber mein Überleben war für heute gesichert.

»Willst du nicht drangehen?«, schnappte Romy. »Oder das Ding wenigstens ausschalten?«

Mein Blick wanderte zum Kleiderschrank, hinter dessen gelber Tür sich mein Rucksack verbarg.

Romy setzte sich auf, sortierte ihre überlangen Beine aus dem Bett und sah mich beinahe neugierig an. »Soll ich es dir vielleicht holen?«, erkundigte sie sich spitz.

»Wieso machst du das nicht selbst?«, wunderte sich Bibi, der meine Möbelphobie bisher noch gar nicht aufgefallen war.

Danke, Romy.

»Ja?«, echote Romy ungerührt. »Wieso machst du das eigentlich nicht selbst?«

Ich ließ den Joghurtbecher sinken.

Toll. In Sekundenschnelle hatten meine Zimmergenossinnen vergessen, dass sie einander nicht ausstehen konnten, sich verbündet und nahmen mich unter Beschuss.

Romys Katzenaugen blitzten plötzlich: »Was ist so Gefährliches da drin, dass du dich nicht herantraust?«

Ich zeigte der Mageren meinen Mittelfinger.

Romy verzog spöttisch die Lippen. Dann schälte sie ihr Gerippe wirklich aus dem Bett.

Ich ploppte den Löffel in den Joghurt.

»Hast du Angst, ein blaues Plüschmonster springt heraus?«

Sie trat an die Schrankwand und öffnete meine gelbe Tür. »Oder ruft dich dein Freund an und du willst nicht mit ihm sprechen?«

Mit einem Satz stand ich auf den Füßen.

»Da war eine Spinne im Rucksack, so ein Monsterteil!« Mit den Händen formte ich etwas, was die Größe eines Meerschweinchens erreichte.

Romy zuckte tatsächlich zurück.

Jetzt war ich es, die spöttisch eine Augenbraue hochzog.

Romy schob den Unterkiefer vor wie ein bockiges Kind. Sie schnappte sich meinen offen stehenden Rucksack und sah hinein. Im nächsten Moment schrie sie erschrocken auf und landete auf dem Boden, weil ich meine Knie von hinten in ihre Kniekehlen gestoßen hatte und ihre knochigen Beine wegknickten.

Mit einem kräftigen Ruck wand ich ihr meinen Rucksack aus der Hand und fischte mein Handy heraus. Kurz durchwühlte ich meine Klamotten, um sicherzugehen, dass sonst nichts Wertvolles in der Tasche war.

Ein Stift rutschte mir in die Finger. Ein Federhalter, ich brauchte nicht lange zu tasten, um das zu erkennen.

»Hast du sie nicht mehr alle, du blöde …!«, quiekte Romy empört.

»Sieh mal an«, entgegnete ich ungerührt, während ich einen raschen Blick auf das Schreibgerät in meiner Hand warf.

»Du kannst ja so laut sprechen, dass man dich tatsächlich hören kann.«

Das war nicht der Federhalter, den ich in letzter Zeit benutzt hatte, und dessen scharfe Spitze mühelos meinen Daumenballen aufschlitzen konnte. Dieser Füller war neu. Ein stabiles, weißes Plastikexemplar der Firma Lamy. Ich hatte schon einmal den gleichen besessen. Darüber nachdenken, was Danner veranlasst haben könnte, diesen hier zu kaufen und in meine Tasche zu packen, wollte ich lieber nicht.

Rasch ließ ich das Schreibgerät ebenfalls in der Hosentasche verschwinden, obwohl es beim Sitzen stören würde.

Dann klappte ich die lila Schutzhülle des Handys auf und warf einen Blick auf das Display. In meiner ›Abwesenheit‹ hatte Lena siebenundzwanzig Mal versucht, mich zu erreichen, und neunzehn SMS geschrieben.

Ich überflog die letzten Textnachrichten.

Lena, gestern, 16:45 Uhr: Ich rufe so lange an, bis ich weiß, wo du steckst!

Lena, gestern, 17:05 Uhr: Geh endlich ran!

Lena, gestern, 18:01 Uhr: Ich hasse dich, du blöde Kuh!

Lena, gestern, 18:04 Uhr: Ich bringe dich um, sobald ich rausfinde, wo du bist!

Ich stellte das Telefon auf Lautlos und die Vibration aus, bevor ich es wieder einsteckte.

16.

»Hallo.« Der Dunkelhäutige im Kapuzenshirt hatte mich wiedererkannt und versuchte ein Lächeln.

Er nahm mir schräg gegenüber im kleinen Stuhlkreis Platz, neben der Blondine, die nicht sitzen konnte. Sein Blick scannte die Blumenbilder, den hellen Laminatboden und die anderen Gesichter.

Die anderen Teilnehmer kannte ich ebenfalls – außer einem mageren, arabisch aussehenden jungen Mann mit unregelmäßigem Bartwuchs und strubbeligem, schwarzem Haar. Wenn er den Kopf hob, flitzten seine dunklen Augen durch den Raum, als würde er nach etwas suchen.

Auf der anderen Seite neben der Blondine saß der bärtige Tablettendealer. Den Oberkörper hatte er zurückgelehnt, sein Bauch hing über den Gürtel, dessen auffällige Metallschnalle ein Motorrad zierte. Seinen klobigen, rechten Turnschuh hatte er von sich gestreckt, als wäre er in einen Hundehaufen getreten. Gerade ließ er fünf Euro in seiner Hosentasche verschwinden.

Nun kam auch die Kopftuchträgerin herein. Zusammen mit der Frau mit den streichholzkurzen dunklen Haaren, die mich bei meiner Ankunft im Regen vor dem Klinikeingang eingesammelt hatte.

»Sie sind nicht die Erste, Frau Aydin. Nehmen Sie Platz, wo Sie möchten.« Die Kurzhaarige trug wieder Flowerpower-Erinnerungs-Look: eine hüftspeckkaschierende, gelbe Blumenkindbluse mit flatterigen Trompetenärmeln, Jeans mit Schlag und orangefarbene Chucks mit gelbem Aufdruck.

»Guten Tag, alle zusammen«, begrüßte sie uns und mir dämmerte, dass sie unsere Therapeutin sein musste. In Kombination mit dieser Erkenntnis begann ihr demonstratives Gute-Laune-Outfit prompt, mir auf die Nerven zu gehen.

Sie entdeckte mich und nickte mir erfreut zu.

Mir wurde mulmig zumute.

»Ich glaube, es sind schon alle da«, sprach sie weiter, während sie ihre lederne Aktentasche abstellte. »Mein Name ist Valeria Minotti, ich bin psychologische Psychotherapeutin und begleite Sie in den nächsten Wochen durch die Gesprächstherapie.« Ihr schien etwas einzufallen, sie tastete den weiten Ausschnitt ihrer Flatterbluse ab. »Leider habe ich mein Namensschild vergessen.« Auf ihren Wangen erschienen die verschmitzten Grübchen. »Sie werden mir heute einfach glauben müssen, dass ich keine Größenwahnsinnige bin, die sich als Psychologin ausgibt.«

Die Gespräche waren verstummt. Sogar der Rocker wartete mit mürrischer Miene ab. Und auch der haltlose Blick des arabisch aussehenden Jungen blieb an Minottis bunter Bluse hängen.

»Moment!«

Valeria Minotti hob den Kopf, als eine gebückte kleine Gestalt an der noch offen stehenden Tür vorbeihuschte, als hätte sie eine Gehirnattrappe entwendet und wolle nicht mit dem Ding unter dem Arm erwischt werden.

»Frau Katschomeit?« Die Therapeutin sprang auf und lief zur Tür. »Sie gehören doch auch zu dieser Gruppe, kommen Sie rein!«

Tatsächlich schlich einen Moment später die Brünette mit dem Haarvorhang herein. Sie bewegte sich völlig lautlos und duckte sich beim Gehen. Als hoffte sie, dass niemand ihre Anwesenheit bemerkte.

Mein mulmiges Gefühl breitete sich aus. Woher kannte Minotti den Namen der Frau? War sie Frau Katschomeit schon in einem Einzelgespräch begegnet? Oder nur auf dem Klinikhof? Kannte Minotti auch meinen Namen? Beim Einchecken an der Rezeption könnte sie ihn theoretisch mitbekommen haben.

Jedenfalls hatte sie mich erkannt. Auf den ersten Blick. Ganz ohne die Dreadlocks.

Als Minotti die Tür zuklappte, eskalierte die Situation ohne Vorwarnung: Der arabisch aussehende, junge Mann fuhr hoch. Der Grimassenschneider reagierte im gleichen Augenblick und packte zu. Der Rocker schrak ebenfalls auf.

Matundu erwischte den Jungen am Arm, der schlug erschrocken um sich, aber gegen den viel größeren, kräftigeren Mann hatte er keine Chance.

»Nichts passiert!«, beruhigte Matundu ihn auf Deutsch. Als der Junge ihn treten wollte, versuchte er es auf Französisch, dann mit einer Sprache, die ich nicht kannte. Endlich beruhigte sich der Jüngere. Matundu ließ ihn los und hob beschwichtigend die Hände.

»Alles gut«, wiederholte er.

Der Blick des Jungen flitzte erneut gehetzt durch den Raum.

Ich merkte erst jetzt, dass ich meine Faust in der Hosentasche um den Federhalter geballt hatte.

Behutsam bewegte sich die Therapeutin zu ihrem Stuhl zurück und warf einen Blick auf ihren Dienstplan.

Ich zog die Hand wieder aus der Tasche.

Auf ihrem Plan konnte Minotti genau wie Hartig wahrscheinlich nicht nur unsere Namen, sondern auch Alter und Patientennummer sehen.

»Ich glaube, Sie gehören gar nicht zu dieser Gruppe«, schlussfolgerte die Therapeutin dann auch scharfsinnig. Der verwirrte Dunkelhaarige war etwa in meinem Alter und sie konnte davon ausgehen, dass sein Vorname nicht Liliana lautete.

»Wie heißen Sie denn?«

Der Junge verstand offensichtlich kein Wort.

»Name?«, vereinfachte Minotti die Frage.

»Jabbar«, antwortete er nun.

»Ach so.« Minotti schien das etwas zu sagen. »Sie brauchen Ihren Plan nicht mehr, Herr Jabbar.« Sie deutete auf den Computerausdruck, der auf seinem Stuhl lag. »Sie werden ins Uniklinikum verlegt. Dort gibt es Dolmetscher und ein Notfallprogramm für Flüchtlinge mit psychischen Erkrankungen.«

Jabbars Blick flitzte zur Tür.

Minotti zog ein schnurloses Telefon aus einem Seitenfach ihrer Aktentasche: »Minotti, psychologische Abteilung. Schwester Annelie? – Ich will Bescheid geben, dass Herr Jabbar noch nicht abgereist ist. – Ja, da bin ich mir sicher, weil er gerade hier in meiner Depressionsgruppe sitzt. Es wäre schön, wenn ihn jemand abholen und ihn beim Packen seiner Sachen und beim Warten auf das Taxi unterstützen könnte. – Danke, bis gleich.«

Sie beendete das Gespräch und wandte sich dem verwirrten jungen Mann zu. »Die Schwester begleitet Sie auf Ihr Zimmer«, erklärte sie freundlich.

Mit einem Kopfnicken bedeutete sie Matundu und dem Rocker, wieder Platz zu nehmen.

»Ist sonst noch jemand von Ihnen erst kürzlich aus einem Kriegsgebiet angekommen?«

Ihr forschender Blick streifte das Gesicht des großen Mannes, das sich prompt zur Grimasse verzerrte.

»Ist schon verjährt«, winkte er ab, nachdem er seine Zunge wieder kontrollieren konnte. Er sprach gutes Deutsch mit angenehm weichem, französischen Akzent. »Ich bin wegen Problemen auf der Arbeit hier.«

Sein Kiefer ruckte zweimal zur Seite, während er die Unterarme vor dem Bauch verschränkte.

Minottis Blick schweifte weiter zu der Frau mit dem Kopftuch: »Und Sie sind auch schon länger in Deutschland?«

Die Angesprochene zuckte zusammen, als ihr klar wurde, dass sie gemeint war. Sie nickte hastig.

Statt Schwester Annelie trat ein pummeliger Krankenpfleger mit roten Wangen und blondem Pferdeschwanz ein. Ein Bruder, sozusagen. Er dirigierte den schreckhaften Jungen behutsam aus dem Raum.

»Danke, Dirk.« Die Psychologin mit den kurzen Haaren schloss die Tür so vorsichtig wie möglich hinter den beiden

Männern. Dann nahm sie aufatmend auf dem leeren Stuhl rechts neben mir Platz. Sie sortierte sich einen Stapel Klemmbretter auf ihren Schoß, vermutlich aber auch ihre Gedanken, bevor sie aufsah.

»Gut«, sagte sie. »Damit sind jetzt alle hier, die hier sein sollen. Starten wir also noch einmal.«

Den Krankenpflegern gegenüber hatte sie von einer Depressionsgruppe gesprochen, fiel mir auf. Das Wort tauchte allerdings weder in meinem Therapieplan noch im Gespräch auf.

»Etwa zweimal pro Woche treffen wir uns für je eineinhalb Stunden«, fuhr Minotti fort. »Heute werde ich Ihnen erklären, worum es geht, ein paar Regeln besprechen und dann folgt eine kurze Vorstellungsrunde.«

In den Winkeln ihrer Augen konnte ich deutliche Linien erkennen und zwischen ihren dunklen Brauen hatte sich eine steile, kleine Falte in ihre Stirn gegraben. Durch ihr fröhlich-flippiges Outfit, die gerundeten Wangen und die offene Art, mit der sie auf die Menschen zuging, wirkte die Psychologin jünger, als sie wahrscheinlich war. Denkbar, dass sie die vierzig überschritten hatte.

Minotti erzählte uns, dass für die Dinge, die in dieser Gruppe besprochen wurden, Schweigepflicht galt. Dass wir pünktlich und regelmäßig auftauchen, einander ausreden lassen und Kritik vorsichtig äußern sollten. Und dass jeder selbst entscheiden durfte, ob er sprechen wollte oder nicht. Sie sprach über den Umgang mit Gefühlen, negative Denkmuster und Gedankenschleifen.

»Wer ich bin, wissen Sie jetzt«, beendete Minotti ihre Einführung. »Nun möchte ich wissen, wer Sie sind. Ich habe Ihnen Zettel mitgebracht, auf denen Sie sich Notizen machen können. Danach hat jeder fünf Minuten Zeit, über sich und den Grund für seine Teilnahme an der Gruppe zu berichten.«

Sie reichte die Klemmbretter herum, an denen an Bindfäden befestigte Kugelschreiber baumelten. Auf den Schreibunterlagen hefteten bereits vorbereitete Fragebögen.

Name? Alter? Familienstand? Beruf? Symptome?
(Wann? Was? Dauer? Einschränkungen? Ursache?)

Ursache? Aus dem Augenwinkel musterte ich die Therapeutin. Nur über meine Leiche.

Therapieerfahrungen?
Suizidgedanken?

Das wurde ja immer besser!

Erwartungen an die Gruppe?
Wichtige Ressourcen? (Familie, Freunde, Hobbys)

Ich schrieb gar nichts auf den Zettel, sondern klemmte den Stift wieder an das Brett.

Prompt wanderte Minottis Blick auf mein leeres Blatt.

Boah, ich hasste Psychologen!

Nicht die, die entrückt durch die Gegend schwebten. Und auch nicht die weltfremden Streber wie Kovacevic.

Ich hasste solche wie Minotti, denen nichts entging, die selbstbewusst in sich ruhten und mit ihrem Röntgenblick einfach durch meine schöne Kotzbrockenfassade hindurchzugucken schienen.

»Sie waren ja schnell fertig«, sagte Minotti prompt, nachdem die anderen nach und nach die Stifte zur Seite gelegt hatten. Nur die Blondine, die nicht sitzen konnte, kritzelte, inzwischen wieder an die Wand gelehnt, weiter.

»Haben Sie nicht viel zu erzählen, Frau Simanowski-Ziegler?«

»Ziegler reicht.« Ich knirschte mit den Zähnen, weil sie meinen Namen kannte. »Wenn Sie wollen, fange ich gleich an.« Bevor sie Einspruch erheben konnte, hakte ich die ersten Punkte auf meiner Liste ab: »Mein Name ist Lila, ich bin zwanzig Jahre alt, ledig und kellnere. Ich habe keine Symptome, Therapieerfahrungen und Suizidgedanken, ich habe mich lediglich mit der Dosierung von Schmerzmitteln vertan, weshalb mich der Arzt im Krankenhaus dummerweise für selbstmordgefährdet gehalten hat.«

Der Rocker rümpfte seinen Bart.

Minotti nickte, als wäre sie mit meinem Zwanzigsekundenvortrag tatsächlich zufrieden und müsste nicht noch eine komplette Stunde ausfüllen.

»Dann können Sie uns ja vielleicht noch ein paar Beispiele für nützliche Ressourcen geben«, schlug sie leichthin vor. »Woran haben Sie Freude?«

Danners Kuss nimmt mir den Atem. Ich spüre die Berührung seiner Hände, als sie meine Seiten hinunterwandern, mein Becken umfassen, an meinen Hüften hinabstrichen bis zu meinen Oberschenkeln und unter meinem Kleid wieder nach oben …

»Frau Ziegler?«

Ich blinzelte.

Minotti sah mich erwartungsvoll an.

»Shoppen«, antwortete ich.

Eine Stunde später wusste ich, dass die Blondine Evelyn hieß, sechsunddreißig Jahre alt war und nicht sitzen konnte, weil sie seit einer Bandscheibenoperation vor drei Jahren unter chronischen Rückenschmerzen litt. Genau elf Minuten hatte sie das Gefühl einer Axt im Rücken beschrieben, die bei der kleinsten Bewegung herumgedreht wurde und ihr Wirbelsäule und Rückenmark zerfetzte. Das imaginäre Beil war schuld daran, dass sie weder Auto fahren noch Staub saugen noch Socken anziehen konnte. Die Frage, ob sie arbeitete, sparte sich Minotti.

Evelyns Mann pflegte seine Frau, so gut es ging, arbeitete nebenbei Vollzeit, schmiss den Haushalt und fuhr die neunjährigen Zwillingssöhne zum Fußball.

Sobald Superman das Haus verließ, bekam Evelyn neuerdings Heulkrämpfe und rief ihn stündlich an, um zu fragen, wann er wiederkäme. Als er vor vier Wochen den ganzen Tag nicht ans Telefon gegangen war, hatte sie all ihr Morphium auf einmal geschluckt, um ihr Leiden zu beenden. Eine Lösung für ihre Probleme gab es nicht, denn die misslungene Rücken-OP war nicht mehr rückgängig zu machen.

Die Frau mit dem Kopftuch hieß Hülya. Sie verstand schlecht Deutsch und sprach noch schlechter, obwohl sie seit dreiundzwanzig Jahren im Ruhrgebiet lebte. Sie war fünfundvierzig, hatte einen netten Mann, zwei Töchter mit Abitur und immer öfter verspürte sie das starke Bedürfnis, sich vor einen Zug zu stürzen.

Sabrina war die Frau hinter dem Haarvorhang. Während sie sprach, ließ sie den Kopf hängen, der Spalt im Vorhang fiel zu und ihr Gesicht war komplett verschwunden. Die Zweiunddreißigjährige war gelernte Krankenschwester, hatte aber direkt nach der Ausbildung ihren ältesten Sohn bekommen. Der war mittlerweile zehn. Die Ehe mit dem Vater ihrer beiden Jungs war nach der Geburt des zweiten Sohnes in einem Rosenkrieg geendet. Sabrina hatte einen neuen Partner kennengelernt, einen Garten- und Landschaftsbauer und mit ihm eine Tochter bekommen, die zwei Jahre alt war. Sie wollten so schnell wie möglich heiraten, auch, weil Sabrina festgestellt hatte, dass sie wieder schwanger war. Doch die Hormone brachten sie diesmal völlig aus dem Gleichgewicht. Bei jeder Kleinigkeit brach sie in Tränen aus und hatte seit Wochen ihr Bett nicht mehr verlassen.

Nach ihrem Bericht wäre die Therapiezeit doch knapp

geworden, wenn sich der Rocker und der Dunkelhäutige nicht ähnlich kurzgefasst hätten wie ich.

Matundus Vorname war Laurent, er sprach ihn französisch aus und ich erinnerte mich wieder daran, den Namen in Kovacevics Pappmappe gelesen zu haben. Sein Gesicht zuckte, als er erzählte, wie er vor dem Bürgerkrieg geflohen war, auf einem Frachtschiff angeheuert hatte und in Hamburg gestrandet war. Seit ihm Asyl gewährt worden war, hatte er in verschiedenen Jobs gearbeitet, doch in letzter Zeit fiel ihm die Arbeit zunehmend schwerer. Abends war er vollkommen erschöpft und weinte fast täglich.

Es gelang mir nicht richtig, mir den großen, kräftigen Kerl heulend vorzustellen.

Der Rocker hieß Rolf und meinte, er sei nicht deprimiert, nur arbeitslos und mit sechzig würde sich daran auch nichts mehr ändern.

Ich stutzte bei seiner Bemerkung, denn offenbar hatte auch er geschnallt, was mir aufgefallen war: Anscheinend waren alle Teilnehmer der Gruppe hier in Behandlung, weil ihnen ein Arzt Depressionen bescheinigt hatte.

Ich ja auch. *V. a. akute depressive Episode* hatte der Krankenhausarzt auf den Überweisungsschein geschrieben.

Um die getrübte Stimmung nicht weiter zu verschlechtern, hatte man der Therapie einen unverfänglichen Namen gegeben.

Allerdings musste ich meine skeptische Einstellung überdenken. Ehrlich gesagt, gefiel mir die Gruppentherapie besser, als erwartet. Sie passte hervorragend zu meiner Strategie, mich mithilfe der Probleme anderer von mir selbst abzulenken.

Ich erschrak, als ich beim Verlassen des Raumes meinen zerknitterten Zeitplan auseinanderfaltete und feststellte, dass die Gruppe bei Minotti die letzte Anwendung gewesen war, die in dieser Woche auf meinem Plan gestanden hatte.

Plötzlich lag ein unendlich langes, leeres Wochenende vor mir. Einfach würde es nicht werden, das zu überleben.

17.

Was zum Teufel machte ich?

Das war total bescheuert!

Schon wieder lief der Dauerregen aus meinen Haaren über meinen Nacken und versickerte im Kragen meiner Jacke. Ich schlang mir den dünnen Kord enger um den Körper, doch dass ich fror, lag nicht am Wetter.

Was sollte das werden? Stalking? Ich benahm mich wie ein liebeskranker Teenie! Wollte ich wirklich riskieren, dass er mich dabei erwischte? Und am Ende noch Mitleid mit mir hatte?

Der Gedanke ließ mir kalten Schweiß ausbrechen. Ich drückte mich tiefer in die Nische des Hauseingangs.

Der Eingang der Kneipe war noch ein Stück entfernt. Vielleicht fünfzig Meter die Straße hinunter, ich konnte die drei Plastiktische sehen, die Molle unter die Eiche auf dem Bürgersteig gestellt hatte und todernst »Biergarten« nannte.

Molle.

Als Romy ihre Krokodillederhandtasche geschnappt und gemurmelt hatte, dass sie übers Wochenende nach Hause fuhr, war es plötzlich da gewesen, das Heimweh.

Ein bisschen gestört war sie schon, meine Sehnsucht nach dem kalten Fliesenboden unter meinen nackten Füßen, auf dem unter den altmodischen Tischen mit den rot karierten Decken noch die Pommes vom Vorabend lagen.

Jetzt war es halb zwei. Seit mindestens einer Stunde beobachtete ich den Kneipeneingang und fragte mich, ob Molle Linsensuppe gekocht hatte, ob Danner am Tisch saß und ob Staschek auch da war.

Ich könnte durchs Fenster schauen. Nur ganz kurz. Um zu sehen, ob es Molle gut ging.

Nee! Zu riskant! Wenn *er* da war, würde er mich entdecken. Und denken, dass ich ihm nachlief. Was vermutlich stimmte.

Andererseits ...

Sein Auto stand nicht vor der Kneipe. Normalerweise parkte der schwarze Oldtimer unübersehbar verkehrswidrig. Mit den Augen suchte ich die Straßenränder ab. Danners Klapperkiste war nirgendwo zu entdecken.

Wo steckte er?

Irgendwie war ich davon ausgegangen, dass ihn unsere Trennung ebenfalls mitnahm. Dass er in der Kneipe hockte, bestenfalls besoffen, weil das seine Lieblingsstrategie war, um schlimme Krisen zu verdrängen.

Aber vielleicht war diese Krise für ihn gar nicht so schlimm, wie ich hoffte?

Wie wäre denn sonst zu erklären, dass er nicht zu Hause war? Womit sollte er denn beschäftigt sein?

Arbeit? Schnüffelte er für zweihundert Euro einem untreuen Ehemann hinterher, nachdem ich gerade versucht hatte, mich umzubringen?

Oder lenkte er sich womöglich auf andere Art ab?

Der Gedanke traf mich unvorbereitet wie ein Tritt in den Bauch! Scheiße! Natürlich war es gut möglich, dass er die ganze Nacht nicht zu Hause gewesen war.

Mir wurde schwindelig.

Er brauchte ja bloß eine seiner Klaras, Maries oder Lätizias anrufen. Weil so gut wie alle attraktiven, selbstbewussten Sexbomben auf seinen unrasierten Schnüfflercharme abfuhren und sich bereitwillig wieder vögeln ließen, selbst wenn er sie schon zweimal abserviert hatte wie benutzte Pappbecher nach einer Grillparty.

Ich kippte mit dem Rücken gegen die Hauswand.

Vielleicht war aber auch nur sein Auto abgeschleppt worden?

Eine Sekunde lang starrte ich in den Regen. Dann gab ich mir einen Ruck, überquerte die gepflasterte Straße und huschte, dicht an die Hauswand gedrückt, zur Kneipe hinüber.

Mit hämmerndem Herzen presste ich mich gegen den rauen Putz der Fassade, dann wagte ich den Blick durchs Fenster.

Weil es draußen regnete, war drinnen Licht an. Das Erste, was mir auffiel, war, dass ich überraschend gut hineinsehen konnte. Die vertrocknete Topfpflanze, die normalerweise auf Molles Fensterbank vor sich hinwelkte, war verschwunden.

Molle saß an unserem Tisch vor der Theke.

Noch immer hatte ich mich nicht daran gewöhnt, dass der Dicke neuerdings glatt rasiert war und sein fettiger Pferdeschwanz fehlte. Molle gestikulierte mit den Händen. Sein Sohn Jonas lümmelte mit der Bildzeitung in der Hand neben ihm, während Molles Exfrau Margo drei Kaffeetassen auf Untertellern hinter dem Tresen hervorbalancierte.

Sie stellte die Tassen auf eine saubere, vanillefarbene Tischdecke.

Mein Gehirn schaltete auf Pause.

Margo nahm Molles Hängebäckchen in beide Hände und drückte ihm einen Kuss auf den Mund.

In dem Moment nahm ich den Regen wahr, der gegen die Scheibe klatschte. Plötzlich hörte ich das gleichmäßige Prasseln auf dem Kopfsteinpflaster der Straße hinter mir, spürte die kalten Tropfen in meinem Nacken.

Überall lagen neue, vanillefarbene Decken auf den alten Holztischen, begriff ich. Der kaputte Computer, der seit Monaten hinten in der Ecke gestanden hatte, war weg. Und es gab jetzt schicke gläserne Windlichter. Windlichter – im Ernst!

Ich taumelte rückwärts. Die ganze Zeit hatte ich gewusst, dass das Gefühl irgendwo in einer dunklen Ecke meines

Bewusstseins darauf lauerte, mich von hinten anspringen zu können. Trotzdem war ich unvorbereitet.

Wahrscheinlich hatte ich das mit eigenen Augen sehen müssen, damit ich es kapierte.

Danner vögelte wieder Frauen, die zu ihm passten. Molle hatte seine richtige Familie zurück. Und ich stand draußen im Regen und gehörte nicht mehr dazu.

Ich drehte mich um und rannte weg. Geradeaus, die Annastraße hinunter, Richtung Innenstadt. Weg.

Plötzlich kamen mir die grauen Häuserschluchten unter den tief hängenden Wolken wieder bedrohlich eng vor. Als würden sie sich auf mich zubewegen, um mich zu zerquetschen.

Ich lief an einer Trinkhalle vorbei, hielt inne und tastete nach meinem Portemonnaie. Sekunden später stand ich mit einer Flasche Wodka in der Hand wieder auf der Straße.

Und jetzt?

Hier kannte ich mich aus. Gut genug, um ein Haus zu finden, dass todsicher hoch genug war.

Um runterzuspringen?

Und warum, bitte schön? Weil mein Ex sich mit einer anderen tröstete? Aus kindischem Liebeskummer?

Werd endlich erwachsen!, hallten Danners Worte durch meinen Kopf.

Eine Ewigkeit lang stand ich mit der Wodkaflasche in der Hand im Regen. Schließlich taumelte ich wie in Trance zur Klinik zurück.

18.

Eine halbe Flasche Wodka hatte ich intus, als ich am späten Nachmittag in Zimmer 4 zurückkehrte. In absehbarer Zeit würde ich kotzen. Ich hatte Glück, dass mir keiner der Pfleger entgegengekommen war, als ich die Treppe hochgestolpert war.

Unser Dreibettzimmer war leer.

Na klar, vermutlich hatte sogar Bibi besorgte Eltern, die sie am Wochenende nach Hause holten. Während meine eigenen mich gern tot sehen würden.

Ich setzte die Flasche wieder an den Mund und ließ den Wodka hineinlaufen, bis ich würgen musste. Der Alkohol brannte in meiner Kehle.

Dann wurde mir schlecht.

Ich polterte die Pulle auf meinen Nachttisch, stieß mir die Schulter an der Badezimmertür und stolperte im gleichen Augenblick über Bibis nackte Beine. Auf allen vieren landete ich auf der Badematte.

Das große, übergewichtige Mädchen lehnte mit dem Rücken an der weiß gefliesten Wand neben dem Waschbecken. Sie trug lediglich ein T-Shirt mit Totenkopfaufdruck und eine Unterhose. Eine Sekunde lang starrten wir uns an, dann krabbelte ich hastig zum Klo und übergab mich.

Der Raum schaukelte, ich klammerte mich an der Keramik fest und bemerkte die Spuren auf dem Toilettenrand und der Wand neben mir.

Häh?

Ich war nicht die Erste, die heute kotzte?

Eine Sekunde lang wartete ich ab, bis der übelste Schwindel nachließ. Dann ließ ich mich auf den Hintern plumpsen. Jetzt registrierte ich die Pizzakartons, Chipstüten und das Schokoladenpapier, das um mich herum auf dem Boden verstreut lag. Mit dem Rücken lehnte ich mich an die knackende Plastiktür der Dusche und versuchte, meinen Blick auf Bibi zu fokussieren.

»Ich denke, du bist nach Hause gefahren«, sagten wir im nächsten Moment gleichzeitig – verstummten wieder und schwiegen uns misstrauisch an.

Bibis Augen schwammen. Am liebsten wäre ich aufgestanden und hätte sie einfach allein hier sitzen lassen. Aber erstens konnte ich nicht stehen und zweitens waren ihre Augen verquollen und ihre Nase knallrot. Der Raum drehte sich, mir wurde schon wieder schlecht und eine tiefenpsychologische Aufarbeitung dieses Scheißtages war das Letzte, was ich mir wünschte.

»War dein Tag etwa auch so gut wie meiner?«, seufzte ich schließlich trotzdem, weil ich es doch nicht übers Herz brachte, Bibi mit ihrer Krise allein zu lassen.

Der Dicken rannen Tränen über die Wangen. Sekundenlang zog sie eine trotzige Schnute, dann platzte sie aber heraus: »Die Psychotussi hat recht: Ich bin eine Versagerin. So schwer ist es wirklich nicht. Ich muss nur mehr Kalorien verbrennen, als ich esse. Warum kriege ich das nicht hin?«

Nun ja. Ich ließ meinen Blick über den Badezimmerboden wandern. Vermutlich musste man den Ironman-Triathlon mitmachen, um sechs Tafeln Schokolade, eine Familienpizza und drei Tüten Paprikachips zu verbrennen.

»Hat Kovacevic das so zu dir gesagt?«, erkundigte ich mich.

»Hältst du mich für bescheuert, dass ich nicht merke, was die denkt?«, fuhr Bibi mich an. »Sie will mir die Konsequenzen meines Handels bewusst machen. Als wüsste ich nicht selbst, dass ich keinen Job finde, keine Freunde und keinen Kerl, solange ich fett bin. Und dass ich irgendwann an Diabetes oder einem Herzinfarkt sterbe.«

Ich riss die Augen auf. Knallharte Konfrontationstherapie. Respekt, Kovacevic.

»Und es stimmt ja!«, fauchte Bibi weiter. »Meinst du, ich merke nicht, dass du lieber mit der magersüchtigen Ziege quatschst, als mit mir? Meinst du, ich wüsste nicht, warum ich sogar in einem beschissenen Dreibettzimmer allein dasitze?«

»Wenn ich nicht zu besoffen zum Zählen bin, sitzen wir hier immer noch zu zweit«, korrigierte ich.

»Erwischen die dich mit dem Stoff, fliegst du raus«, warnte mich Bibi.

»Mein kleinstes Problem«, murrte ich achselzuckend.

»Tatsächlich?« Bibi strich sich eine lange, schwarze Haarsträhne aus dem verheulten Gesicht. »Was war denn los?«

Schützend verschränkte ich die Arme vor meiner Brust.

»Ach, leck mich!« Bibi zeigte mir einen Mittelfinger, dessen schwarz lackierter Nagel abgekaut war. »Dann heul dich bei Romy aus, weil du Pickel am Arsch hast. Oder dein Macker dir keinen Diamantring mitgebracht hat.«

Autsch! Der Ring ging unter die Gürtellinie. Mir wurde erneut schlecht.

»Mein Macker ist ein Mistkerl, wenn du es ganz genau wissen willst!«, schnappte ich nach Bibi.

Sie zuckte zurück und stieß sich dabei den Hinterkopf an der Wand.

»Der hat mich sitzen lassen«, zischte ich. »Und zwar nicht, weil ich ihm zu fett bin! Der findet mich auch so scheiße!«

Bibi starrte mich erschrocken an.

Ich musste würgen und beugte mich hastig wieder über das Klo.

19.

Sonntagnachmittag schlich ich in den Stadtpark. Der Vorteil meines gigantischen Katers war, dass ich den größten Teil des Restwochenendes verschlafen hatte. Der Nachteil war, dass an die Aufnahme fester Nahrung wieder nicht zu denken war. Mein Schädel dröhnte, die Sonnenblumen auf den Klinikbildern schienen zu wachsen, wenn ich sie zu lange ansah, und meine Zunge verweste wie ein schon länger verstorbenes Pelztier in meinem Mund. Weil ich nicht in der Lage gewesen war, allzu genau darüber nachzudenken, war es mir immerhin gelungen, eine Zahnbürste und ein frisches Shirt aus meinem Rucksack zu angeln. Dann hatte ich mich in den Park hinausgeschleppt.

Zu meiner Überraschung war der Himmel heute hellgrau und gelegentlich blitzte sogar ein wenig Blau zwischen den Wolken hervor. Nach August sah das noch immer nicht aus, aber es war deutlich wärmer als in den Tagen zuvor.

Ein paar Frauen walkten an mir vorbei. Sie benutzten Skistöcke, obwohl kein Schnee lag. Sah aus wie Trockenübungen für einen Skilanglauf.

Ich schaffte es bis zu einer rot gestrichenen Bank vor einer kleinen Tannenschonung und zwei Bäumen, deren dicke Äste sich in Bodennähe stark verzweigten und ein tolles Klettergerüst für Kinder abgaben. Die frische Luft linderte meine Kopfschmerzen allmählich.

In wenigen Stunden hatte ich das Wochenende überstanden. Und sollte mich der Gedanke an vanillefarbene Tischdecken noch einmal einholen, konnte ich mich mit dem übrig gebliebenen Wodka gleich noch mal bewusstlos saufen.

Ich spürte, wie sich die Härchen in meinem Nacken aufrichteten. Von einer Sekunde auf die andere war ich wach. Meine Hand glitt in meine Hosentasche und umfasste reflexartig den Federhalter.

War ich nicht allein?

Unmerklich richtete ich mich auf. Weit unten am Teich trabten zwei Jogger nebeneinander her. Auf dem Kiesweg, der an mir vorbeiführte, war niemand zu sehen.

Trotzdem.

Meine Antennen funktionierten. Nicht zum ersten Mal kam mir der Gedanke, dass dieser Instinkt überaus hilfreich war, auch wenn ich ihn der posttraumatischen Belastungsstörung verdankte, die mein Vater mir eingeprügelt hatte.

Die erhöhte Wachsamkeit meines gestressten Nervensystems hatte mir mehr als einmal das Leben gerettet.

Die vor mir abfallende Wiese konnte ich überblicken. Hinter mir stieg der Hang in Richtung Klinikstraße an. Durch die Tannenschonung in meinem Rücken war dieser Bereich weniger übersichtlich.

Langsam erhob ich mich, zog den Füller aus der Tasche und strich in der gleichen Bewegung die Schutzkappe von der scharfkantigen Feder.

Wer sollte mir denn hier auflauern? Mein Vater? Wieso? Das wäre riskant und außerdem überflüssig. Ich war attestiert unzurechnungsfähig, meine Anzeige gegen ihn würde verpuffen wie ein feucht gewordener Silvesterböller. Bestenfalls hinterließ sie einen unscheinbaren Fleck auf seiner weißen Weste, den seine glatt gebügelte Oberstaatsanwaltsrobe mühelos verdeckte.

Rechts von mir ahnte ich aus dem Augenwinkel eine Bewegung. Als ich mich umdrehte, wackelte kein Tannenzweig mehr in der dichten Schonung.

»Suchst du was?«, erkundigte ich mich in Richtung des Grünzeugs.

Alles blieb still.

Doch nach einem Augenblick Bedenkzeit erschien das dunkle, bärtige Gesicht meines Gesprächsgruppenkollegen Laurent Matundu über den buschigen Zweigen. Er schnitt eine nervöse Grimasse.

»Hallo«, begrüßte er mich dann, als wäre es das Selbstverständlichste der Welt, dass er mit einem langen Schritt über die tief hängenden Tannenäste hinwegstieg, hinter denen er sich gerade noch versteckt hatte.

War er mir hierher gefolgt? Oder nur zufällig durchs Gebüsch gerobbt? Auf der Suche nach Pilzen, dem dort hinterlegten Lösegeld einer Erpressung oder einem Ufo-Landeplatz?

Meine Psychologin hatte Angst vor dem großen, kräftigen

Mann, dessen Flipflops auf dem Kiesweg knirschten, erinnerte ich mich. Sein Frauenbild war angeblich problematisch und körperlich war er mir so weit überlegen, dass es ein sicheres Indiz für Größenwahn darstellte, dass ich darüber nachdachte, ihm die Füllerfeder in den Hals zu rammen, falls er handgreiflich werden sollte.

Seine Oberschenkelarterie hingegen wäre mit ausreichend Krafteinsatz eventuell ein realistisches Ziel.

»Entschuldige, ich wollte dich nicht vertreiben.« Mit einem Kopfnicken deutete er auf die Bank, von der ich aufgestanden war.

»Siehst du mich schreiend wegrennen?« Den Füller immer noch in der Faust, verschränkte ich die Arme.

Matundu lächelte – zum ersten Mal unverkrampft. Ein strahlend weißes, nicht unattraktives Lächeln, bemerkte ich verwundert. Jedenfalls solange er dabei nicht die Augen rollte wie ein durchgeknallter Axtmörder.

Matundu legte den Kopf in den Nacken und sah hinauf zu den Baumkronen, die sich leise im Wind bewegten. »Ich mag die Bäume«, sprach er in die Luft. »Hier draußen ist es ein bisschen wie zu Hause …«

Das Wort ließ mich zusammenzucken. Allerdings, fiel mir dann ein, war sein Zuhause vermutlich genauso unerreichbar wie meins.

»… nur ohne Affen«, fügte er nach kurzem Überlegen hinzu.

Den Axtmörder kaufe ich ihm nicht ab, entschied ich. Ich ließ den Füller in meine Gesäßtasche gleiten, setzte mich wieder auf die Bank und deutete mit der Hand einladend auf den freien Platz neben mir. Mal schauen, wie er wirklich drauf war. Und wenn es nur war, um mir zu beweisen, dass Kovacevic falsch lag.

Matundu riss die Augen auf. Wieder dieser Tick, der irgendwie doch zur Situation zu passen schien.

War das nur Zufall? Oder war er wirklich erstaunt? Hatte er nicht damit gerechnet, dass ich ihn zum Bleiben einlud? Weil es in seiner Kultur ein No-Go war, als Frau auf einen Mann zuzugehen?

Nach kurzem Zögern sank der große Mann tatsächlich neben mir auf die Bank, die unter seinem Gewicht ächzte. Vorsichtig und mit mehr Abstand als nötig, nahm er Platz.

Nicht sonderlich furchteinflößend.

»Ich bin Lila«, sagte ich und hielt ihm die Hand hin.

Er musterte meine schmalen, weißen Finger misstrauisch. Doch dann erwiderte er meinen Händedruck behutsam.

»Laurent«, sagte er mit seinem schönen, französischen Akzent.

»Unsere Vorstellungsrunde war Freitag ziemlich schnell zu Ende«, versuchte ich, ein Gespräch in Gang zu bringen, weil er das offenbar nicht vorhatte. »Woher kommst du noch mal?«

»Kongo. Afrika. Aber ich musste schon vor zwanzig Jahren dort weg.« Sein Blick wanderte über den Park bis zu der Stelle, an der das Stahlgerüst des Förderturms bläulich durch die Baumkronen schimmerte. Doch mir kam es vor, als würde er dort etwas anderes sehen als ich.

Ich erinnerte mich an Minottis Worte: *Ist sonst noch jemand von Ihnen erst kürzlich aus einem Kriegsgebiet angekommen?*

Einen Augenblick lang zögerte ich. Vielleicht flippte er auf ein bestimmtes Wort hin aus und ging auf mich los, wie wenn bei einer Hypnose das Codewort fällt?

Natürlich konnte ich mir das Nachhaken trotzdem nicht verkneifen: »Wegen des Kriegs?«

Er atmete tief ein und hielt einen Augenblick die Luft an, bevor er antwortete: »Das ist lange her.«

Offenbar hatte er nicht vor, mehr zu erzählen. Dass die schmerzgeplagte Evelyn und die verhuschte Sabrina beinahe die gesamte Gesprächszeit für sich beansprucht hatten, war nicht nur mir entgegengekommen.

Doch so leicht gab die Detektivin in mir nicht auf.

»Bist du deswegen hier?« Mit einer Kopfbewegung deutete ich vage über meine Schulter in Richtung Klinik.

Er schüttelte den Kopf.

»Nein?«

»Nach der Flucht habe ich lange unter – wie heißt das? – Traumastörungen gelitten«, sagte er.

Ich erstarrte.

Dank deiner posttraumatischen Belastungsstörung wärst du garantiert schuldunfähig davongekommen, erinnerte ich mich an das, was Danner mir gesagt hatte. *Immerhin bist du ein Opfer häuslicher Gewalt.*

»Es hat Jahre gedauert, bis die Bilder weniger wurden.« Laurents Gesicht verzerrte sich, als hätte er Schmerzen.

Ich wusste, wovon er sprach.

»Und jetzt siehst du sie nicht mehr?«, fragte ich, so unbeteiligt wie möglich.

Sein wacher Blick kreuzte meinen und er schüttelte langsam den Kopf. »Du bist zu jung …«

Ey! Das kannst du nicht machen! Komm schon, sag mir, dass es irgendwann besser wird!

Mit dem Finger fuhr ich über die alte Narbe an meinem Kinn. »Mein Vater hat mir den Kiefer gebrochen«, erklärte ich herausfordernd. »Zwei Mal.«

Laurents Zunge schnellte vor, während er die Oberlippe hochzog wie ein zähnefletschender Wolf. Als er seine Mimik wieder kontrollieren konnte, blieb sein Gebiss fest zusammengepresst.

»Als unser Dorf überfallen wurde, war ich mit meinem kleinen Bruder in der Stadt«, berichtete er dann. Er sah durch mich hindurch, als stünde jemand hinter mir, den nur er sehen konnte.

»Als wir am Abend zurückkehrten, haben wir meine Mutter und meine Schwestern in der Küche gefunden. Sie haben ihnen die Kehlen durchgeschnitten. Abgeschlachtet wie Ziegen. Überall war Blut. Und …«

Das Grauen, das er gesehen hatte, flackerte über sein Gesicht und ließ auch mich schaudern. Ich fragte mich, ob ihm in diesem Moment wirklich bewusst war, dass er mit mir zusammen auf einer Bochumer Parkbank saß.

Da hatte ich die Antwort auf meine Frage. Selbst nach zwanzig Jahren blieben die Erinnerungen unkontrollierbar. Wie ein Krampf im Gehirn. Wenn Kovacevic das auch gesehen hatte, wusste ich, wovor sie sich fürchtete.

»Den Kopf meines Vaters fanden wir im Garten«, flüsterte Matundu. Er presste die Handballen gegen seine Schläfen, seine Finger zitterten.

Ich wartete darauf, dass es wieder aufhörte.

Gleich darauf flitzte Matundus Blick über die Bäume, die Wiese hinunter zum Teich.

»Mit meinem kleinen Bruder bin ich weggegangen«, fuhr er fort, als er die Orientierung wiedergefunden hatte. »Zu Fuß bis zur Küste. Vier Jahre haben wir auf einem Frachtschiff gearbeitet, bis wir in Hamburg gelandet sind. In Deutschland habe ich jede Arbeit angenommen. Egal was, ich will nicht weggeschickt werden. Aber …« Er brach ab. Sein Gesicht krampfte, doch seine großen Hände mit den fleischfarbenen Innenflächen gestikulierten weiter, als hätte er gar nicht aufgehört zu sprechen.

»Aber jetzt hast du Probleme bei der Arbeit?«, versuchte ich, seinen Satz zu beenden.

Er nickte stumm.

»Seit zwei Jahren arbeite ich im Schlachthof«, fuhr er schließlich fort. »Das ständige Töten, das Blut …« Er kniff die Augen fest zu. »Die Schweinchen kommen durch das Gatter rein. Sie haben Angst. Sie sehen mich und grunzen mich an. Als ob sie fragen wollen, ob das der richtige Weg ist. Und ich treibe sie weiter. Fünf Minuten später hängt das gleiche Schweinchen tot am Haken. Ich weine jeden Tag.«

Die Bilder der toten Tiere verfolgten ihn genauso wie die toten Menschen. Welches Arbeitsamt kam denn auf die Idee, einen Kriegstraumatisierten in einen Schlachthof zu vermitteln?

Matundu atmete ein paar Mal hörbar ein.

»Vor drei Wochen ist ein Schwein ausgebrochen.« Sein Tonfall wurde eine Spur dunkler. »Der Meier hat ihm mit einem Hammer den Schädel eingeschlagen.«

Ein Schauer lief mir über die Arme.

»Ich habe Meier die Nase gebrochen«, sagte er. »Mein Bruder arbeitet als Hausmeister für eine Arztpraxis. Er hat seinem Chef erzählt, dass ich jeden Tag weine, der hat mich krankgeschrieben. Deshalb gab es keine Strafanzeige, sondern eine Therapie wegen Depressionen.«

20.

»Sie stecken in Schwierigkeiten, Frau Ziegler.«

Tatsächlich? Eigentlich hatte ich gerade das Gefühl gehabt, alles einigermaßen auf die Reihe zu bekommen. In unserer Montagmorgengruppentherapie hatte sich die schmerzgeplagte Evelyn selbst bemitleidet, bis Rocker-Rolf der Kragen geplatzt war und sagte, dass er sie schon lange in den Arsch getreten hätte, wenn sie mit ihm verheiratet wäre.

Evelyn hatte gezetert und Minotti hatte uns die Bedeutung von ›Kritik vorsichtig äußern‹ noch einmal ausführlich erläutert.

Hülya, Sabrina, Laurent und ich hatten in der ganzen Stunde kein Wort gesagt.

Doch als die Gesprächsrunde beendet war, hatte Minotti

mich gebeten, noch einen Moment zu bleiben, und die Tür geschlossen, als alle anderen hinausgegangen waren.

Genervt war ich auf meinen Stuhl zurückgeplumpst. Die Psychologin mit den kurzen, dunklen Haaren trug heute wieder eine rote Flatterbluse zu roten Schuhen. Sie hatte ihren Stuhl ein wenig von meinem weggerückt, die Ellenbogen auf die Oberschenkel gestützt und ein ernstes Gesicht aufgesetzt.

»Ich weiß nicht, wie Ihnen das so schnell gelungen ist, aber Sie haben Ihre behandelnde Psychologin davon überzeugt, dass Sie kein Interesse an einer ernsthaften Therapie haben«, kam Minotti ohne Umschweife auf den Punkt. »Die Kollegin Kovacevic hat vorhin in unserer Frühbesprechung einen Therapieabbruch empfohlen. Was halten Sie davon?«

»Was?«, schnappte ich empört. Wo bitte sollte ich hin, wenn die mich hier rausschmissen?

»Die arrogante Tussi bringe ich um!«, fluchte ich.

»Wie bitte?« Minotti horchte verschreckt auf. »Frau Ziegler, das ist alles kein Witz!«

»Mann, bleib doch mal locker«, fuhr ich Minotti an, weil Kovacevic, diese miese Ratte, nicht greifbar war. »Vielleicht habe ich die Kovacevic in unserer Sitzung am Freitag ein bisschen geärgert. Kann ich doch nicht ahnen, dass ihr Therapeutenego so was nicht verkraftet.«

Minotti blinzelte ein paar Mal hektisch.

»Ihre Kunsttherapeutin Frau Hartig und ich haben heute Morgen ein gutes Wort für Sie eingelegt«, erklärte sie mir dann beherrscht und ließ mir ausreichend Zeit, ihre Worte zu verstehen. »Frau Hartig und ich haben zu Protokoll gegeben, dass Sie aktiv und motiviert an den Therapien teilnehmen – wobei ich hoffe, dass das innerhalb der nächsten Woche wirklich auch mal passiert.«

Echt? Verblüfft spitzte ich die Ohren.

»Ihr Stationsarzt und der Chefarzt sind sich jedoch einig,

dass Einzelgespräche unbedingt weiter durchgeführt werden sollten. Da die Chemie zwischen Ihnen und der Kollegin Kovacevic offensichtlich nicht stimmt, habe ich einen Therapeutenwechsel vorgeschlagen. Wenn Sie einverstanden sind, werde ich in Zukunft die Einzelgespräche mit Ihnen übernehmen.«

Au Scheiße!

Das war gar nicht gut. Mit Kovacevic wurde ich fertig, Minotti war eine sehr viel gefährlichere Gegnerin.

»Die Alternative wäre der Abbruch Ihrer Therapie«, erpresste mich Minotti ungerührt. »Möglicherweise ist das für Sie ja das erstrebenswertere Ziel?!«

Ich rieb mir die Stirn.

»Nein«, gab ich mich geschlagen, »ist es nicht.«

»Gut«, nickte Minotti zufrieden. »Mein Vorschlag lautet: Ich besorge mir Ihre Unterlagen, schreibe mein Protokoll und wir treffen uns ...«, sie warf einen Blick auf ihren Arbeitsplan, »... nach dem Mittagessen, um eins vor meinem Behandlungsraum. Der befindet sich im gleichen Flur wie der Raum der Kollegin Kovacevic. Dann unterhalten wir uns in Ruhe und sehen, ob wir miteinander klarkommen. Was halten Sie davon?«

Wenn ich sie richtig verstanden hatte, hatte ich keine Wahl.

Ich wippte nervös mit den Füßen, als ich um kurz vor eins zusammen mit Bibi vor den Psychologenzimmern auf Minotti wartete.

Bibi hatte zur gleichen Zeit einen Termin bei Kovacevic. Der Spaßbremse hätte ich gern noch schnell ein Bein gestellt, wenn sie gleich den Flur heruntergetrippelt kam.

Statt Kovacevic tauchte ein großer, nicht weniger attraktiver Typ mit modisch rasiertem Bart und einem dicken, blonden Pferdeschwanz auf. Er war Mitte dreißig, trug ein Shirt mit Windsurfing-Motiv und Jeans zu Biolatschen. Er flanierte so entspannt an uns vorbei, als wäre er auf der Strandpromenade in Miami Beach unterwegs und nicht auf der Arbeit.

Adonis schloss die Tür neben Kovacevics Behandlungsraum auf und verschwand darin.

Ach so. Adonis hieß eigentlich Wulf und war Kovacevics Personenschutz mit der schnurrenden Stimme. Der sah ja aus, wie er klang.

Weil sich die Tür zu Valeria Minottis Behandlungsraum im gleichen Moment öffnete, bekam ich nicht mehr die Gelegenheit, Kovacevic ein Bein zu stellen.

Minotti hatte eine hüftlange, grobmaschige Häkeljacke mit weiten Ärmeln übergezogen.

Im Vergleich zu Kovacevics sterilem Büro war Minottis Reich sympathisch unaufgeräumt, fiel mir beim Eintreten auf. Überall stapelten sich Bücher und Akten. Auf ihrem schweren Eichenholzschreibtisch saß ein kleiner Plüschhund neben einem Keramikmäuschen und einer lilafarbenen Dankeschön-Schokoladenpackung. Die bunte Ecke einer Klatschzeitung lugte unter den Zetteln in einer Ablage hervor und auf dem Laminatfußboden, neben der kaputten Kappe ihres alten Turnschuhs und dem überquellenden Papierkorb bemerkte ich einen Autoschlüssel, den sie nach Feierabend mit Sicherheit suchen würde.

Eine kleine Schonung aller möglichen Zimmerpflanzen welkte nicht ganz gesund vor dem Fenster vor sich hin, neben – oha! – da stand sie: die Couch!

So furchteinflößend, wie ich mir den Ort psychologischer Tiefenanalyse vorgestellt hatte, war das Möbelstück allerdings nicht. Im Gegenteil, es handelte sich um eine grau gemusterte Polstergarnitur, die schon etliche Jahre auf dem Buckel hatte, wie mir die abgeschrammten Armlehnen verrieten. Ein Ecksofa mit zwei Sesseln, das in jeder Wohnung hätte stehen können.

In einer Ecke lag eine rote Wolldecke, in der anderen ein Haufen knallbunter Kissen. Die breite, ovale Holzplatte des Couchtisches war gerade eben noch feucht abgewischt worden und es roch nach Desinfektionsmittel. Eine Wasserflasche und zwei Gläser standen neben einer frisch abgeschnittenen Sonnenblume.

»Machen Sie es sich bequem.« Minotti deutete auf die Sofaecke.

Na schön. Belustigt nahm ich Platz, lehnte mich zurück und verschränkte die Arme.

»Schön, dass Sie hier sind.« Die Psychologin legte einen Block, einen Kugelschreiber und die gelbe Pappmappe, auf die Kovacevic mit ihrer runden Mädchenschrift meinen Namen und die Patientennummer gekritzelt hatte, auf den Tisch. Sie selbst setzte sich auf den Sessel, der direkt neben der Couch stand, griff nach der Wasserflasche und füllte die beiden Gläser.

Im gleichen Augenblick ertönte ein Schrei. Ein lang gezogener, schriller, erschütternder Ton, der keinen Zweifel daran ließ, dass etwas passiert war!

Eine Schrecksekunde lang starrten Minotti und ich einander an.

Aus dem Schrei wurde ein wildes Heulen.

Ich sprang auf. Weil die Psychologin nicht die Sportlichste war, erreichte ich die Tür mit deutlichem Vorsprung. Ich stürzte aus dem Raum, rannte in die Richtung, aus der das Kreischen kam. Ein Zimmereingang stand offen. Als ich ihn erreichte, begriff ich, dass es Bibi war, die schrie!

Meine große, füllige Mitbewohnerin stand mit dem Rücken zu mir, die Hände an den Kopf gehoben und heulte wie ein gequältes Tier.

Ich trat neben sie, um sehen zu können, was sie sah.

Nica Kovacevic saß auf dem Stuhl vor ihrem aufgeräumten Schreibtisch, die langen Beine übereinandergeschlagen, die dunkle Mähne über die rechte Schulter drapiert. Ihr Stuhl war zu dicht an den Tisch geschoben, die Arbeitsplatte quetschte ihren Bauch. Ihr Kopf war nach hinten gekippt, der Hinterkopf lag auf der Oberkante der Stuhllehne.

Ihr Tattoo, die kleine, schwarze Abbildung einer stilisierten Blüte unterhalb ihres Ohrs, konnte ich deutlich erkennen. Direkt neben der Tätowierung begann der klaffende Schnitt, der ihre Kehle durchtrennt hatte.

Die eckige Brille war verrutscht, die starren Augen standen offen. Das Blut hatte ihr Halstuch durchtränkt und sich um den parallel zur Tischkante liegenden, silbernen Federhalter herum auf der Arbeitsfläche ausgebreitet. Und es war über ihre schlaff über die Armlehnen herunterhängenden Hände gelaufen, von ihren Fingern getropft und hatte rote Pfützen auf dem Laminat gebildet. Die hinteren Metallbeine des Stuhls standen im Blut.

Ich trat an Bibi vorbei, um die Lachen genauer betrachten zu können. Die Ränder waren angetrocknet. Das Blut, das direkt nach der tödlichen Verletzung aus ihrem Hals geströmt sein musste, floss längst nicht mehr. An einer Stelle war die Pfütze verschmiert.

Erst jetzt registrierte ich, dass Bibi noch immer schrie. Als ich ihr meine Hand auf den Unterarm legte, verstummte sie endlich.

Der Schreibtischstuhl besaß keine Rollen, die die Blutpfütze verschmiert haben konnten. Mein Blick wanderte über das Laminat zu der feinen roten Linie vor Bibis ausgelatschten *Doc Martens*. War Bibi der Toten nah genug gekommen, um in das Blut zu treten? Ich wandte mich um und entdeckte hinter mir eine zweite, blasse Linie. Der Abdruck einer Schuhkante?

Ob die Spur sich vor dem Raum fortsetzte, konnte ich nicht erkennen, denn Minotti stand in der Tür und versperrte – vor Schreck erstarrt – den Weg. Hinter ihr tauchten weitere schockierte Gesichter auf.

»Irgendjemand sollte die Polizei rufen«, sagte ich zu der Psychologin. Im gleichen Moment begriff ich, was das für mich selbst bedeutete.

Scheiße!

21.

Das war's.

Ich musste weg.

Auf dem Absatz machte ich kehrt und rempelte Bibis weiche Hüfte an, weil meine Mitbewohnerin im gleichen Moment Abstand zwischen sich und die tote Therapeutin bringen wollte.

Im Flur vor dem Behandlungszimmer drängelte sich mittlerweile eine murmelnde und schubsende Menschenmenge. Ich wollte mich an Bibi und Minotti vorbeiquetschen, doch die Psychologin packte meinen Arm.

»Bewahren Sie Ruhe«, sagte sie.

Minottis zentimeterkurze Haare standen wirr in die Höhe, aber den ersten Schreck hatte sie offenbar überwunden. Ihr Blick war bereits wieder abartig wachsam.

»Die Polizei wird jeden Moment da sein«, redete die Psychologin auf mich ein. »Es kommt alles in Ordnung.«

»Ich schätze, Frau Kovacevic würde die Situation anders beurteilen«, entgegnete ich.

Minotti begriff nun, dass ich nicht kopflos vor dem Anblick der Toten floh. Irritiert lockerte sie ihren Griff. Es gelang mir, meinen Arm wegzuziehen.

»Ich muss«, verabschiedete ich mich und schob mich an Adonis-Wulf vorbei durch die Menschenmenge. Offenbar war es Kovacevic nicht mehr gelungen, an die Wand zu klopfen. Der Gedanke durchzuckte mich wie ein elektrischer Schlag.

Das konnte doch nicht ...?!

Mein übergewichtiger Stationsarzt Oppolt drängelte mich zur Seite und auch die schmerzgeplagte Evelyn, die plötzlich gar nicht mehr schmerzgeplagt schien, versuchte, einen Blick in den Raum zu erhaschen.

Ich rannte den Flur hinunter, die Treppe hinab, an der schielenden Empfangsdame vorbei, aus dem Haupteingang hinaus in den Innenhof.

Warum hatte ich Idiotin die Scheißtherapie nicht in Passau gemacht? Wieso ausgerechnet in Bochum, wo der Chef der Mordkommission bis vor Kurzem einer meiner besten Kumpel gewesen war? Zwangsläufig war Staschek zuständig, wenn es eine Leiche gab.

Aber hätte ich wirklich damit rechnen können, dass eine meiner Psychologinnen ermordet wurde?

Jetzt musste ich jedenfalls weg, bevor der erste Bulle auftauchte und mich erkannte. Ich rannte auf den gemauerten Torbogen zu, durch den die Zufahrt aus dem Innenhof auf die Straße hinausführte.

Ganz kurz zögerte ich. Wenn ich jetzt verschwand, katapultierte ich mich mit Überschallgeschwindigkeit an die Spitze der Tatverdächtigenliste dieser Todesfallermittlungen ...

Scheißegal jetzt!

Als Patientin einer Psychoklinik konnte ich Staschek einfach nicht unter die Augen treten. Ganz abgesehen davon, dass Danner keine zwei Minuten später ebenfalls wissen würde, wo ich steckte.

Ruckartig setzte ich mich wieder in Bewegung.

Ich würde die Biege machen und rausfinden, was wirklich mit meiner Schwester passiert war. Danach konnten sie mich von mir aus einbuchten.

Im gleichen Moment zuckte grelles Blaulicht über die Ziegelwände der Durchfahrt, in der ich stand.

Der Streifenwagen kam mit quietschenden Reifen vor mir

zum Stehen, die Motorhaube keinen Meter von meinen Knien entfernt. Ein zweites Fahrzeug hielt quer vor der Einfahrt.

Ich griff mir an die Stirn und schloss die Augen. Ich würde sie einfach nicht wieder aufmachen, egal, was jetzt passierte.

»Was machen *Sie* denn hier?«

Ich erkannte die Stimme.

»Frau Ziegler?«

Ich öffnete die Augen doch.

Kriminalkommissarin Katrin Wegner stand mir gegenüber wie Wyatt Earp, der versehentlich mit Billy the Kid zusammengestoßen war. Ihre schmal gezupften Brauen prallten über der Wurzel ihrer großen, raubvogelschnabelartigen Nase so heftig aufeinander, dass ihre Stirn dazwischen tiefe Falten schlug.

Ein Mann und eine Frau in Uniform waren ebenfalls ausgestiegen, eine stämmige Blonde, die ich nicht kannte, steckte ihr vor Aufregung fleckiges Gesicht aus dem zweiten Wagen.

»Sperren Sie alles ab. Die Kollegen sollen den Klinikbereich von hinten sichern«, kommandierte die Wegner, ohne mich aus den Augen zu lassen. Leitete sie den Einsatz? Bei unserer letzten Begegnung war Staschek auf unbestimmte Zeit beurlaubt gewesen, fiel mir ein. Weil er sich mit der Polizeipräsidentin angelegt hatte.

Ich wagte zu atmen.

Zum allerersten Mal freute ich mich über eine Begegnung mit der übereifrigen Streberin, die mich unsanft am Arm packte und in den Innenhof zurückzerrte.

»Sagen Sie jetzt bloß nicht, Sie arbeiten hier gerade an einem Fall«, warnte die Kommissarin mit gepresster Stimme.

»Stellen Sie sich vor, ich bin rein zufällig hier.«

Eine dünne Braue der Wegner zuckte skeptisch hoch. »Wenn Sie mich verarschen, kriege ich Sie wegen Behinderung der Ermittlungen dran. Das verspreche ich Ihnen.«

Ich sparte mir die Antwort.

»Na schön«, knurrte sie. »Wie lautet also Ihre Erklärung dafür, dass ich Sie ›rein zufällig‹ in einer psychosomatischen Klinik treffe, in der angeblich eine Leiche liegt?«

Das finden Sie bestimmt selbst raus, lag mir auf der Zunge. Aber sie zu ärgern, brachte nichts, es würde keine zwei Minuten dauern, bis sie wusste, was los war.

»Ich bin hier in Behandlung«, gestand ich wahrheitsgemäß.

Die Wegner starrte mich an. Ihr Mund klappte auf, als wollte sie etwas sagen, dann zögerte sie kurz, platzte aber im nächsten Moment doch heraus: »Deshalb baut er Scheiße, hm?«

Ich horchte auf: »Wie bitte?«

Was hatte sie gesagt?

Ihre Adleraugen leuchteten auf. Sie hatte schon gecheckt, dass sie mehr wusste als ich.

»Wir sprechen uns nachher«, entschied die Kommissarin. »Halten Sie sich zur Verfügung.« Sie strich sich eine Ponysträhne hinters Ohr, sah sich um und winkte im nächsten Moment ihre neue Kollegin mit den hektischen Flecken in Richtung Haupteingang. Neuerdings schien Schnabelnase ihr Haar wachsen zu lassen, fiel mir auf, während sie sich entfernte. Das ließ ihre Gesichtszüge weicher wirken. Außerdem trug sie Sportschuhe.

Innerhalb von Minuten räumte die Polizei das Gebäude, der Innenhof füllte sich mit aufgeregten Menschen, immer mehr Patienten und Mitarbeiter versammelten sich um mich herum und tuschelten miteinander.

Weitere Polizeiwagen trafen ein und die Beamten fingen an, die Namen der Anwesenden aufzuschreiben. Die stämmige Blonde befragte bereits Bibi, KK Wegner trat gemeinsam mit Valeria Minotti aus dem Gebäude. Die Polizistin deutete mit einer Kopfbewegung in meine Richtung und Minotti nickte unauffällig.

Nachdenklich kratzte sich die Wegner ihre große Nase, als sie schließlich wieder neben mich unter die Birke trat.

»Sie haben die Tote also zusammen mit Frau Lüchow und Frau Dr. Minotti gefunden«, stellte sie nachdenklich fest. »Ich hoffe, es gibt eine einleuchtende Erklärung dafür, dass Sie das Klinikgelände keine zehn Minuten später sehr eilig verlassen wollten.«

Die Frage brannte auf meiner Zunge, ich konnte sie mir nicht verbeißen: »Was meinten Sie damit, als Sie sagten, er hätte Scheiße gebaut?« Wie ein Flummi hüpfte mein Herz hinter meinen Rippen herum.

»So wie ich das sehe, ist das im Augenblick Ihre geringste Sorge.« Die Wegner verzog keine Miene, nur das Funkeln ihrer scharfen Augen verriet mir, dass sie sehr wohl begriff, wie wichtig mir ihre Antwort war.

»Ist Staschek wieder im Dienst? Oder sind Sie hopplahopp die Karriereleiter hinaufgeschubst worden?«, wechselte ich wütend das Thema.

»Sie sind nicht diejenige, die hier die Fragen stellt«, wies mich Schnabelnase, allmählich gereizt, zurecht. »Ich will wissen, warum Sie abhauen wollten. Aber Sie können mir meine Fragen natürlich gern im Präsidium beantworten.«

Ich hätte ihr gern den langen, dünnen Geierhals umgedreht.

»Ich bin zurzeit Gast dieser Klinik. Private Probleme«, gab ich giftig zurück. »Und ich fürchte, der Anblick der Leiche hat mich so traumatisiert, dass ich im Augenblick gar nicht vernehmungsfähig bin.«

Schnabelnase guckte mich an, als wollte sie mir gern die Klauen in den Leib rammen und mir die Augen auspicken.

»Staschek ist weiterhin beurlaubt, die internen Ermittlungen laufen noch«, gab sie zu meiner Überraschung nach kurzem Überlegen nach und beantwortete zumindest eine meiner Fragen. Ein Waffenstillstandsangebot? Im Ernst?

»Und …«, sie senkte die Stimme, »… vielleicht wäre ich wirklich befördert worden, wenn ich ausgesagt hätte, was die Kommandantin gern hören wollte.«

»Dass Staschek grapscht.« Es war kein Kunststück zu erraten, dass die Polizeipräsidentin, ohne mit der Wimper zu zucken, ihre schwarze Seele verkauft hätte, um die Karriere des Mordkommissionschefs zu beenden.

»Dann wäre sie ihn los gewesen«, bestätigte die Polizistin.

Staschek hatte lange gezögert, sich gegen die Belästigungen seiner Chefin zu wehren. Weil er selbst nämlich sogar der mütterlichen Herta mit der künstlichen Hüfte zuzwinkerte. Für Staschek war Flirten ein Mittel zur Kommunikation. Allerdings hätte ich darauf gewettet, dass Schnabelnase Staschek ohne Skrupel den Chefsessel unterm Hintern weggesägt hätte, um selbst drauf Platz zu nehmen.

»Wir wissen beide, dass Staschek niemanden hängen lässt, wenn es drauf ankommt«, sagte Schnabelnase.

Ehrlich gesagt, war mir bis zu diesem Moment nicht klar gewesen, dass *sie* das auch begriffen hatte.

»Jetzt wartet die Kommandantin natürlich auf eine Gelegenheit, mich ins tiefste Sauerland strafversetzen zu können«, fuhr die Kommissarin fort. »Ich werde hier also zügig Ergebnisse liefern müssen.«

Ich nahm mir in Gedanken vor, der Polizistin keine gemeinen Spitznamen mehr zu geben.

»Also zurück zum Thema: Wieso finden ausgerechnet *Sie* eine Leiche? Und sind auch noch so dämlich, erfolglos zu flüchten?« Die Wegner zückte einen Notizblock.

Ein bisschen Kooperationsbereitschaft hatte sich Schnabeln… – ähm, KK Wegner soeben verdient, fand ich.

Wahrheitsgemäß berichtete ich, wie Bibi und ich gemeinsam auf dem Flur gewartet hatten und wie Bibi, kurz nachdem Minotti mich in ihr Zimmer gerufen hatte, Kovacevics Leiche entdeckt hatte.

»Gab es zuvor Meinungsverschiedenheiten zwischen Bibiane Lüchow und Frau Kovacevic?«, erkundigte sich die Polizistin prompt.

Was?

Bevor mir die nächste rotzige Antwort rausrutschte, erinnerte ich mich an Kovacevics wenig einfühlsame Bemerkungen bezüglich Bibis Gewichtsproblem. Auch wenn sie anders aussah: Bibi besaß kein dickes Fell, an dem solche Sprüche abprallten. Kovacevics Worte hatten sie immerhin so sehr verletzt, dass sie ihren Frust mit einer abendlichen Fressorgie betäubt hatte.

»Frau Ziegler?«

»Bibi hat niemanden getötet«, entschied ich.

Die Kommissarin verdrehte die Augen: »Das war weder meine Frage noch ist es Ihre Aufgabe, das zu beurteilen.«

»Kovacevic war nicht die Einfühlsamste, aber deshalb bringt man sie nicht um«, protestierte ich.

KK Wegner atmete hörbar ein.

»Außerdem war Kovacevic schon eine Weile tot«, versuchte ich, mich zu retten. »Das Blut auf dem Fußboden war stellenweise angetrocknet. Bibi war erst beim Mittagessen, ist danach mit mir gemeinsam hergekommen und, bis fünf Minuten bevor sie die Leiche gefunden hat, mit mir zusammen gewesen. Sie hat nichts damit zu tun. Und sind Ihnen die Fußspuren aufgefallen?«

Irgendetwas blitzte in der Miene der Kommissarin auf. Als hätte ich ihr etwas Interessantes verraten, sie unabsichtlich auf eine Idee gebracht.

»Stellen Sie sich vor, ich habe die Spurensicherung mitgebracht«, entgegnete sie ironisch. »Wenn ich Sie richtig verstehe, wollen Sie mir mitteilen, dass es durchaus Konflikte zwischen Bibiane Lüchow und ihrer Psychologin gab, Sie ihr aber ein Alibi für die Zeit nach dem Essen bis dreizehn Uhr geben können. Korrekt?«

Ich gab mich geschlagen und nickte.

KK Wegner notierte.

»Wie sieht es mit Ihnen selbst aus? Gab es Meinungsverschiedenheiten mit der Toten? Und verfügen Sie über ein Alibi?«, wollte die Kommissarin dann samtweich wissen.

Tja …

Mein Alibi war nicht so lückenlos wie das von Bibi. Denn Bibi war beim Mittagessen mit Sicherheit von zig Patienten gesehen worden. Während ich nach dem Ende der morgendlichen Gesprächsrunde zwei Stunden auf einem Krankenhausdach gesessen und mir den Kopf darüber zerbrochen hatte, wie ich einen sechzehn Jahre zurückliegenden Todesfall aufklären konnte.

Und noch etwas anderes fiel mir ein. Reflexartig suchte ich Minottis Gesicht in der Menschenmenge. Die Psychologin stand im inzwischen mit Flatterband abgesperrten Hofbereich vor dem Nebeneingang zum Therapieflügel. Als hätte sie meinen Blick gespürt, erwiderte sie ihn.

Die arrogante Tussi bringe ich um! Wenn ich mich richtig erinnerte, waren das in etwa die Worte gewesen, die ich heute Morgen zu Minotti gesagt hatte.

Ich nickte langsam. »Ich schätze, ich gebe die bessere Verdächtige ab. Ich habe kein Alibi, habe versucht abzuhauen und ich fürchte, ich habe vor Zeugen erwähnt, dass ich die Kovacevic gern umbringen würde.«

KK Wegner sah aus, als hätte ich sie mithilfe eines Harry-Potter-Versteinerungszaubers bewegungsunfähig gemacht.

»Allerdings«, gab ich schnell zu bedenken, »habe ich das Gleiche vermutlich auch schon mal über Sie geäußert und Sie leben noch.«

Sekundenlang starrte die Wegner wortlos weiter.

»Dass Sie die Stadt nicht verlassen und sich ständig zur Verfügung halten, solange der Sachverhalt nicht geklärt ist, versteht sich von selbst, will ich hoffen«, erklärte sie schließlich.

Hallo? Hast du was an den Ohren, Bullette?

»Was ist los mit Ihnen?«, erkundigte ich mich verdutzt. »Nehmen Sie mich in Untersuchungshaft und Sie haben die nächsten achtundvierzig Stunden Ruhe vor Ihrer Chefin.« Mal abgesehen davon, dass ihr das eigentlich auch noch Spaß machen müsste.

Der Wegner kamen vermutlich gerade ernsthafte Zweifel an meinem Geisteszustand. »Wenn ich Beweise für Ihre Schuld finde, komme ich gern auf Ihr Angebot zurück. Solange halten Sie sich zur Verfügung«, wiederholte die Kommissarin gereizt. »Und versuchen Sie, die Ermittlungen so wenig wie möglich zu behindern.«

Na schön.

Damit hielt ich unser Gespräch eigentlich für beendet. Doch die Wegner machte keine Anstalten, sich dem nächsten Zeugen zuzuwenden. Nach kurzem Schweigen beugte sich die hochgewachsene Polizistin zu mir herunter.

»Hören Sie gut zu, ich schlage Ihnen das nur ein einziges Mal vor«, sagte sie mit gesenkter Stimme an meinem Ohr. »Sie wollen doch wissen, was mir der Flurfunk über Ihren Freund zugeflüstert hat?!«

Wie ein Vogel gegen eine Fensterscheibe krachte mein Herz gegen mein Brustbein und taumelte zur Seite. Ich wusste, dass meine schwindende Gesichtsfarbe als Antwort reichte, und es gelang mir auch nicht, ein Pokerface aufzusetzen.

»Als Gegenleistung halten Sie hier die Augen offen.«

Wie bitte?

»Was ist? Kann ich Ihnen meine Handynummer geben?« Die Kriminalkommissarin wartete auf meine Antwort.

Okay …?

Verdutzt zog ich mein neues Handy aus der Tasche und klickte die Kontaktliste auf, in der Danners Name fehlte.

Unter *KK Wegner* tippte ich die Nummer ein, die die Polizistin mir nannte.

»Katrin«, korrigierte sie, als sie über meine Schulter einen Blick auf den Apparat warf. »Ohne h.«

Ungläubig änderte ich den Kontakt.

»Jetzt sind Sie dran«, stellte ich fest, als ich das Handy einsteckte. »Was haben Sie über Ben gehört?«

Die Wegner – ähm, Katrin – biss sich auf die Unterlippe. Es irritierte mich, dass sie sich plötzlich in einen Menschen verwandelt zu haben schien.

»Keine Ahnung, was wirklich dran ist«, rückte sie dann mit der Sprache raus, »aber angeblich hat er Samstagnachmittag einen Unfall gebaut. Totalschaden. Besoffen. Seinen Lappen ist er wohl los.«

22.

Werd endlich erwachsen! Und ruf mich nicht an, bevor du das tatsächlich geschafft hast. In fünf Jahren frühestens – besser in zehn!

Verflucht.

Danners Nummer stand wieder ganz oben in meiner Kontaktliste, denn aus meinem Gedächtnis hatte er sie ja nicht löschen können. Aber jetzt traute ich mich nicht, ihn anzurufen und zu fragen, ob er in Ordnung war.

»Frau – ähm, Lila?« KK Katrin, die gerade noch vor dem Haupteingang mit einem kleinen Arzt mit grimmigem Blick gesprochen hatte, kam wieder auf mich zu. »Die Kollegen können einen der Patienten nicht ausfindig machen. Er steht auf der Gästeliste, die die Klinik uns gegeben hat, aber auf den Namenslisten, die die Kollegen hier im Hof erstellt haben, fehlt er. Im Haus ist er über die Lautsprecheranlage ausgerufen worden, hat sich aber nicht gemeldet. Kennen Sie einen gewissen …«, sie blickte in ihr Notizbuch, »… einen gewissen Laurent Matundu?«

Sie betonte den Namen deutsch.

»Laurent«, korrigierte ich mit französischer Aussprache. »Ja, kenne ich.«

Und es wunderte mich wenig, dass Katrin nach ihm fragte. Nur die Geschwindigkeit, mit der sie auf ihn gekommen war, überraschte mich.

»Können Sie ihn hier irgendwo sehen?« Sie deutete auf die im Innenhof versammelte Menschenmenge.

Ich schüttelte den Kopf, während ich noch die Gesichter absuchte. Laurent war normalerweise schlecht zu übersehen. »Vielleicht ist er in die Stadt gegangen?«

Die Kommissarin runzelte zweifelnd die Stirn.

»Wieso nicht?«, hakte ich nach.

»Anscheinend war Matundu der letzte Patient vor der Mittagspause, der bei Nica Kovacevic in Behandlung gewesen ist – jedenfalls stand sein Name für elf Uhr auf dem Arbeitsplan der Toten. Und der Gerichtsmediziner sagt, sie ist seiner ersten Einschätzung nach vor etwa zwei bis vier Stunden gestorben, also zwischen halb elf und halb eins.«

Sie haben ihnen die Kehlen durchgeschnitten. Abgeschlachtet wie Ziegen. Überall war Blut.

Die Parallele war unübersehbar. Ich konnte mein Gehirn nicht daran hindern, die Informationen zu verknüpfen.

Das klang gar nicht gut.

»Lila?«

»In Kovacevics Regal müsste eine Akte stehen, in der sie einiges über Laurent notiert hat«, erzählte ich der Kommissarin und kam mir wie eine Verräterin vor.

23.

»Mann, ich dachte schon, die hätten dich verhaftet!« Bibi fuhr hoch, als ich um kurz nach neun in unser Zimmer geschlurft kam.

Ich winkte ab und ließ mich aufs Bett fallen.

Nachdem am späten Nachmittag alle Patienten wieder in ihre Zimmer zurückkehren durften, hatte mich KK Katrin kurz vor dem Abendessen noch einmal antanzen lassen. Um nicht jeden einzelnen Patienten zur Befragung ins Präsidium bestellen zu müssen, hatte sie kurzerhand das zentral im Flur hinter der Rezeption gelegene Büro des Chefarztes zur Einsatzzentrale umfunktioniert. Der Raum befand sich direkt unter der psychologischen Abteilung. Der Chefarzt Prof. Dr. Alexander Bartholomeitschak war ein Gnom in einem zu großen Kittel, der sich zähnefletschend darüber beschwerte, dass die Mordermittler ihn vor die Tür gesetzt hatten.

Wegen der antiken Möbel aus dunklem Holz, dem alten Parkettboden und den Lamellenvorhängen vor dem Fenster wirkte das Chefarztzimmer düster. Außerdem roch es modrig. Als ich eingetreten war, hatte KK Katrin hinter dem wuchtigen Eichenholzschreibtisch des Klinikchefs gesessen. Unter einem Anatomieposter, das das zentrale Nervensystem zeigte.

Mit einem Handzeichen gab sie mir zu verstehen, dass ich auf dem altmodischen Sessel vor dem Schreibtisch Platz nehmen sollte. Ich bekam mit, dass mittlerweile nach Matundu gefahndet wurde. Die Qualität des ausgedruckten Fotos in Kovacevics Unterlagen war mies gewesen, doch im Computersystem der Klinik war die Kommissarin schnell auf die qualitativ deutlich bessere Originalaufnahme gestoßen. Mittlerweile kannte jeder Polizist im Ruhrgebiet Matundus Gesicht.

Trotzdem durfte ich den Ablauf meines eigenen Vormittags noch drei Mal minutengenau zu Protokoll geben – was rein gar nichts an der zweistündigen Lücke in meinem Alibi zum Tatzeitpunkt änderte.

Irgendwann war ich in der Lage, nach dem Ich-packe-meinen Koffer-Prinzip all die Kleinigkeiten aufzuzählen, aus denen sich das kreative Chaos auf dem Chefarztschreibtisch zusammensetzte: das Einmachglas neben dem Monitor des PCs, in dem etwas schwamm, das wie ein Gehirn aussah. Die sechs Stifthalter aus schwerem Stein, in denen zwischen Kugelschreibern, Textmarkern und Schere mehrere Reflexhämmerchen und ein mit spitzen Nadeln gespicktes Rad steckten. Ein Stethoskop und ein Maßband, das sich wie eine gelb-schwarze Schlange um ein silbern gerahmtes Foto wand. Außerdem schien der Chefarzt nicht der Reinlichste zu sein. Staubgewischt worden war seit Längerem nicht. Vor dem Foto, das zwei halbwüchsige Jungen zeigte, lag ein kleiner Haufen …

Ich beugte mich vor, weil ich mich vergewissern wollte, dass ich richtig hingeguckt hatte. Abgeschnittene Fingernägel. Zu einem Haufen zusammengeschoben. Bäh!

KK Katrin knallte wütend eine gelbe Pappmappe vor mir auf den Schreibtisch: »Zum Tatzeitpunkt zwei Stunden allein auf einem Dach zu sitzen, ist so ziemlich das Dämlichste, was ich je gehört habe!«

Der Luftzug pustete einen Teil der Fingernägel auf den Fußboden.

Ich brauchte nicht hinzuschauen, um zu wissen, was auf der Mappe stand. Das waren Kovacevics Notizen zu unseren zwei Einzelgesprächen.

Mit einer ungeduldigen Handbewegung forderte die Wegner mich auf, hineinzusehen.

Die Kopie des Fotos, das die Schwester am Aufnahmetag beim Wiegen von mir gemacht hatte, war gruselig. Meine verfilzten Haare hingen rechts und links neben meinem abgemagerten Gesicht mit den schwarzen Augenringen herunter. Von einer Psychopathin war das nicht weit entfernt. Als ich umblätterte, sah ich bereits das neongelbe Ausrufezeichen am Rand.

Sei froh, dass du schon tot bist, du hinterhältiges Miststück!

Pat. unterschwellig aggressiv!, stand da. Und drei Blätter weiter hinten: *Sabotiert Therapie!!!* Mit drei Ausrufezeichen.

KK Katrin hatte mir die Mappe unter der Nase weggeschnappt und mir damit eine Kopfnuss gegeben.

»Glauben die etwa, du warst es?«, holte Bibi mich aus dem düsteren Chefarztzimmer zurück in unser sonnengelbes Gemeinschaftsdomizil.

»Ja«, antwortete ich knapp. Ich wollte höflich bleiben, um Bibi nicht wieder in Selbstzweifel zu stürzen und die nächste Fressattacke zu provozieren.

Klappte aber nicht, die Dicke zog eine beleidigte Schnute: »Du verarschst mich doch wieder.«

Ich ging nicht drauf ein, sondern warf mich auf mein Bett – mit den Füßen in Bibis Richtung. Darüber, dass die Wegner hinter mir her ermittelte, obwohl Laurent Matundu den besseren Verdächtigen gab, konnte ich mir später Sorgen machen.

Im Moment wollte ich nur eins: herausfinden, was dran war am Flurfunk im Polizeipräsidium.

Besoffen. Totalschaden.

Mir wurde flau im Magen.

Ich rollte mich auf den Bauch und zog mein Handy hervor.

Wenn er tot wäre, hätte sie mir das gesagt, oder?

Das Telefon zitterte in meinen Händen.

In fünf Jahren frühestens – besser in zehn!

Verdammt! Es wäre doch gelacht, wenn ich nicht rauskriegte, was los war!

Hastig tippte ich eine SMS.

Ich, 21:41 Uhr: Ist Ben in Ordnung?

Die Antwort kam prompt. Das war der Vorteil an Freundinnen im Teenageralter: Sie schliefen mit dem Handy unterm Kopfkissen. Und das ist wörtlich zu verstehen.

Lena, 21:43 Uhr: Weißt du, wie lange ich auf ein Lebenszeichen von dir warte? Ich dachte, jetzt hast du dich wirklich umgebracht, du blödes Miststück!

Ich warf einen kurzen Blick auf meine Anrufliste. Vierunddreißig Mal hatte Lena inzwischen versucht, mich zu erreichen. Und siebenundzwanzig Kurznachrichten geschrieben, von denen ich keine einzige gelesen hatte.

Ich, 21:45 Uhr: Sorry ...
Lena, 21:46 Uhr: Wo bist du?

Verdammt.

Lena, 21:49 Uhr: Glaubst du wirklich, dass ich losrenne und rumerzähle, wo du steckst?
Lena, 21:53 Uhr: Papa erfährt kein Wort von mir, ich schwöre!
Lena, 21:54 Uhr: Ben sowieso nicht.

Das wertete ich als Hinweis darauf, dass er noch lebte, obwohl es nicht wirklich einer war. Ich atmete ein klein wenig auf.

Ich, 21:58 Uhr: Molle?

Lena, 22:00 Uhr: Nicht mal, wenn er flennt. Versprochen! Ehrenwort! Jetzt sag schon: Wo bist du?

Ich kniff mir in die Nasenwurzel.

Lena, 22:07 Uhr: Von wegen beste Freundin, Thelma und Louise, Pippi und Annika, du verlogene Kuh! Von mir erfährst du kein einziges Wort, bevor du mir nicht sagst, wo du untergetaucht bist!

Lena, 22:12 Uhr: Nicht mal seine Todesanzeige werde ich dir schicken. Weil ich ja deine Adresse nicht weiß!

Cool bleiben! Sie bluffte nur. Das war nur ein unfairer Versuch, aus mir rauszupressen, wo ich steckte.

Ich, 22:15 Uhr: Klinikum Birkenhain. Am Stadtpark.

Lena, 22:16 Uhr: Du bist hier?

Lena, 22:18 Uhr: In Bochum?!

Lena, 22:21 Uhr: Die ganze Zeit schon?

Ich, 22:23 Uhr: Was ist jetzt mit Ben?

Ich, 22:26 Uhr: Lena!

Lena, 22:31 Uhr: Lebt. Den Rest erzähle ich dir morgen ☺. Gleich nach der Schule. Und wehe, du bist nicht da!

Ich starrte auf das Smiley auf meinem Handydisplay.

Ein flaues Gefühl breitete sich in meinem Magen aus. Das war schiefgelaufen. Ich hatte mich von Lena aushorchen lassen. Ha, erpressen lassen! Per SMS.

KK Katrin hätte vielleicht dichtgehalten, solange Staschek nicht wieder im Dienst war – aber Lena?

Jetzt hatte ich nicht mehr die Kontrolle.

Was, wenn Lena ausplapperte, dass ich mich nach Danner erkundigt hatte? Wenn sie es ihrem Vater gegenüber durchblicken ließ, reichte das vollkommen. Dann hielten mich alle für noch verzweifelter, als sie es sowieso schon taten – wenn das überhaupt möglich war.

Ich wühlte die Hand in die Ritze zwischen Matratze und Wand und zog die noch halb volle Wodkaflasche heraus.

24.

Das Klingeln eines Telefons weckte mich.

Die Sonne blendete, als ich verschlafen blinzelte. Eine halbe Sekunde später spürte ich die Kopfschmerzen.

Mein Blick wanderte zum Nachttisch, die Wodkaflasche war leer.

Neben der Pulle klingelte der möglicherweise antike Telefonapparat, den ich gar nicht angemeldet hatte.

Bibi und Romy waren nicht zu sehen.

Dank des Wodkas hatte ich verschlafen. Den ich getrunken hatte, nachdem Schnabelnase … hm … Katrin Wegner mich im Chefarztzimmer befragt hatte, weil sie es für nicht ganz ausgeschlossen hielt, dass ich meiner Expsychologin die Kehle durchgeschnitten hatte. Die langsam zurückkehrenden Erinnerungen ähnelten einem absurden Albtraum.

Siedend heiß wurde mir bewusst, dass ich Lena verraten hatte, wo ich mich aufhielt. Meine Kopfschmerzen explodierten wie ein Orchester mit Wutanfall.

Ich rollte mich stöhnend auf die Seite.

Mittlerweile hatte sie es ihrem Vater erzählt und der wiederum seinem besten Kumpel. Danner war also darüber in Kenntnis gesetzt, dass ich mich nach ihm erkundigt hatte.

Meine Kopfschmerzen schwollen an und ließen mein Gehirn aufquellen, bis es gegen meine Schädelwände quetschte.

Das Telefon klingelte immer noch.

Der schrille Ton drohte meinen Kopf zum Platzen zu bringen.

Ich griff nach dem Hörer, um das Geräusch abzustellen.

»Ja?«, knurrte ich mit zusammengekniffenen Augen.

»Frau Ziegler?« Frauenstimme. Geschäftsmäßiger Tonfall.

»Tut mir leid«, antwortete ich genauso geschäftsmäßig. »Sie sprechen mit der Kanzlei Kiesewetter. Eine Frau Ziegler gibt es hier nicht.«

Außerdem schlafe ich noch.

»Oh, Entschuldigung. Dann habe ich mich verwählt.« Mit einem Klicken endete das Gespräch.

Aufgelegt.

Hallo, du Pappnase? Das Telefon war nicht einmal angemeldet. Ich ging davon aus, dass man es nur von einem Apparat aus anwählen konnte, der sich ebenfalls in der Klinik befand.

Im nächsten Moment klingelte es wieder.

»Hallo? Frau Ziegler?«

»Wer sollte denn sonst dran sein?«, erkundigte ich mich liebenswürdig.

»Hier spricht Jenna Hartig aus der Kunst- und Gestalttherapie. Sie haben jetzt einen Termin bei mir auf Ihrem Plan stehen.«

Ich setzte mich auf. »Ist das Ihr Ernst? Gestern ist eine Kollegin von Ihnen ermordet worden und Sie machen Dienst nach Vorschrift?«

»Der Therapieflügel ist von der Spurensicherung noch nicht wieder freigegeben worden«, erklärte mir Hartig. »Die psychologischen und ärztlichen Termine müssen deshalb heute leider entfallen, wie die Kollegin von der Rezeption bereits seit sieben Uhr halbstündlich über die Lautsprecheranlage durchsagt. Alle anderen Anwendungen finden statt.«

Ich rieb mir die Stirn.

»Wenn Sie es in fünf Minuten herschaffen, lasse ich das ausnahmsweise noch mal als pünktlich durchgehen und sehe davon ab, Sie zu melden. Bis gleich.«

Aufgelegt.

Fluchend stolperte ich aus dem Bett ins Bad und putzte meine Zähne mit so viel Zahnpasta wie möglich. Kämmen war zwecklos, deshalb schlüpfte ich in Jeans und das ungewaschene lila Shirt, das noch über der Bettkante hing und die Narbe an meinem Handgelenk verdeckte. Ich schnappte meinen Therapieplan vom Schreibtisch. Den hatte ich zwar irgendwann aus dem Postfach genommen, aber keinen weiteren Blick daran verschwendet.

9:00 Uhr: Kunsttherapie – Frau Hartig.

Es war Viertel nach neun, als ich den Raum erreichte.

Hülya und Evelyn kritzelten bereits mit gesenkten Köpfen. Der Rocker saß mit bockig verschränkten Armen daneben.

Laurent fehlte.

Natürlich, fiel mir ein. Ob Schna… – Katrin ihn schon festgenommen hatte?

Ich trat neben Hülya an den Tisch.

»Schön, dass Sie sich zu uns gesellen, Frau Ziegler.« Hartigs Stupsnase kräuselte sich, als sie mich mit strahlendem Lächeln begrüßte.

Ich antwortete mit einem finsteren Blick auf ihren Sarkasmus.

»Die anderen Gruppenteilnehmer arbeiten bereits an der Aufgabe, die heute Thema unserer Stunde ist.«

Die Kunsttherapeutin legte einen DIN-A3-Malblock vor mir auf den Tisch und stellte ein Glas Wachsmalstifte daneben, wie sie im Kindergarten gern benutzt wurden. Was war denn ›Thema der Stunde‹? Mal dein Haustier?

Mein Blick wanderte auf den Block von Hülya. Sie hatte einen kleinen, krummen Baum mit knorrigen Ästen skizziert.

Das war noch besser als das Haustier.

»Versuchen Sie aufzumalen, wie Sie selbst und die Ihnen wichtigen Menschen aussehen würden, wenn Sie Bäume wären«, erklärte mir Hartig meine Aufgabe. »Und wie gesagt, es geht hier nicht darum, perfekt zu zeichnen. Jeder so, wie er möchte.«

Stirnrunzelnd sah ich sie an, während ich mich zögernd an den Tisch setzte. Mein Blick wanderte wieder zu Hülyas Bild hinüber. Jetzt malte die Frau mit dem Kopftuch um den mickrigen, gekrümmten Baum herum schlanke, hohe Pappeln, deren Wipfel die Wolken berührten.

Oh, Scheiße!

In dem Augenblick, in dem ich schnallte, was die Aufgabe bezwecken sollte, war es zu spät. Auf dem weißen Papierbogen vor mir konnte ich das Bild entstehen sehen, das ich malen müsste, wie ein Dia auf einer Leinwand.

Ein winziges, verkrüppeltes, blattloses Bäumchen in einer vollkommen leeren, düsteren Wüste. Über dem Baum hängt schwarz und drohend eine fette Gewitterwolke, in der Blitze flackern. Ein Blitz zuckt auf den Baum zu und wird ihn vernichten, das ist klar, denn es gibt weit und breit keinen anderen Punkt, in den er einschlagen kann. Das Einzige, was noch auf dem Bild zu sehen ist, ist das Grab, in dem meine verkümmerten Wurzeln stecken. Der Marmorgrabstein liegt flach im Sand, aber ich erkenne deutlich den eingravierten Engel.

Ich schluckte trocken.

»Noch Fragen, Frau Ziegler?«

»Krieg ich hin«, murmelte ich und griff nach einem Stift, weil das wohl war, worauf Hartig wartete.

Zufrieden wandte sich die Kunsttherapeutin ab.

Ich starrte auf das weiße Blatt. Das Schreckensszenario, das mir als Erstes in den Sinn gekommen war, konnte ich unmöglich aufzeichnen. Selbst der Gärtner hätte anhand eines solchen Bildes meine Probleme diagnostizieren können, eindeutiger konnte ich mir selbst keine handfeste Depression attestieren.

Okay. Also was Nettes. Normales.

Ich malte einen halb hohen Baum mit einem weiten Wurzelgeflecht und einer Krone, in der ein paar Vögel zwitscherten. Dann holte ich tief Luft und kritzelte drei weitere Bäume als meine Freundinnen dahinter. Und auf die andere Seite, dicht neben mir, eine Eiche mit bauchigem Stamm, den ein kleiner, schwarzer Hund anpinkelte.

Irgendwo dazwischen skizzierte ich eine hochgewachsene, schlanke Pappel. Darüber Sonnenschein und einen wolkenlos blauen Himmel, um nicht aus Versehen doch einen Anhaltspunkt für ein Gespräch zu liefern.

Nur Danner malte ich nicht, weil ich nicht riskieren wollte, erklären zu müssen, wer das war. In der Therapie in Tränen auszubrechen, würde meine psychische Stabilität nicht untermauern.

Als ich aufsah, warteten meine Gruppenkollegen darauf, dass Evelyn mit ihrem Bild fertig wurde. Ich kritzelte noch ein paar Eichhörnchen an meinen Stamm, ein paar Vögel an den blauen Himmel und Staschek malte ich noch schnell eine vom Wind zurechtgewirbelte Blättertolle.

Als Evelyn endlich fertig war, legte auch ich den Stift beiseite.

Hartig trat neben mich an die heute zum großen Rechteck zusammengestellten Arbeitstische. »Wenn Sie wollen, können Sie Ihre Bäume jetzt in die Mitte legen, damit wir sie gemeinsam betrachten können«, schlug sie vor.

Während die anderen geschlossen zögerten, ließ ich meinen Zettel gleichgültig in die Mitte flattern. Rocker-Rolf ärgerte offenbar, dass ich cooler war als er, denn er warf seinen Zettel verächtlich dazu.

Ich hob eine Braue, als ich sein Bild sah: Sein Baum war gefällt worden. Nur noch der Stumpf ragte aus dem Boden, die Krone lag daneben.

Hülya hatte tatsächlich sich selbst winzig gemalt, alle anderen Bäume um sie herum berührten den Himmel.

Die schmerzgeplagte Evelyn hatte sich eine Axt in den

Rücken gezeichnet. Außerdem ritzten Kinder mit Messern an ihrem Stamm herum, auf der anderen Seite hatte sie gerade ein Pkw gerammt und eine Invasion von Riesenspechten hackte auf ihre Krone ein.

Und am Ast von der hinter dem brünetten Haarvorhang versteckten Sabrina baumelte eine erhängte Person.

Tatsächlich stach mein eigenes Bild aus der Sammlung heraus, weil es so wenig gestört wirkte.

Auch Jenna Hartig entging das natürlich nicht, ihr Blick wanderte von meinem Bild zu mir.

Ich verzog keine Miene.

»Möchte vielleicht jemand von Ihnen über sein Bild sprechen und der Gruppe erklären, was zu sehen ist?«

Vergiss es.

Aus dem Augenwinkel sah ich Evelyns Finger hochschnellen.

Na bitte.

Hartig sah mich einen Moment lang auffordernd an, bevor sie sich leicht genervt der mit dem Finger schnipsenden Evelyn zuwandte.

25.

»Stell dir vor, du schwimmst in einem klaren, sprudelnden Bergbach. Das eiskalte, lebendige Wasser strömt dir entgegen, um dich herum, durch dich hindurch …«

Lang ausgestreckt und mit geschlossenen Augen lag ich in der Sporthalle auf einer Gymnastikmatte und ein rauschebärtiger Therapeut las mit tiefer, brummiger Stimme eine Entspannungsgeschichte vor. Die anderen Gruppenteilnehmer und ich sollten gedanklich als Forellen in einem klaren, kalten Bergbach gegen die reißende Strömung anschwimmen. Motorradfan Rolf hatte bereits nach den ersten zwei

Sätzen zu schnarchen begonnen. Ich hingegen schwamm brav mit, bis ich schließlich hinter einem dicken Stein einen Zufluchtsort vor der Strömung fand. Einen sicheren Ort, an dem ich Kraft tanken konnte.

»Wie könnte dein ganz persönlicher Zufluchtsort aussehen? Mal ihn dir in Gedanken aus.«

Prompt paddelte meine Forelle in einer Kneipe herum.

Ich riss die Augen auf!

Glücklicherweise endete die Fantasiereise in dem Moment, in dem ich aufspringen und wegrennen wollte.

Fluchtartig stolperte ich aus dem Bewegungspavillon, durch den gläsernen Verbindungsgang ins Hauptgebäude zurück und gleich weiter in den Innenhof hinaus.

Die Wattewolken waren aufgerissen und die Sonne blendete mich. Fast hatte ich vergessen, wie das Ding aussah, so lange war es nicht mehr zu sehen gewesen.

Das grelle Licht spiegelte sich im Lack der Polizeiwagen, die rund um die einsame Birke parkten. Die Bullis der Spurensicherung waren verschwunden, bemerkte ich, als sich meine Augen an das helle Licht gewöhnt hatten. Dafür stand heute das Fahrzeug einer Reinigungsfirma da.

Eine große, sehr schlanke junge Frau schirmte ihre Augen mit der Hand ab, als sie an der Klinik hinaufsah. Die Sonne glitzerte in den kastanienfarbenen Haaren, die ihr in weichen Wellen über die schmalen Schultern fielen. Ich musste hochsehen, als ich neben sie trat, weil sie mittlerweile beinahe so groß wie ihr Vater war. Ihre schönen Rehaugen wirkten riesig in ihrem schmalen Gesicht, als sie erschrocken die Schrift auf dem Absperrband las, das noch an dem Schild neben dem Haupteingang flatterte: *Polizeiabsperrung.*

»Damit habe ich nichts zu tun«, stellte ich klar.

Lena fuhr herum. Ehe ich mich versah, warf sie mir quietschend ihre Arme um den Hals. Eine Sekunde lang fühlte es sich gar nicht an, als würde sie mich hassen.

Mein Körper versteifte sich.

Lena ließ mich wieder los.

»Wie bist du hergekommen?« Misstrauisch sah ich mich um. Ich hatte keine Lust, völlig unvorbereitet Staschek in die Arme zu laufen.

»Meinst du im Ernst, ich lasse mich von meinem Vater herkutschieren, wenn ich dir verspreche, nichts zu verraten?«, knurrte Lena. »Ich habe eine Monatskarte und zur Not sogar Beine. Was ist denn hier passiert?«

Sie deutete auf die Absperrung, die mich einen Scheiß interessierte.

Ich winkte ungeduldig ab. »Spuck endlich aus, was mit Ben los ist!«, drängelte ich.

Lena zuckte die Schultern: »Der braucht auch eine Monatskarte, schätze ich.«

»Mann, Lena!«, fauchte ich. »Hatte er einen Unfall? Ist ihm was passiert? Liegt er im Krankenhaus?«

Lenas Rehaugen blitzten auf. Ich konnte ihr ansehen, dass sie darüber nachdachte, mich weiter zappeln zu lassen. Weil sie sich so für die vierunddreißig unbeantworteten Anrufe rächen konnte.

Ich hätte es möglicherweise gemacht.

Lena hingegen trat wieder viel zu dicht neben mich. Ich wich zurück, aber sie hatte sich schon meinen Arm geschnappt und hakte sich bei mir unter. Wie früher. Als wäre überhaupt nichts gewesen. Ich spürte, wie mein Rücken wieder steif wurde, weil natürlich doch was gewesen war.

Lena ignorierte es.

Mir wurde schlecht.

»Ben hat eine Beule und keinen Führerschein mehr«, erzählte Lena, ohne meinen Arm loszulassen. Sie dirigierte mich durch die Unterführung vom Klinikgelände in den Stadtpark hinüber. »Er hat seine Karre vorm Bahnhof aufs Dach gelegt, nach einem Zusammenstoß mit dem *Terminal*.«

Ich erinnerte mich an die zwölf Meter hohe Ansammlung von Rost, die aus der Straße ragte.

»Zwei Promille«, ergänzte Lena. »Am Samstagnachmittag.«

Ich biss mir auf die Unterlippe. Samstagnachmittag hatte ich im Regen vor Molles Kneipe gestanden.

»Das alles geht ihm aber ›total am Arsch vorbei‹, das ist ein wörtliches Zitat«, berichtete Lena weiter. »Das Einzige, was ihn im Moment interessiert, ist, wie er dich umbringen kann. So langsam und qualvoll wie möglich.«

Die Wiesen und Bäume verschwammen vor meinen Augen zu einer grünen Wand. Ich schüttelte Lenas Griff endlich ab und lief ein paar Meter voraus, um Abstand zu bekommen.

»Das war so alles nicht geplant!«, fluchte ich.

»Ach nein?« Lena blieb verwundert stehen. »Ich denke doch? Nur, dass du selbst die ganze Scheiße eigentlich nicht hast mitkriegen wollen, weil du ja tot gewesen wärst, wenn du es nicht verkackt hättest. Genau das war doch dein Plan, oder nicht?«

Ich wirbelte herum und funkelte sie wütend an.

Die Sonne brachte das Haar meiner Ex-besten-Freundin zum Leuchten. Sah aus, als wäre mir mitten auf den Wiesen im Stadtpark ein Engel samt Heiligenschein erschienen. Der Engel hob herausfordernd das Kinn: »Der Einzige, dem der Mist genutzt hat, ist dein Vater, du Hirn!«

Wer könnte wohl eher dran schuld sein? Eine Vierjährige? Oder vielleicht doch der Vater?

»Das hab ich jetzt auch geschnallt!«, fuhr ich Lena an.

»Spitzenleistung, Frau Privatdetektivin!«, schnauzte Lena zurück. »Das hätte *ich* dir gleich sagen können! Aber du hast mich ja nicht gefragt! Wie oft habe ich gesagt, dass du mit mir sprechen sollst, wenn du in Schwierigkeiten steckst?«

»Das weiß ich alles selbst!«, explodierte ich. »Du brauchst mir das nicht unter die Nase zu reiben, also halt endlich die Klappe!«

»Ach ja?« Lenas Stimme überschlug sich vor Wut. »Bis heute hast du nicht mal kapiert, dass ich deine Freundin bleibe, auch wenn ich dich umbringen will!«

Ich verschluckte mich an der Antwort, die mir schon auf der Zunge gelegen hatte.

Der Engel verschränkte triumphierend die Arme vor der Brust.

26.

»Ganz ehrlich, Frau Ziegler: So gute Testergebnisse habe ich noch nie gesehen. Nicht mal ich selbst würde solche Werte erreichen.«

Minotti legte die Depressions- und Schizophrenietests, die ihre tote Kollegin mich beim Erstgespräch hatte ausfüllen lassen, auf den hölzernen Couchtisch in der Sofaecke ihres Behandlungsraumes.

»Und im Sonnenschein zwitschernde Vögel zu malen, ist so dreist, dass es schon wieder lustig ist.« Sie ließ das Baumbild aus der gestrigen Kunsttherapiesitzung neben die Psychotests flattern. »Glauben Sie wirklich, ich kaufe Ihnen das ab?«, erkundigte sie sich. Ich konnte die Grübchen auf ihren Wangen sehen. »So können wir uns die Therapiestunden sparen, dann geh ich lieber einen Kaffee trinken.«

So einfach wie ihre Kollegin machte Minotti es mir erwartungsgemäß nicht.

»Sie brauchen mir nichts zu erzählen, was Sie nicht möchten«, fuhr die Therapeutin fort, als ich weiter schwieg. »Aber irgendwo müssen wir mal anfangen, wenn Ihnen der Aufenthalt hier was bringen soll.«

Trotzig zupfte ich die Ärmel über meine Hände.

Minotti registrierte es.

Ich ließ es bleiben.

»Na schön«, seufzte sie. »Dann zeigen Sie wenigstens ein bisschen Teilnahmebereitschaft und erzählen Sie mir, was auf Ihrem Bild zu sehen ist. Welcher Baum stellt Sie selbst dar?«

Ich pustete genervt Luft aus, während ich auf den halb hohen Baum in der Mitte deutete.

»Und sonst?«, ließ Minotti nicht locker.

»Das sind meine Freundinnen. Lena, Karo, Franzi«, murrte ich gelangweilt. »Das ist Molle, mein Vermieter. Sein Hund heißt Mücke. Und das ist mein Kumpel Lenny«, beschrieb ich mein altes Leben und versuchte, nicht daran zu denken, dass es nicht mehr existierte.

Bis auf Lena.

Die war wieder da …

Meine Gedanken waren abgeschweift. Kritisch betrachtete Minotti abwechselnd mich und mein Bild.

»In Ihrem Leben mit Ihren Freundinnen und Ihren Kumpeln scheint die Sonne, die Vögel zwitschern und die Eichhörnchen tollen herum – und dann schlucken Sie aus Versehen eine Überdosis und …«, ihr Blick wanderte auf den Ärmel meines Shirts hinunter, »… fallen in ein Messer?«

»Eine Rasierklinge«, korrigierte ich, verschränkte die Arme und starrte die Therapeutin feindselig an.

»Eine Rasierklinge«, wiederholte Minotti.

Ich konnte sehen, wie sie über eine Möglichkeit nachgrübelte, mich den offensichtlichen Suizidversuch zugeben zu lassen.

Nur über meine Leiche.

Eine gefühlte Ewigkeit schwiegen wir uns an.

Dann kratzte sie sich nachdenklich am Kinn. Wie zufällig rutschte dabei der flatterige Trompetenärmel ihres heute hoffnungsvoll grünen Hippiehemdchens runter in ihre Ellenbeuge.

Ich erstarrte.

Quer über die Innenseite des Handgelenkes der Psychologin lief eine breite, blassrote Narbe. Der Zweck der Verletzung lag auf der Hand, genau an dieser Stelle war das kaum ein Versehen gewesen.

Ups.

Ich schluckte, als sich unsere Blicke trafen.

Minottis Bluse war längst wieder über ihre Hand gefallen. Weder das Herunterrutschen noch das Verdecken war Zufall. Nicht einmal die überlangen Ärmel, die sie immer trug. Ihr kompletter Kleidungsstil diente dazu, das zu vertuschen? Na klar. Wer so eine Narbe hatte, wusste, wann sie zu sehen war. Ich selbst achtete schließlich auch peinlich genau darauf, dass mein Ärmel nicht hochrutschte.

In meinem Kopf drehte sich alles.

Eine Sekunde lang wünschte ich mir, mir diesen Moment eben nur eingebildet zu haben.

Quatsch.

Die ganze Zeit über war mir bewusst gewesen, dass Minotti mir ansah, was los war.

Sie konnte es genauso, wie ich selbst manchen Leuten ansehen konnte, dass sie Gewaltopfer waren. Weil ich selbst eins war.

»Mein Vater hat mich verprügelt, seit ich denken kann.« Ich wollte nicht flüstern, aber meine Stimme verweigerte die Mitarbeit. »Die Medikamente habe ich genommen, weil ich herausgefunden habe, warum.«

Gib das her, Zwerg!

Ich klammere mich an dem Plüschhasen fest und heule, so laut ich kann.

Du hast einen deiner Wutanfälle gekriegt und sie geschubst, sagt Claudius.

Aber der ist doch gar nicht dabei gewesen. Was macht der hier?

»Hör auf!«, brüllt mich mein Vater an. »Halt endlich die Klappe!«

Er kommt drohend auf mich zu, ich verstumme und drücke meinen Plüschhasen an mich. Doch bevor er mich greifen kann, schubst Fee ihn weg.

»Lass sie in Ruhe!«, schreit sie.

»Halt du dich da raus!«

Ich sehe, wie mein Vater Fees dünnen Arm packt, sie zur Seite reißt und wegschleudert. Um wieder auf mich loszugehen. Ich schreie ihn an.

Im gleichen Augenblick höre ich das Krachen. Ich wirbele herum und sehe Fees Augen vor Schreck groß werden, als das gedrechselte Geländer, gegen das unser Vater sie geschleudert hat, wegknackt.

Ich sehe sie rückwärts von mir wegstürzen.

Fallen …

Ich schreie.

Und schreie.

Und schreie immer weiter, bis Claudius behutsam meinen Arm greift und mich vom Grab wegzieht …

Dann erkannte ich, dass es nicht Claudius' Hand war, die meinen Arm umgriffen hielt. Eine haarige Männerhand mit einem dicken, goldenen Ring drückte den honigfarbenen Inhalt einer Kanüle in meine Vene.

Die Hand gehörte zu einem Gnom mit zottigem, grauen Haar und einem Lächeln, das eher ein Zähnefletschen war. Ich hatte ihn schon mal gesehen. Als der Mediziner bemerkte, dass ich ihn musterte, hob er eine Taschenlampe und leuchtete mir in die Augen.

»Können Sie mich hören, Frau Simanowski-Ziegler?«

Minottis besorgtes Gesicht tauchte neben ihm auf.

»Ich habe Ihnen etwas zur Beruhigung gegeben. Versuchen Sie, langsam zu atmen, gleich geht es Ihnen besser.«

Ich lag in einem Bett, in einem schmalen Raum mit weiß gestrichenen Wänden. Hier gab es weder farbige Gardinen noch Blumenbilder.

War ich überhaupt noch in der Klinik?

»Jetzt schlafen Sie sich erst mal aus, Frau Simanowski-Ziegler.«

Nein!

Ich wollte nicht schlafen. Ich wollte wissen, was das gewesen war! War das eine echte Erinnerung? Hatte ich gesehen, was damals wirklich passiert war? Kaum, denn dann hätte sich Claudius nicht eingemischt, der war ja nicht dabei gewesen, wie ich inzwischen wusste.

Dann war die Szene bloß Einbildung? Bastelte mein überreiztes Gehirn sich die Bilder zusammen, die es gern sehen wollte, um die Schuld an Fees Tod meinem Vater zuschieben zu können?

War so was möglich?

Blöde Frage! Wenn ich mir ein bisschen Mühe gab, schaffte ich es sogar, Shrek, das Rekordschaf, in meine Erinnerungen hineinzufantasieren. Wie es meine Schwester mit Anlauf durch das Geländer rammte. Ich konnte genauso gut dem Schaf die Schuld geben.

Ich stöhnte auf, als mir klar wurde, dass es zwecklos war. Ich würde mir niemals sicher sein, mich korrekt zu erinnern. Es war zu lange her. Ich war zu klein gewesen. Und zu viele Leute hatten Erinnerungsfetzen in meinen Kopf gepflanzt, von denen ich nicht wusste, ob sie echt waren.

»Wenn Sie sich ein wenig ausgeruht haben, besprechen wir, wie es mit Ihnen weitergehen soll«, erklärte mir der Arzt und tätschelte meinen Unterarm, der von der gewaltsam verabreichten Injektion schmerzte. Dann wandte er sich ab und ließ mich liegen.

Seine weißen Umrisse verschwammen vor der weißen Wand und er löste sich in Luft auf.

27.

Einzelhaft.

In einer Gummizelle oder so.

Das war es, wo ich mich befand.

Außer dem Bett gab es einen Tisch mit abgerundeten Ecken, eine Metallkloschüssel, die direkt an der Wand angebracht war und ein Waschbecken ohne Kanten.

Aber Schwester Annelie war vorhin hereingekommen, weshalb ich mir ziemlich sicher war, immer noch in *Birkenhain* zu sein.

Das Bett, in dem ich mich befand, besaß rechts und links Gitter, die verhinderten, dass ich herausfiel, und sogar diese Lederriemen, mit denen unzurechnungsfähige Patienten festgebunden wurden, damit sie sich selbst und andere nicht verletzten. Nun ja, zumindest hatte man mich nicht gefesselt.

Langsam konnte ich wieder klarer denken. Trotzdem blieb ich auf dem Rücken liegen und starrte die Decke an. Die Bilder ließen mich nicht los: War meine Schwester gestorben, weil sie mich vor meinem Vater hatte beschützen wollen?

Eine Gänsehaut kroch über meinen Körper, während ich vor Zorn zitterte.

Damit lasse ich dich nicht davonkommen!

Schwachsinn, erinnerte ich mich dann. Natürlich würde er davonkommen. Beweisen konnte ich gar nichts. Und mein Vater war Staatsanwalt, vor einem Gericht würde er mich auseinandernehmen.

Es sei denn …

Es war gewagt, aber …

Ich konnte sie sehen. Die winzige Chance, doch noch die Wahrheit über mich selbst herauszufinden. Meinen eigenen

Fall zu lösen. Und diesen Krieg vielleicht sogar noch zu gewinnen.

Wenn ich alles auf eine Karte setzte …

28.

»Ich empfehle, dass Sie für zwei Wochen auf die geschlossene Station der psychiatrischen Klinik in Neheim wechseln, bis sich Ihr Zustand stabilisiert hat, Frau Simanowski-Ziegler.«

Was?

Verständnislos sah ich den Gnom an, der hinter den Gittern meines Bettes die Zähne fletschte. Mit seinem zottigen, grauen Haar, den in der Mitte heruntergezogenen Brauen, den unregelmäßigen Zähnen und dem langen, vorgeschobenen Kinn sah es aus, als würde ein Gremlin in mein Krankenbett gucken. Großartig, eine Horrorfilmfigur verarztete mich.

Minotti war auch wieder aufgetaucht. Sie überragte den Mediziner um einen ganzen Kopf, stand aber artig zwei Schritte hinter ihm.

Prof. Dr. A. Bartholomeitschak – Ärztlicher Direktor, las ich auf dem Namensschild an seiner Kitteltasche. Na toll, meine Störung hatte mittlerweile ein Ausmaß erreicht, dass eine Chefarztbehandlung nötig erscheinen ließ. Die Seelenklempner davon zu überzeugen, dass ich keine Probleme hatte, war mir offensichtlich nicht geglückt.

»Zu einem späteren Zeitpunkt können wir gerne einen weiteren Behandlungsversuch machen. Ich habe bereits mit den Kollegen in Neheim gesprochen, sie können Sie heute noch aufnehmen.«

In eine geschlossene Psychiatrie?

»Auf keinen Fall!« Ruckartig setzte ich mich auf. »Das Gespräch mit Frau Dr. Minotti war anstrengend«, mein Blick wanderte zu der Psychologin, die schweigend Sicherheitsabstand hielt, »aber ich bin wieder fit und habe das Gefühl, endlich Fortschritte zu machen.«

Bartholomeitschak schnitt eine grimmige Grimasse. Mein Widerspruch gefiel ihm offensichtlich nicht.

»Sowohl der Kollege Oppolt als auch Frau Kovacevic hatten von Beginn an Zweifel an Ihrer Therapiefähigkeit«, knurrte er. »Und meine Einschätzung Ihres derzeitigen Zustandes gibt den beiden vollkommen recht.«

»Frau Kovacevic hat kaum mit mir gesprochen«, widersprach ich erneut. »Warum fragen Sie Frau Dr. Minotti nicht nach ihrer Meinung? Die ist doch jetzt zuständig.«

Das war hoch gepokert.

Vor allem, weil die Psychologin gerade aussah, als hätte sie in eine saure Zitrone gebissen. Der gruselige Chefarzt drehte sich drohend langsam zu ihr um. »Wollen Sie die Verantwortung für die Patientin während ihres weiteren Aufenthaltes hier übernehmen, Dr. Minotti?«

Ach so? Wenn sie eine Fortsetzung der Therapie befürwortete und ich dann ausflippte und mich bestenfalls doch noch umbrachte, dann war das ihre Schuld? Ein ziemliches Risiko dafür, dass sie erst eine halbe Stunde mit mir gesprochen hatte, an deren Ende ich zusammengeklappt war.

Minotti deutete ein Kopfschütteln an.

Mist.

»Ich habe wirklich das Gefühl, mit Ihnen weiterkommen zu können«, erklärte ich, bevor sie etwas sagen konnte. »Ihre kreativen Therapieansätze finde ich echt gut.«

Minottis Wangen färbten sich rot, als sich unsere Blicke trafen. Sie hatte viel riskiert, indem sie mir ihre Narbe gezeigt hatte, hatte aber vermutlich nicht damit gerechnet, dass ich gleich kollabierte.

So oder so: Du bist schuld, Frau Doktor!

Minotti starrte mich an.

Mal sehen, ob sie wirklich mit Röntgenblick sehen konnte, was in meinem Kopf vorging. Dann musste sie erkennen, dass ich nicht vorhatte, mich umzubringen, bevor ich rausgekriegt hatte, was mit meiner Schwester passiert war. Und KK Katrin bei der Suche nach Kovacevics Mörder geholfen hatte.

Und danach …

Von meinem Leben war nicht mehr viel übrig – aber immerhin doch noch meine beste Freundin. Genau genommen, hatte ich also immer noch viel mehr als vor einem Jahr, als ich kopflos aus Hannover abgehauen und im Ruhrgebiet gestrandet war.

»Es wäre in der Tat sehr schade, wenn Frau Ziegler uns jetzt verlassen müsste«, knirschte die Psychologin mit zusammengepressten Kiefern. »Die Chemie zwischen uns stimmt und ich habe den Eindruck, wir könnten zeitnah Therapieerfolge erzielen. Unsere Sitzung war zwar sehr emotional, aber selbst- oder fremdgefährdende Tendenzen habe ich nicht erkennen können. Das belegen auch alle bisher durchgeführten Tests.«

Bartholomeitschak spitzte skeptisch die Lippen.

»Frau Kovacevics Tod hat mich natürlich ebenfalls mitgenommen«, beeilte ich mich, Minotti zu unterstützen. »Das viele Blut verfolgt mich bis in meine Träume.«

»Ach ja, Sie waren dabei, als die bedauernswerte Kollegin gefunden wurde.« Diese Erklärung schien dem Mediziner einzuleuchten.

»Die Polizei hat mich befragt«, nickte ich betroffen. »Das zerrt an den Nerven.«

»Na gut«, brummte Bartholomeitschak und legte mir eine harte Hand auf die Schulter, was wohl ein Versuch sein sollte, mich zu trösten, aber irgendwie unheimlich war. »So was passiert nicht jeden Tag.«

Darauf hinzuweisen, dass mir das bereits überdurchschnittlich oft passiert war, wäre kontraproduktiv gewesen, also ließ ich den Kopf hängen. »Frau Kovacevic war nicht viel älter als ich. Und so hübsch, klug, erfolgreich. Wer macht so was?«

Ich spürte die Hand des Chefarztes noch immer unangenehm auf meiner Schulter.

»Nica war eine sehr vielversprechende, junge Kollegin«, nickte er. »Ihr hätte eine großartige Karriere bevorgestanden. Ihr Tod ist ein großer Verlust. Die Polizei geht von der Tat eines Unzurechnungsfähigen, eventuell mit frauenfeindlichem Hintergrund, aus.«

Einen Moment lang wirkte er abwesend.

Der Druck der haarigen Hand auf meiner Schulter ließ mich vermuten, dass der Gremlin nicht vollständig immun gegen die Waffen einer Frau war. Also Schmollmund, zitternde Unterlippe, dramatischer Augenaufschlag: »Und? Kann ich bleiben?«

Als wäre ich ein Kleinkind, griff der Chefarzt mein Kinn und drehte meinen Kopf, um mein Gesicht zu betrachten.

»Ich sehe Sie aber Ende der Woche zur Visite«, erklärte er mir streng.

Hinter ihm verdrehte Minotti die Augen. Ich schätzte, dass sie nicht für den leicht gruseligen Chefarzt schwärmte.

Kaum war Bartholomeitschak hinausgerauscht, hielt mir die Psychologin warnend einen Finger unter die Nase: »Wehe, du baust Scheiße!«

Ich zog eine Augenbraue hoch, weil sie plötzlich beim Du gelandet war. Verriet ihre Gereiztheit und die wenig beeindruckende Drohung etwa, dass sie sich ihrer hellseherischen Fähigkeiten doch nicht hundertprozentig sicher war?

29.

KK Katrin, 10:27 Uhr: Wir haben Matundu. Blut klebt natürlich nicht an seinen Schuhen. Tatwaffe fehlt auch. Es muss sich um eine mehrere Zentimeter lange Klinge handeln, scharf, keine Kanten. Gruß K.

Ich blinzelte verdutzt, als ich KK Katrins Nachricht entdeckte. Ihr Ton war gewohnt sachlich. Aber allein die Tatsache, dass mir die spröde Polizeibeamtin eine SMS schrieb, um mir den Stand der Ermittlungen mitzuteilen, hätte mich umgehauen, wenn ich nicht bereits gesessen hätte.

Unter der Kurzmitteilung war ein Link angefügt. Er führte mich zur Internetseite der Kriminalpolizei, auf der Pressemitteilungen veröffentlicht wurden.

Verdächtiger im Mordfall an Bochumer Klinikum gefasst. Im Rahmen der Großfahndung ist der dringend tatverdächtige Laurent M. (42 J.) Mittwochnacht an der holländischen Grenze aufgegriffen worden. Der aus dem Kongo stammende Mann, der zum Zeitpunkt der Tat in der psychosomatischen Klinik behandelt wurde, wird verdächtigt, am Montagvormittag seine Therapeutin Nica K. (26 J.) getötet zu haben. M. leugnet die Tat. Der Verdächtige befindet sich in Haft.

In meiner Fantasie tauchte Laurents Gesicht auf. Es verzerrte sich zu einer irren Fratze mit rollenden Augen und herausgestreckter Zunge, um in der nächsten Sekunde wieder zu entspannen, als wäre nichts gewesen.

Ich, 10:30 Uhr: Und was sagt er?

erkundigte ich mich, obwohl KK Katrin mir das Protokoll von Laurents Befragung nicht abfotografieren und zusenden würde.

Minotti lenkte mich ab, weil sie in den Gruppenraum trat. Unsere Blicke trafen sich kurz, bevor sie ihre Mappe aus der Tasche kramte.

»Stellen Sie sich vor, Sie kämen vom Mars. Sie haben so etwas noch nie in Ihrem Leben gesehen«, verlangte die Psychologin kurz darauf.

Mit gerunzelter Stirn betrachtete ich die kaffeebohnengroße Kugel, die die Gruppenleiterin jedem von uns in die geöffnete Hand gelegt hatte.

»Betrachten Sie das Objekt sorgfältig ... Drehen Sie es zwischen den Fingern hin und her ... Untersuchen Sie seine Struktur ... Erforschen Sie die hellen Stellen, auf die das Licht fällt, und die dunkleren Falten ...«

Ich beobachtete lieber die schmerzgeplagte Evelyn, die das verschrumpelte Ding mit zwei Fingern direkt vor ihre spitze Nase hielt und so angewidert anschielte, als handelte es sich um eine schon seit Längerem verweste Kakerlake.

»Lassen Sie alle Ideen und Assoziationen, die Ihnen durch den Kopf gehen, zu«, nickte Minotti aufmunternd, meinte aber vermutlich nicht meine Assoziationen. »Betrachten Sie sie einfach nur als Gedanken ...«

Tote Kaulquappe, Hasenköttel, Minischrumpfkopf.

»Jetzt können Sie an dem Objekt riechen ...«

Erst assoziieren, dann riechen. Spitzenidee.

»Und dann führen Sie das Objekt ganz langsam und bewusst zum Mund ... Vielleicht stellen Sie fest, dass sich vermehrt Speichel bildet ...«

Ich biss mir auf die Zunge und wunderte mich darüber, wie lange ich nicht mehr gelacht hatte.

»Stecken Sie es nun in Ihren Mund ...«, fuhr Minotti noch immer vollkommen ernst fort. »Kauen Sie langsam und nehmen Sie den Geschmack wahr, der dabei freigesetzt wird ...«

Eindeutig ein Fehler in der Aufgabenstellung. Kein einigermaßen zurechnungsfähiger Außerirdischer würde auf die Idee kommen, sich das Ding in den Mund zu stecken, wenn er tatsächlich nicht wüsste, worum es sich handelte.

»Sobald der Impuls aufsteigt, es herunterschlucken zu

wollen, erleben Sie diesen ganz bewusst, bevor Sie das Objekt dann tatsächlich hinunterschlucken …«

Jetzt konnte ich mir das Schmunzeln nicht länger verkneifen.

Minotti drohte mir mit einem Seitenblick den unverzüglichen Therapieabbruch an, wenn ich die Kaulquappe nicht endlich runterwürgte.

Grinsend schnippte ich mir die Rosine in meinen Mund.

»Ich fasse es nicht, dass wir einen Mörder in unserer Gruppe hatten«, erklärte die blonde Evelyn in der auf die Rosinenübung folgenden Gesprächsrunde und rieb sich betroffen den Rücken.

»Noch wissen wir nicht, ob Laurent etwas damit zu tun hat«, bremste ich die Frau mit dem blondierten Zopf.

»Dass der nicht richtig tickt, war ja wohl nicht zu übersehen«, nuschelte Rocker-Rolf in seinen Bart. »Der konnte nicht verknacken, dass das Schnittchen ihm was zu sagen hatte. Da ist der ausgeflippt, wetten?«

Mein Blick wanderte zu Minotti, weil sie meiner Meinung nach pauschale Vorverurteilungen in ihrer Therapie hätte unterbinden müssen. Doch die Psychologin schien unsere Diskussion mit wissenschaftlichem Interesse zu verfolgen.

Evelyn und Sabrina hingegen leuchteten die Argumente des Bärtigen offenbar durchaus ein, denn sie nickten zustimmend.

Hülya, die eventuell etwas Sinnvolles hätte beitragen können, hatte nicht verstanden, worum sich unser Gespräch überhaupt drehte.

»Wenn sich hier einer schlecht kontrollieren kann, dann du«, pöbelte ich den Rocker an, weil es mir auf den Geist ging, dass alle Laurent für schuldig hielten, nur weil er eine andere Hautfarbe und ein Trauma hatte. Immerhin hatte er sogar Empathie für die Schweine im Schlachthof besessen, während Rolf das Wort vermutlich nicht einmal aussprechen konnte.

»Willst du dir eine fangen, du kleine Schlampe?«, untermauerte der Rocker prompt meinen Vorwurf. Das bisschen Gesicht, das zwischen seinen fettigen Haaren und dem wild wachsenden Bart zu sehen war, hatte sich schlagartig dunkel gefärbt.

»Herr Bleier, bitte ...«, versuchte Minotti, ihn zu beruhigen.

»Siehst du, was ich meine?«, stichelte ich.

Brüllend stürzte sich der Dicke in der Motorradkutte auf mich. Rückwärts rutschte ich samt Stuhl aus dem Kreis und brachte mich hinter Evelyns Rücken in Sicherheit.

»Herr Bleier!« Minottis Stimme wurde schrill.

Doch Herr Bleier hielt nichts davon, seine Aggressionen zu zügeln, sondern fing wutschnaubend an, mit mir um den Stuhlkreis herum Fangen zu spielen. Mit seinem steifen Bein hatte er allerdings keine Chance, mich zu erwischen. Minotti wühlte hektisch ihr mobiles Telefon aus ihrer Aktentasche.

»Wo warst *du* eigentlich Montagmorgen um elf?«, ärgerte ich Rolf unterdessen weiter, während er mich schnaufend und humpelnd verfolgte.

Gleich darauf führte Bruder Dirk den tobenden Mann ab.

Eine gefühlte Ewigkeit starrte Minotti mich an, als hätte sie mich gern höchstpersönlich in der Geschlossenen abgeliefert, vor der sie mich heute Morgen noch bewahrt hatte.

Dann strich sie mit beiden Händen ihre durcheinander geratenen Haare glatt und suchte nach einer Überleitung, um die Gesprächsrunde fortsetzen zu können. Weil die Psychologin mich keine Sekunde mehr aus den Augen ließ, beschloss ich, dass ich mein Soll an Therapieteilnahme in dieser Sitzung erfüllt hatte.

30.

Genervt sah ich zur Uhr. Zwanzig nach eins. Noch eine Stunde und zehn Minuten.

Ich trommelte mit den Fingern auf dem mit Farbe bekleckssten Tisch. Jenna Hartig hatte die Malblöcke verteilt, uns eine Aufgabe gestellt und unterhielt sich nun mit einem Kaffee in der Hand mit einer anderen Frau hinter der halb zugeschobenen Bürotür aus Plexiglas.

Die Fremde war anscheinend eine Kollegin, denn an ihrem weißen T-Shirt mit aufgedruckter New-York-Skyline hing ebenfalls ein Namensschild. Außerdem trug sie einen pfiffigen, schwarzen Hut mit schmaler Krempe auf den halblangen blonden Haaren.

Allerdings bezweifelte ich, dass es sich um ein dienstliches Gespräch handelte, nachdem ich die beiden eine Weile beobachtet hatte. Meiner Meinung nach gönnte sich Hartig eine zusätzliche Kaffeepause.

Das Klappen der Flurtür lenkte mich ab. Ich richtete mich auf, als ich Rolf hereinkommen sah. Der finstere Blick des Rockers traf mich.

Gemächlich bewegte er sich um die in U-Form aufgebauten Tische herum auf mich zu, obwohl er auch gleich auf der anderen Seite auf Laurents leerem Stuhl hätte Platz nehmen können.

Meine Wut brodelte, meine Muskeln spannten sich, als Rolf hinter mir stehen blieb. Trau dich, mich anzufassen, und ich breche dir die Finger!

Hartig sah auf und stellte ihren Kaffee zur Seite.

Rolf beugte sich zu mir herunter, sein süßlicher Schweiß-Leder-Geruch kribbelte in meiner Nase und ich spürte seinen Zigarettenatem an meiner Wange.

»Pass immer gut auf, wer hinter dir steht«, raunte mir der Bärtige zu.

Blitzartig formte meine Fantasie ein Bild: *Rolf steht hinter der am Schreibtisch sitzenden Kovacevic. Er packt ihre dunklen Haare, reißt ihren Kopf zurück und tötet sie mit einem schnellen Schnitt.*

Im gleichen Augenblick wusste ich, dass Laurent Matundu nicht der Mörder sein konnte.

Hartig trat mit einem Bogen Papier in der Hand aus dem Büro.

»Mach dir um mich keine Sorgen«, knurrte ich den Bärtigen an und ließ ihn nicht aus den Augen, während er um den Tisch herumhinkte, mir gegenüber Platz nahm und sich von Hartig die Aufgabe erklären ließ.

Arsch.

Erst als Rolf mit der Zunge an der Nase auf seinem Blatt herumkünstlerte und Hartig ins Büro zurückgekehrt war, lenkte ich meine Aufmerksamkeit wieder auf meinen leeren Zettel.

Malt eine Hand und legt alles hinein, was euch wichtig ist, hatte Hartigs Aufgabe gelautet.

Definitiv nicht lösbar.

Mein Blick wanderte weiter und blieb an einem farbverschmierten Sideboard neben dem Papierregal hängen. Darauf standen neben einigen Nudelhölzern unzählige Becher, in denen Stifte und Pinsel in allen Größen steckten. Aber auch kleine Spachtel, Stöckchen, Plätzchenformen, Häkelnadeln und …

Ich sah genauer hin.

Dann stand ich auf und trat an das Schränkchen. Weil ich meinte, Hartigs Blick im Rücken zu spüren, nahm ich ein paar Stifte aus einem Marmeladenglas und hielt sie ins Licht. Als ich einen Blick in Richtung Büro wagte, hatte sich die Therapeutin aber schon wieder abgewandt.

Ich betrachtete nachdenklich das größere Glas, in dem Messer in unterschiedlichen Größen, Scheren, scharfkantige Metallleisten und – Skalpelle? steckten. Die Werkzeuge waren nicht besonders sorgfältig gereinigt worden, an einigen klebten getrocknete Tonkrümel, an anderen Farbreste.

Ich entdeckte einige »mehrere Zentimeter lange, scharfe Klingen«. Allerdings waren die meisten ziemlich alt, die Schneiden stumpf oder vermackt. Ein langes Brotmesser mit Holzgriff war jedoch mit dunkelroten Farbspuren bekleckert …

Mit einigen Stiften in der Hand schlenderte ich zu meinem Platz zurück. Vorbei an Jenna Hartigs Schreibblock, den sie liegen gelassen hatte.

Hm …

Hartig lehnte mit dem Rücken zu mir am Schreibtisch. Die Wangen der Frau mit Hut waren gerötet. Keine von beiden achtete auf mich.

Ich rutschte samt Stuhl zu Hartigs Platz hinüber, um auf ihre Zettel sehen zu können.

Ihr Arbeitsplan lag zuoberst. Darunter lugte der Ausdruck einer E-Mail hervor. Ich konnte den Briefkopf lesen, die Nachricht war bereits ein paar Tage alt. *Personelles,* lautete der Betreff.

Vom Text selbst konnte ich immer nur den Zeilenanfang sehen:

Sehr geehrte …
Die Klinikleitung …
Frage der Nachfolge …
Psychotherapeuten …
wohlverdienten Ruh …
Ende des Jahres …
Kovacevic Dr. …

Unsere Kunsttherapeutin veranstaltete ein Kaffeekränzchen, die anderen Gruppenteilnehmer erlebten möglicherweise wirklich den mysteriösen kreativen Flow und schienen in ihre Arbeit vertieft, also zupfte ich das Blatt Papier hervor.

Sehr geehrte Mitarbeiterinnen und Mitarbeiter, las ich den vollständigen Text.

... die Klinikleitung freut sich, Ihnen mitteilen zu können, dass die Frage der Nachfolge nach dem Ausscheiden unseres leitenden Psychotherapeuten Dr. Manfred Klander in den wohlverdienten Ruhestand beantwortet ist.
Ende des Jahres wird unsere Mitarbeiterin Dipl. Psych. Nica Kovacevic Dr. Klanders Nachfolge antreten und die Leitung der psychologischen Abteilung übernehmen. Dieser Wechsel in der Führung verspricht, frischen Wind in unsere Therapien zu bringen. Die Klinikleitung wünscht Frau Kovacevic viel Erfolg und hofft auf eine gute Zusammenarbeit.
Mit freundlichen Grüßen,
Prof. Dr. Alexander Bartholomeitschak,
ärztlicher Direktor
Axel Hänner, Geschäftsführer

Kovacevic hatte befördert werden sollen? Wer war denn auf die Idee gekommen, ausgerechnet *die* zur Chefin zu machen? Mit Mitte zwanzig und einer Lebenserfahrung im Minusbereich? Und einem Ego, so groß wie ein T-Rex? Die Birke im Hof wäre geeigneter für den Posten gewesen.

Ach so. Wer sich das ausgedacht hatte, konnte ich mir ja denken.

Nica war eine sehr vielversprechende, junge Kollegin, ihr hätte eine großartige Karriere bevorgestanden, erinnerte ich mich an die Worte des Gremlins in der Gummizelle. Klar, hatte er sich in Bezug auf Kovacevics Karriere sicher sein können, weil er sie gerade selbst befördert hatte. Seine Entscheidung war aber wahrscheinlich mehr von Kovacevics Arsch beeinflusst worden als von ihrer fachlichen Eignung.

Ich faltete den Zettel zusammen und ließ ihn in meiner Hosentasche verschwinden, bevor ich mich seufzend meinem leeren Blatt zuwandte.

Malen Sie eine Hand und dann zeichnen Sie alles hinein, was Ihnen etwas bedeutet.

Großartig. Fast alles, was mir mal was bedeutet hatte, war weg. Danner. Molle. Unsere Detektei. Die Kneipe. Mein Zuhause. Bochum.

Das alles konnte ich also nicht malen. Wenn mich jemand darauf ansprach, war der nächste Zusammenbruch vorprogrammiert, weil nichts davon mehr Teil meines Lebens war.

Außer Lena.

Keine ganz schlechte Idee. Wenn ich nur Lena in die Hand malte, hielt mich jeder für lesbisch und ich hätte ein unverfängliches Plauderthema, das die Therapiegespräche der nächsten Wochen mühelos füllen würde.

Belustigt wanderte mein Blick zum Büro, wo Hartig sich eine Locke hinters Ohr strich und die Frau mit Hut munter weitererzählte.

Ach so?

In Gedanken tauschte ich die Hutträgerin gegen den Adonis aus der psychologischen Abteilung aus. Hartigs Gestik war eindeutig.

Plötzlich wollte ich doch genau wissen, mit wem sich Hartig da unterhielt.

Ich erhob mich, schlenderte zum Büro und klopfte gegen die Glasscheibe, bevor ich den Kopf durch den Spalt der halb zugeschobenen Tür steckte.

Die beiden Frauen zuckten zusammen, wie zwei Teenies, die beim Rauchen auf der Schultoilette erwischt worden waren.

Dipl. Psych. S. Roman stand auf dem Namensschild über der Skyline von New York.

»Ich geh mal aufs Klo«, sagte ich.

31.

Ich, 13:48 Uhr: Eine ganze Menge Klingen befinden sich in den Räumen der Kunst- und Gestalttherapie. LG Lila

schrieb ich KK Katrin, nachdem ich mich in der Mittagssonne auf der Bank unter der Birke im Innenhof niedergelassen hatte, wo ich den Rest der nervigen Kunsttherapiestunde zu verbringen gedachte.

Nach kurzem Überlegen tippte ich eine zweite Kurznachricht.

Ich, 13:51 Uhr: Haben Sie mal Rolf Bleier überprüft?

Und dann:

Ich, 13:54 Uhr: N. K. ist vor ihrem Tod zur Leiterin der psychologischen Abteilung befördert worden.

Bei meiner letzten Nachricht zögerte ich. *M. kann nicht der Mörder sein,* hatte ich eingetippt. Der Text wartete im Display darauf, versendet zu werden. Gelang es mir, die Polizei von meinem Standpunkt zu überzeugen, rückte ich womöglich selbst wieder auf den Spitzenplatz von KK Katrins Verdächtigenliste. Nachdenklich kratzte ich mit dem Daumennagel an meinen unteren Schneidezähnen.

Dann sendete ich die Nachricht ab.

Anschließend faltete ich den geklauten E-Mail-Ausdruck auseinander und las den Text noch einmal durch.

»Und warum nicht?«

Als ich aufsah, stand die Kriminalkommissarin mit einem Aktenordner unter dem Arm und ihrem Handy in der Hand vor mir.

»Warum kommt Matundu Ihrer Meinung nach nicht als Mörder infrage?« Wie selbstverständlich nahm die Polizistin neben mir Platz und strich sich die Ponysträhnen hinter die Ohren, die noch zu kurz waren, um lange dort zu halten. Sie lenkte ihre Aufmerksamkeit von ihrem Handy auf mich, dabei fühlte sich ihr Blick gar nicht feindselig an.

»Wer Nica Kovacevic umgebracht hat, muss hinter ihr gestanden haben«, erklärte ich ihr meine Überlegung. Wieder tauchte das Bild von Rocker-Rolf, der den Kopf der Psychologin an den Haaren nach hinten riss, vor mir auf.

»Davon können wir laut Spurensicherung ausgehen«, nickte Katrin Wegner zustimmend. »Der Täter hat sie vermutlich an den Haaren festgehalten und mit dem Stuhl unter dem Schreibtisch eingeklemmt.«

»Aber vor Laurent hatte Kovacevic so viel Schiss, dass sie sicherstellte, dass sich ihr Kollege im Nebenraum aufhielt, wenn seine Einzelgespräche auf ihrem Plan standen.«

»Ach ja?« Eine schmal gezupfte Braue der Kommissarin zuckte nach oben.

»Hab ich das neulich in der Aufregung vergessen zu erwähnen?« Ich kratzte mich am Kinn. »Wie dem auch sei, Kovacevic hätte Laurent niemals arglos den Rücken zugedreht. Ihr Schreibtisch stand mit Blick in den Raum, sodass sie die Patienten, die gewöhnlich an dem Tischchen im Eingangsbereich saßen, leicht im Auge behalten konnte.«

»Dann käme als Täter nur jemand infrage, von dem sie entweder keinen Angriff erwartete oder dem sie keinen Angriff zutraute«, führte KK Katrin meine Gedanken laut weiter.

Womit Rocker-Rolf auch schon wieder aus dem Rennen wäre.

»Matundu behauptet, Nica Kovacevic wäre bereits tot gewesen, als er um elf Uhr zu seinem Termin kam«, berichtete die Kommissarin, ohne dass ich nachgefragt hätte. »Er sagt, er sei sofort weggerannt, nachdem er die Tür zu ihrem Raum geöffnet und die Tote entdeckt hatte, weil er glaubte, man würde ihn für ihren Mörder halten.«

Aha! Er selbst bestritt also, sie getötet zu haben.

»Dass er kein Geständnis ablegt, ist kein Beweis für seine Unschuld«, deutete Katrin meinen Gesichtsausdruck richtig. »Die Fußspuren bringen uns auch nicht weiter. Die Kante der Sohle hat zwei Abdrücke im Raum hinterlassen. Dann muss der Täter das Blut aber bemerkt und entweder abgewischt haben oder auf Socken weitergegangen sein, denn im Flurbereich gab es keine weiteren Rückstände. Die Marke ist nicht erkennbar, die Größe soll zwischen 39 und 42 liegen.«

Die Kommissarin neigte den Kopf zur Seite und ihr Adlerblick wurde scharf. »Hast du mal überlegt, wer sonst noch als Täter infrage käme?«

Was sollte das? Wieso fing sie ausgerechnet in dem Moment an, mich zu duzen, in dem sie mich verdächtigte?

»Im Gegensatz zu Laurent hätte ich vielleicht hinter Kovacevic treten können, denn *mich* hätte sie wohl kaum für gefährlich gehalten«, antwortete ich samtweich.

»Sie wusste vermutlich nichts davon, dass du diesen Lehrer damals …?«, wollte die Kommissarin wissen.

Ich riss die Augen auf. Natürlich erinnerte sich die Wegner daran, dass ich Friedrich Ahrend umgebracht hatte, als er versuchte, mich zu vergewaltigen.

»Aber ich hätte einen Füller benutzt«, knurrte ich. »Außerdem hab ich Größe 38«, fügte ich hinzu und wackelte mit meinem rechten Turnschuh.

Die Wegner suchte in meinem Gesicht vermutlich nach dem Grund, aus dem ich Laurent verteidigte, obwohl mir klar sein musste, dass ich den Verdacht auf mich selbst lenkte.

Logisch war das natürlich nicht.

Fiel ich etwa in ein altes Muster zurück?, schoss es mir durch den Kopf. Brachte ich mich absichtlich in Schwierigkeiten? Lebenslänglich im Knast, als eine kreative Form der Selbstverletzung?

»Wenn du so dämlich bist, mich wegen eines Mordes festzunehmen, den ich nicht begangen habe, kann ich dir auch nicht helfen.« Ich zuckte die Schultern.

»Ich sehe drei Möglichkeiten«, ließ mich die Kommissarin an ihren Überlegungen teilhaben. »Entweder willst du, um drei Ecken gedacht, den Verdacht von dir ablenken, indem du mir Ehrlichkeit vorgaukelst und den Verdacht absichtlich auf dich lenkst, was schlicht bescheuert wäre.«

Sie beobachtete meine Reaktion scharf, was mich ahnen ließ, dass sie diese Möglichkeit zumindest nicht für komplett ausgeschlossen hielt.

»Oder du willst irgendwen schützen«, fuhr sie fort, als ich keine Miene verzog. »Allerdings wüsste ich nicht, für wen du hier in den Knast gehen wolltest. Deshalb denke ich …«

Zu spät registrierte ich das gefährliche Glitzern ihrer Augen!

»… du bist einfach nicht zurechnungsfähig, weil du Stress mit deinem Kerl hast.«

Scheiße! Das hatte sie nicht gesagt, oder?

Mein Gesicht sank in meine Hände.

Die Wegner schnalzte zufrieden mit der Zunge, meine Reaktion reichte als Antwort.

Während das Echo ihrer Worte noch in meinem Kopf nachhallte, setzte sie unser Gespräch fort, als wäre nichts gewesen: »Die Klingen aus der Kunsttherapie sammelt die Spurensicherung gleich ein. Und wer ist Rolf Bleier?«

Ich schüttelte schwerfällig den Kopf: »Dem dreht auch niemand, der bei Verstand ist, den Rücken zu.«

»Wir checken ihn mal«, entschied die Wegner. »Und wie

kommst du darauf, dass die Kovacevic befördert worden wäre?«

Ich hielt ihr das Papier hin, das ich noch immer in der Hand hatte. Sie nahm mir das Blatt ab und überflog die E-Mail-Nachricht mit konzentriert gerunzelter Stirn. Schließlich hob sie den Kopf wieder.

»Matundu lasse ich nicht laufen«, stellte sie klar. »Darauf, dass ein bei der Beförderung übergangener Kollege Amok gelaufen ist, wette ich meinen Job lieber nicht. Trotzdem wäre es hilfreich, wenn du mehr darüber in Erfahrung bringen könntest.« Sie wedelte den geklauten Zettel hin und her. »Denn ein merkwürdiger Zufall ist es ja schon.«

»Der Gremlin wäre nicht der Erste, der bei einer Beförderung mehr auf den Arsch geachtet hat, als auf das Hirn«, bemerkte ich.

KK Katrin legte ihren Zeigefinger auf eine bestimmte Stelle der E-Mail und hielt sie mir unter die Nase. Es war die Zeitangabe in der Kopfzeile, die der Computer bei elektronischen Briefen automatisch hinzufügte, auf die die Kommissarin mich hinwies.

Montag, 9:15 Uhr.

»Montagmorgen um Viertel nach neun hat der Chefarzt die E-Mail versendet, mit der er Kovacevics Beförderung bekannt gegeben hat«, erklärte mir die Polizistin, für den Fall, dass ich es immer noch nicht kapierte. »Mittags war sie tot.«

32.

Minotti blätterte in ihren Notizen, als bräuchte sie diese tatsächlich, um sich unser letztes Treffen wieder in Erinnerung zu rufen, das für mich in der Gummizelle geendet hatte.

Unser Einzelgespräch um fünfzehn Uhr war der letzte Termin, der heute auf meinem Plan stand.

»Letztes Mal …«, begann die Psychologin, verlor sofort den Faden und räusperte sich umständlich, weil sie nicht wusste, wie sie anknüpfen sollte. »Also, wir hatten über deine Familie gesprochen …«

Sie fuhr sich ratlos durch die raspelkurzen Haare, die danach von ihrem Kopf abstanden wie die von Mecki, dem Igel.

»Wir haben über meinen Vater gesprochen«, half ich ihr freundlich weiter.

Sie nickte erleichtert.

»Erinnern kann ich mich an einen Schädelbasisbruch mit sechs, drei Rippenbrüche, den rechten Arm, noch mal zwei Rippen und zwei Mal den Kiefer. Die Gehirnerschütterungen habe ich nicht gezählt.« Diese Worte hatte ich mittlerweile schon öfter ausgesprochen. Irgendwie gewöhnte man sich daran.

Minotti bemühte sich, einen professionellen Gesichtsausdruck beizubehalten, schaffte es aber nicht. Ihre fröhlichen, dunklen Augen weiteten sich erschrocken.

»Wirklich?«, murmelte sie schließlich.

Mit dem Zeigefinger fuhr ich über die blasse, kleine Narbe an meinem Kinn. Die Stahlplatte war noch drin.

»Letztes Mal – also bevor … Du hast gemeint, du hättest den Grund dafür herausgefunden – ähm, warum er dich geschlagen hat …« Sie gab es auf, nach Worten zu suchen, und zuckte die Schultern.

Die misstrauische Seite meiner Persönlichkeit warnte mich davor, der Hirnhackerin auch nur ein winziges Stück von dem zu offenbaren, was ich krampfhaft hinter meiner kratzbürstigen Fassade zu verstecken versuchte.

Aber irgendwie gelang es Minotti, mir vorzugaukeln, dass ich Valeria gegenübersaß und nicht Dr. Dipl. Psych. Zweifellos war sie gut in ihrem Job.

Und wäre sie nicht auf meiner Seite, hätte sie mich ja einfach in die Geschlossene einweisen lassen können. Ein bisschen Vertrauen hatte sie sich vermutlich verdient.

»Möglicherweise bin ich schuld am Tod meiner älteren Schwester«, sagte ich und wunderte mich, dass meine Stimme sich nicht weigerte, diese Worte zu produzieren.

Valeria vergaß zu notieren. Und weiterzufragen.

»Als ich das herausfand, passierte mein … Unfall.« Ich zupfte am Ärmel meines Shirts, die knallrote, gut drei Zentimeter lange Narbe an meiner Handgelenkinnenseite wurde sichtbar.

Valeria nickte kaum wahrnehmbar.

»Mittlerweile glaube ich allerdings, mein Vater könnte den Tod meiner Schwester genauso gut verursacht und mir die Schuld daran in die Schuhe geschoben haben.«

Auch darauf schien ihr keine angemessene Reaktion einzufallen.

»Ich weiß nicht, was wirklich passiert ist. Aber ich habe mir vorgenommen, es herauszufinden.«

Valeria räusperte sich. »Wie alt warst du, als deine Schwester …?«

»Vier.«

»Das ist … unvorstellbar.«

Ich nahm ihr die Bestürzung ab.

»Aber …«, sie fummelte einen Zettel aus meiner Akte und legte ihn vor mir auf den Couchtisch, »… du hast ein Gegengewicht zu diesem Horror?«

Ich brauchte nicht hinzusehen.

»Oder?«

Ich konzentrierte mich darauf, mein Gesicht nicht zu bewegen und weiterzuatmen.

»Ja.« Ich legte eine Hand auf mein Baumbild und schob es zu Valeria zurück. »Ich bin von zu Hause abgehauen, habe in Bochum Freunde gefunden und vor ein paar Wochen habe ich auch endlich Anzeige gegen meinen Vater erstattet.«

Und jetzt war Schluss mit der Hirnreparatur!

Ich hatte auch noch ein paar Fragen. »Im Moment macht mir allerdings der Tod deiner Kollegin sehr zu schaffen«, wechselte ich abrupt das Thema, während ich meine Ärmel sorgfältig wieder über meine Hände fummelte. »Die besten Freundinnen waren wir ja nicht, aber dieses Schicksal habe ich ihr nicht gewünscht.«

»Ich verstehe, was du meinst«, nickte Valeria.

»Dabei sollte sie gerade befördert werden, habe ich gehört.«

Sie sah mich verblüfft an.

»Das hat uns, glaube ich, alle überrascht«, ging sie dann tatsächlich auf das Thema ein. »Nica selbst vielleicht am meisten.«

»Wieso? Die Streberin vom Dienst hat doch sicher nicht Nein gesagt, oder?«, wunderte ich mich.

Die Psychologin zögerte kurz, bevor sie sich zu mir herüberneigte. Die Bewegung erinnerte mich an Lena, und einen Moment lang kam es mir vor, als würden wir nicht in einer psychosomatischen Klinik, sondern in einem angesagten Café sitzen und über den neuesten Promi-Klatsch tuscheln.

»Ich bin davon ausgegangen, dass Nica ihre Interessen in der nächsten Zeit erst einmal ins Privatleben verlagern wollte«, orakelte Valeria geheimnisvoll. »Die Mitarbeitertoilette ist direkt hinter dieser Wand.« Sie deutete auf das obligatorische Blumenbild, das über der Couch hing. »Und Nica hat seit Wochen jeden Morgen gekotzt.«

Ich, 16:07 Uhr: Ist der Gerichtsmediziner verstorben, sodass die Obduktion noch aussteht? Oder lässt du mich Dinge ermitteln, die du längst weißt, damit ich in Übung bleibe?

schnauzte ich – so gut sich meine Stimmung per SMS vermitteln ließ – KK Katrin an, kaum dass ich Valerias Behandlungsraum verlassen hatte.

Ich hatte das Telefon noch in der Hand, als es klingelte. Weil mich Maria, die schielende Empfangschefin, beobachtete, trat ich in den Innenhof hinaus, bevor ich den Anruf annahm.

»Kovacevic war schwanger?«, erkundigte ich mich, als Katrin abwartend schwieg.

»Habe ich das neulich in der Aufregung etwa vergessen zu erwähnen?«, überlegte die Kommissarin ironisch.

»Von wem?«

»Wäre schön, wenn du das rauskriegen könntest.«

»Deine Leute haben doch längst mit ihrer Familie und ihren Freunden gesprochen!«, explodierte ich. »Beschäftigungstherapie kriege ich hier gratis, da braucht sich die Polizei nicht drum zu kümmern!«

»Ich war gerade noch mal bei den Eltern«, erklärte die Kommissarin.

Mein Blick suchte eine Uhr. Mittlerweile war es fast zweieinhalb Stunden her, dass ich mit KK Katrin zusammen im Innenhof gesessen hatte. Das Handy am Ohr, lief ich durch die Unterführung hinaus auf die Straße. »Und?«

»Sie wussten angeblich weder von der Beförderung noch hat ihnen ihre Tochter je einen Freund oder meinetwegen auch eine Freundin vorgestellt. Nicht mal zu Studien- oder Schulzeiten«, fuhr die Kommissarin fort. »Was ich persönlich irgendwie seltsam finde. Beide sind ebenfalls Psychologen, die müssten doch besser über ihre Tochter Bescheid wissen.«

Ich wollte mich gerade nach rechts in Richtung Stadtpark wenden, als ich Rocker-Rolf links ein Stück die Straße hinunter weghumpeln sah. Er ging in Richtung Stadion.

»Die Eltern können den schulischen und beruflichen Werdegang der Tochter aufsagen wie das Einmaleins«, berichtete die Wegner. Im Hintergrund unseres Telefongesprächs hörte ich Motorengeräusche, anscheinend telefonierte sie im Auto.

»Nica Kovacevic galt als hochbegabt, hat zwei Schulklassen übersprungen, ein Einser-Abi und ein Summa-cumlaude-Studium. Aber über ihr Privatleben wissen die Eltern so gut wie nichts.«

Mit ausreichend Abstand folgte ich Rolf. So war es mir lieber, als umgekehrt.

»Engere Freundinnen von Nica Kovacevic haben wir bisher nicht ausfindig machen können«, sprach KK Katrin weiter. »Zu einer WG-Mitbewohnerin aus Unizeiten, deren Namen die Eltern noch nennen konnten, hatte sie den Kontakt abgebrochen. Sogar ihr Facebookprofil scheint eher ein berufliches zu sein – die Kollegen von der IT-Abteilung werten die Daten ihres Laptops aber weiter aus.«

Da war er ja. Der Haken, den ich an der genialen Überfliegerin gesucht hatte: eine Psychologin, die kaum soziale Kontakte hatte? Das klang doch paradox. Nun ja, zumindest *einen* sozialen Kontakt musste Kovacevic gehabt haben. Und anscheinend hatte sie den vor ihren Eltern verheimlicht.

Ich stutzte. Rolf hatte inzwischen die viel befahrene Castroper Straße erreicht. Vor dem Biergarten eines griechischen Lokals lungerte ein ausgemergelter, dürrer Mann herum. Er schüttelte Rolf die Hand, als hätte er auf ihn gewartet. Rolf holte etwas aus der Hosentasche und der Typ gab ihm etwas anderes zurück.

Ich ließ das Handy sinken.

Ich hatte so eine Ahnung, was da vor sich ging.

Aber ich hatte Rolf doch erst vor ein paar Tagen seinen Tablettenvorrat abgekauft. Hatte er schon wieder neue gesammelt? Wenn die ihm alle ein Arzt verordnet hatte, dann wollte der ihn womöglich vergiften.

»Lila? Bist du noch dran?«

Ich hob das Handy wieder ans Ohr.

»In welchem Monat war Kovacevic denn?«, nahm ich das Gespräch wieder auf.

»Achte Woche.«

»Ich hör mich mal um.«

»Danke.«

Danke? Ich hatte mich noch immer nicht an KK Katrins neues Ich gewöhnt. Kam mir vor, als würde ich mit einem Alien telefonieren.

»Hast du schon was über Rolf Bleier rausgefunden?«, wollte ich noch wissen.

Wenig später war ich Rolf in eine schmale Seitenstraße gefolgt. Ein Trampelpfad führte über seit Langem nicht benutzte Gleise hinweg, zwischen Büschen hindurch in den hinteren Teil des Blumenfriedhofes.

Ohne Gehbehinderung brauchte man von der Klinik bis hierher keine Viertelstunde. Rolf war die doppelte Zeit unterwegs gewesen.

»Wenn ich zu Hause bin, schicke ich dir was aufs Handy«, hatte KK Katrin mir nicht gerade jubelnd vor Freude ein paar Informationen über Rolf zugestanden.

Wohin Rolf ging, wenn er die Klinik verließ, hatte ich allerdings schon selbst herausgefunden. Im Schatten einer buschigen Thuja, in der mehrere bunte Gießkannen hingen, hatte ich beobachtet, wie sich der übergewichtige Rocker schwerfällig zu einem zwischen Buchsbäumen versteckten Grabstein hinunterbückte. Dabei hielt er das rechte Bein gerade nach hinten ausgestreckt, weil er seine Hüfte offenbar nicht bewegen konnte. Er hatte eine brennende Kerze in ein rotes Windlicht gestellt.

Dann war er ächzend auf die verwitterte Holzbank mit rostigen Stahlstreben gesunken. Das steife Bein von sich gestreckt, saß der Bärtige so lange reglos mit auf die Brust gesunkenem Kopf neben dem Grab, dass ich mir ernsthaft Sorgen um den Widerling machte. Konnte man eine halbe Stunde dasitzen, ohne auch nur mit einem Fuß zu zucken oder sich am Kopf zu kratzen? Oder hatte sein Herz versagt und er war vor meinen Augen gestorben?

Nach weiteren zwei Minuten beschloss ich, sicherzugehen. Ich schnappte mir eine Gießkanne aus dem Busch, schlug einen großen Bogen und näherte mich Rolf von hinten.

Betrat man den Friedhof über den Schleichweg, war die Bank, auf der Rolf saß, über eine Rasenfläche hinweg einsehbar. Näherte man sich der Stelle jedoch vom Hauptweg aus, blieb der Bärtige hinter den Büschen vollkommen verborgen. Gleich darauf lugte ich keine drei Meter von dem Rocker entfernt um die außer Kontrolle geratene Buchsbaumschonung herum.

»Rolf?«, sprach ich ihn an, weil er sich noch immer nicht rührte.

Wie aus einem Albtraum geweckt, fuhr er zusammen. Anscheinend bemerkte er mich tatsächlich erst in diesem Moment. Und ausgerechnet der hatte mich davor gewarnt, unaufmerksam zu sein?

»Was machst du denn hier?«, erkundigte ich mich neugierig und trat zwei Schritte auf den Grabstein zu.

»Dass geddichn Schscheiß an!« Er lallte. Mühsam rappelte sich der Rocker hoch. Er versuchte, ein Vitamintablettenröhrchen in der Brusttasche seiner Weste verschwinden zu lassen, traf die Tasche aber nicht. Das Röhrchen klapperte ins Gras.

Lisa Bleier, las ich die Inschrift auf dem schlichten kleinen Marmorstein, bevor Rolf auf die Beine gekommen war.

Seine Frau? Mutter? Tochter?

Mir lief ein Schauer über den Rücken, als ich das Alter der Verstorbenen aus den eingemeißelten Daten berechnete. Das Mädchen war zum Zeitpunkt ihres Todes so alt gewesen wie ich.

»Deine Tochter?«, riet ich.

»Du ssollsich verpissen, hörsse schwer?« Der Bärtige stürzte auf mich zu. Dass er mit seinem steifen Bein keine Chance hatte, mich zu erwischen, hatten wir ja bereits festgestellt. Und die Dröhnung, die er sich genehmigt hatte, verbesserte seine Koordination nicht.

»Sieh zu, dass du es in die Klinik zurückschaffst«, riet ich ihm.

Ich winkte mit der Gießkanne, während ich quer über die Grünfläche davonlief.

»Kümmer dich um dein eignen Schscheisss!«, brüllte er mir hinterher.

Meinen letzten Blick auf den Grabstein hatte Rolf nicht verhindern können: Seine Tochter war seit zehn Jahren tot.

33.

»Breathe in …«

Rocker-Rolfs Brustwirbelsäule hatte einen starken Buckel, sein Kopf klemmte zwischen seinen hochgezogenen Schultern und sein Hinken schien mir heute Morgen noch viel ausgeprägter. Der Bärtige bewegte sich, als würde er einen Zementsack auf den Schultern mit sich herumschleppen.

»Breathe out …«

KK Katrin hatte den psychologischen Bericht aus Rolfs Akte abfotografiert, um ihn zu Hause in Ruhe durchzulesen. Diese Fotos hatte sie mir gestern Abend tatsächlich noch auf mein Handy gesendet.

Laut der Akte nahm Rolf seit seinem vierundzwanzigsten Lebensjahr regelmäßig Morphium. Damals war bei einem Motorradunfall seine rechte Hüfte zertrümmert worden. Außer Kontrolle geraten war sein Drogen-, Alkohol- und Medikamentenkonsum dann vor elf Jahren, als seine neunzehnjährige Tochter von ihrem damaligen Freund ins Koma geprügelt worden war. Ein Jahr später war sie gestorben. Rolf hatte erst seinen Job verloren, dann war seine Ehe zerbrochen und eine Zeit lang war er auf der Straße gelandet.

Im *Birkenhain* hatte ihn der schöne Wulf behandelt, der eine ausgesprochen schlecht leserliche Handschrift besaß. Der Psychologe bezeichnete Rolfs stinkende Lederweste in seinen Notizen als »Panzer« und seine Aggressionen als »Schutzschild«, der verhinderte, dass ihm jemand nahe kam. Konnte das auch ein Grund sein, nicht zu duschen? Um andere Menschen auf Abstand zu halten?

»Breathe in ...«, forderte mich die englisch sprechende Computerstimme des Tablets in meiner Hand wieder zum Einatmen auf. Zugleich wuchs auf dem Display des Gerätes eine bunte Pyramide in die Höhe. Die neunzehn anderen Teilnehmer der Atemtherapie saßen mit stumm gesenkten Köpfen und Ohrstöpseln in den Ohren im Stuhlkreis, während der Entspannungslehrer mit der brummigen Stimme Strichmännchen auf seinen Dienstplan kritzelte.

Wie Rolfs tote Tochter oder sein florierender Medikamentenhandel mit Kovacevics Tod zusammenhängen könnten, wusste ich allerdings nicht.

Die Schwangerschaft taugte möglicherweise besser als Mordmotiv. Die einzige Person, die ich hinsichtlich Kovacevics Sexleben hätte ausquetschen können, stand allerdings erst Montag wieder auf meinem Therapieplan.

Obwohl ...?

Ich wühlte die zerknitterte Auflistung meiner Termine aus der Hosentasche. Heute standen noch eine Malstunde und die Chefarztvisite auf dem Zettel.

Danach war Schluss. Das nächste unendlich lange Wochenende lag vor mir. Die leere untere Hälfte des Terminplans ließ mich frösteln.

»Breathe out ...«, befahl mir der Computer.

Deutlich hörbar pustete ich die Luft aus und kassierte einen missbilligenden Blick von dem rauschebärtigen Therapeuten.

Mithilfe der Mordermittlungen war es mir beinahe gelungen, meine eigenen Probleme komplett zu verdrängen. Jetzt zwang der leere Zettel meine Gedanken zurück zu meinem eigenen Fall. Die Befragung meiner Mutter war lange überfällig ...

»Breathe in ...«

Mann, halt die Fresse!

Mein Blick blieb an dem Termin mit dem Chefarzt, der heute noch auf dem Programm stand, hängen.

Hm ...

Romys Smartphone klingelte. Der Therapeut runzelte die Stirn, doch auch für Romy war die nervige Computertherapie offenbar alles andere als entspannend. Sie legte das klinikeigene Tablet zur Seite, stöpselte den Kopfhörer aus und zückte ihr Handy, das in einer weißen, mit Glitzersteinchen verzierten Lederhülle steckte.

Das Klingeln hatte schon wieder aufgehört, doch Romy tippte lässig mit dem Daumen auf das Display und hob im nächsten Augenblick schon das Telefon ans Ohr. Wenn sie einen Code eingeben musste, dann 0000 oder etwas ähnlich Bequemes, so rasend schnell, wie sie das Ding bediente.

»Ja?« Als das Gespräch zustande kam, erhob sich Romy und flanierte mit selbstbewusst wiegenden Hüften zur Tür. Um sie herum schien tatsächlich ein bisschen Glamour auf den kahlen Laminatboden zu rieseln.

»Bis dahin bin ich wieder fit, Mama ...«, hörte ich meine Zimmergenossin noch sagen, bevor sie hinausschlüpfte. »Ja, ich weiß ... ich freu mich ja ...«

Die Tür fiel zu und sie war verschwunden.

Der Therapeut sah genervt aus.

»Breathe in ...« empfahl ihm die Computerstimme von Romys zurückgelassenem Tablet.

34.

Mit der heutigen, ätzenden Aufgabe hatte sich Jenna Hartig selbst übertroffen. Vor mir, auf einem abwischbaren Plastiktischset, das man normalerweise beim Essen unter die Kinderteller schob, lag ein braungrüner Matschklumpen. Ich hatte Lust, ihn mit ausreichend Schwung gegen die Glaswand von Hartigs Büro zu klatschen, hinter der sie schon wieder mit ihrer Freundin in spe turtelte.

Allen Ernstes verlangte die Kunsttherapeutin, dass wir unsere Familien kneteten und die einzelnen Mitglieder so hinstellten, dass zu erkennen war, wer wem nahestand.

Mein Vater steht neben meinem Bruder. Meine Mutter allein. Und ich von allen so weit weg wie möglich. Hinter mir schwebt höchstens der Geist meiner toten Schwester, als matschiger, grauer Tonklumpen.

Zwar hatte ich mit Valeria über meine groteske Familiensituation gesprochen. Doch mit Rolf und Evelyn wollte ich meine Probleme ganz sicher nicht auf gewohnt einfühlsame Art diskutieren. Deshalb knetete ich lieber einen Brontosaurier und lauschte mit einem Ohr Hartigs Flirt mit ihrer mutmaßlichen Herzdame Sandra Roman hinter der halb zugeschobenen Glastür.

»Was meinst du, was hier losgewesen wäre?«, hörte ich Roman sagen, die heute Schwarz-Weiß trug: weißes Shirt mit Aufdruck, schwarze Hose, weiße Turnschuhe.

»Wir hätten sie kollektiv aus dem Weg schaffen müssen«, ulkte Hartig. »Zum Glück hat uns irgendjemand die Arbeit erspart.«

Ich machte große Augen, als ich begriff, worum sich das Gespräch drehte. Respekt. So viel schwarzen Humor hätte ich Jenna mit den Bernsteinaugen gar nicht zugetraut.

»Das kommt davon, wenn man seinen Schwanz die Führungskräfte aussuchen lässt«, grollte die Kunsttherapeutin. »Wofür besuchen wir eigentlich Fortbildungen, wenn sich jede Tussi hochvögeln kann?«

Der Kopf meines Dinosauriers sank auf den Tisch, weil ich ihm den Hals umgedreht hatte. Die beiden dachten in die gleiche Richtung wie ich? Na ja, wahrscheinlich war das Gerücht die logische Konsequenz aus der unvorhersehbaren Entscheidung des Gremlins, ausgerechnet die jüngste und unerfahrenste Mitarbeiterin im Team zur Chefin zu machen.

Ich zückte mein Handy.

Ich, 11:17 Uhr: Ist der Chefarzt der Vater von N.K.s Kind?

KK Katrin, 11:21 Uhr: Wenn Du eine gute Begründung für eine DNA-Analyse kennst, versuche ich, einen richterlichen Beschluss zu bekommen.

Hm …

Mein Blick wanderte auf meinen zusammengefalteten Therapieplan, auf dem nach dem Mittagessen nur noch eine einzige Anwendung vermerkt war.

Ich steckte mein Smartphone wieder ein.

35.

Unmöglich!

Der blonde Adonis aus dem Behandlungsraum nebenan wäre ein denkbarer Kandidat für die noch zu besetzende Vaterrolle.

Aber der Gremlin ging gar nicht.

Mit zottigen grauen Haaren, wuchernden Brauen über eisblauen Augen und einer Mimik, die beim Sprechen seine spitzen Zähne sichtbar werden ließ, kauerte der kleine Arzt hinter seinem wuchtigen Schreibtisch. Das düstere Chefarztzimmer passte wunderbar zu seinem Typ, auch wenn heute gelüftet worden war.

Bartholomeitschak reichte mir eine haarige, harte Hand mit einem breiten Goldring und zu langen Nägeln. Halbwegs entsetzt von der Vorstellung, wie sich der gruselige Chefarzt auf die schöne, junge, schlaue Psychologin stürzte, sank ich auf den vorm Schreibtisch stehenden Sessel.

Wahrscheinlich ist sein gesamter, drahtiger Körper dunkel behaart, ihre Haut hingegen makellos. Bis er ihr den Hals durchbeißt und ihr Blut über ihre Brust strömt.

Stopp!

»Schön, Sie wiederzusehen, Frau Simanowski-Ziegler.« Bartholomeitschak fletschte seine Reißzähne, in deren Zwischenräumen grüne Petersilienstückchen hingen. Anscheinend hatte er nach dem Mittagessen versäumt, einen Blick in den Spiegel zu werfen. »Offensichtlich geht es Ihnen besser«, setzte er hinzu. »Das freut mich.«

»Danke. Mich auch.« Dass sein Sinn für Hygiene nicht besonders ausgeprägt war, war mir bei meinem ersten Besuch in seinem Büro bereits aufgefallen. Am Tag von Kovacevics Tod hatte die Polizei hier ihre Zeugenbefragungen durchgeführt und ich hatte etwa zwei Stunden vor dem Glas mit dem eingelegten Gehirn gesessen, das immer noch neben dem PC stand. Ob ich mir eine Affäre zwischen ihm und Kovacevic vorstellen konnte oder nicht, war nicht relevant. Beweise liefern war angesagt.

»Wie ich sehe, haben Sie brav an den Therapien teilgenommen«, lobte mich der Klinikchef herablassend. »Kommen Sie zurecht oder gibt es noch irgendwo Probleme?«

»Dr. Minotti kümmert sich rührend um mich«, verneinte ich. Mein Blick wanderte zu dem silbern gerahmten Bild, auf dem zwei halbwüchsige Jungs mit struppigen Haaren zu sehen waren. Daneben standen einige Stifthalter aus Stein, aus denen neben Kugelschreibern, Textmarkern, Schere und Brieföffner mehrere Reflexhämmer und ein mit spitzen Nadeln besetztes Rad an einem Stiel ragten.

Dummerweise war der Staub weg, anscheinend hatte in der Zwischenzeit jemand saubergemacht. Blöd …

Katrin Wegner fiel mir ein, die die Pappmappe mit meinem Namen auf den Schreibtisch klatschte. Ich senkte den Blick auf die Lederslipper des Klinikchefs, die unter der Arbeitsfläche auf dem Parkett standen.

»Gut, gut«, erklärte der. »Dann machen Sie weiter so. Und wenn Sie Hilfe brauchen, melden Sie sich bei mir persönlich.«

Er sah aus, als wollte er mich beißen, als er sich erhob und mir die Hand entgegenstreckte.

Die fünf Minuten, die für die Visite eingeplant gewesen waren, hatte er nicht gebraucht.

»Entschuldigung!« Hastig bückte ich mich und fing an, an meinem Schuh zu fummeln, als müsste ich ihn zubinden.

Dabei konnte ich den Fußboden genauer betrachten – und tatsächlich: In den Rillen des Parketts entdeckte ich einige der abgeschnittenen Fingernägel, die bei meinem letzten Besuch zu einem kleinen Haufen zusammengeschoben auf der Schreibtischoberfläche gelegen hatten, bevor sie von KK Katrin mit der Pappmappe auf den Boden gefegt worden waren.

Unauffällig sammelte ich zwei, drei davon ein, bevor ich mich wieder aufrichtete.

36.

»Du siehst ja schrecklich aus, Süße! Dein Haar ist eine Katastrophe!« Die Frau mit der dunkelblonden Bobfrisur platzte in unser Zimmer wie ein Poltergeist auf Speed. »Du musst unbedingt zum Friseur! Ich rufe gleich Enrico an. Ich hoffe, er kriegt das gesellschaftlich einigermaßen akzeptabel hin.«

Mit einem Ruck saß ich kerzengrade im Bett. Eine Sekunde lang glaubte ich, meine Mutter stünde vor mir. Besser gesagt, ein früheres Ich meiner Mutter. Das lag gar nicht so sehr am Aussehen. Meine Mutter war zierlicher und blonder als die Fremde, mit großen, blauen Augen im Puppengesicht.

Es lag am theatralischen Tonfall, der gekünstelten Gestik und der Tatsache, dass der Gesichtsausdruck der Frau nicht zu ihren Worten passte, weil das Nervengift in ihrer Stirn jede Mimik verhinderte.

Eine Schrecksekunde lang starrten wir uns an, dann flatterte die Fremde an mir vorbei, auf Romy zu. Doch das Bild meiner Mutter ließ sich nicht mehr aus meinem Kopf drängen.

Sie trägt ein bodenlanges, nachtschwarzes Kleid, das die Auswirkungen jahrelanger Diäten ausreichend zur Geltung bringt, und täuscht mit Geleinlagen einen Busen vor. Ich sehe, wie sie den Augenblick genießt, in dem sie die Musik mit einem Wink verstummten lässt und ans Mikrofon tritt, obwohl sie in unserem Wohnzimmer auch ohne Mikrofon jeder verstanden hätte. Sie streicht ihre blonde Mähne kokett nach hinten und setzt ihr strahlendstes Lächeln auf. Ich nenne es ihr Showlächeln, weil man es im normalen Leben niemals zu Gesicht bekommt.

»Meine Lieben, darf ich einen Augenblick um eure Aufmerksamkeit bitten?«, flötet sie. »Unsere liebe Liliana möchte uns unbedingt vorführen, was die teuren Klavierstunden bewirkt haben!«

Ich glaube, sie träumt bis heute wie ein Teenager davon, ein Filmstar zu sein. Oder zumindest Fernsehmoderatorin statt Oberstaatsanwaltsgattin.

Gestern Abend hatte ich Katrin Wegner noch an der Metallskulptur vor dem Bergbaumuseum getroffen – auf der anderen Seite des Stadtparks, außer Sichtweite des Polizeipräsidiums. Die ekligen Fingernägel hatte ich ihr in dem Tablettenschieber von meinem Nachttisch überreicht.

Jetzt musste die Kommissarin klären, ob ein Verwandtschaftsverhältnis zwischen den Fingernägeln und Kovacevics ungeborenem Kind bestand.

Wie in Trance stand ich auf. Es war Zeit, mich meinen eigenen Problemen zu stellen.

Vier Stunden später saß ich mit baumelnden Beinen auf der massiven, fast zwei Meter hohen Backsteinmauer in Hannover-Herrenhausen, die die Rückseite des Grundstücks meiner Eltern wie eine Festung umschloss.

Ich stellte mein Handy aus, denn ein unerwartetes Piepen konnte mir hier leicht einen gebrochenen Kiefer einbringen. Kurz suchte ich die Umgebung nach weiteren Gefahren ab.

Ein Stück entfernt, in der Seitenstraße, in der ich auf die Mauer hinaufgeklettert war, parkten Autos am Straßenrand. Doch die dunkelgrünen Blätter der Eiche, deren schwere Äste bis auf die Mauer herunterhingen, schützten mich vor Blicken. An der Rückseite des Anwesens hatte ich mich an das Haus herangepirscht, jetzt schaute ich durch die großen Fensterfronten der Terrassentüren direkt in den Wohn-Ess-Bereich. Der blank polierte Flügel stand immer noch dort, genau wie die massive Tafel aus dunklem Holz und die mit kaltem Leder bezogene Polstergarnitur.

Trotzdem wirkte der Raum sehr leer.

Mein Vater saß am Kopfende des Esstisches mit Überlänge. Hinter der Samstagszeitung. Sehen konnte er mich unter den tief hängenden Zweigen nicht.

Aber dass er überhaupt dort saß, gehörte nicht zu meinem Plan. Normalerweise spielte er samstags Golf, zusammen mit dem Bürgermeister, einigen Leuten aus dem Stadtrat, ein paar Chefärzten, einem Fabrikanten, der die Baugenehmigung für ein mehrstöckiges Parkhaus in der Innenstadt erkungeln wollte, und mindestens drei arschkriechenden Nachwuchsanwälten, die seine Bälle apportierten.

Verdammt!

Und wo steckte meine Mutter?

Mein Blick wanderte an der Villa hinauf. Die dicken, ausladenden Äste der uralten Eiche überspannten den Abstand von gut zwanzig Metern bis zum Haus. Im ersten Stock klopften die Zweige sowohl an das Fenster meines ehemaligen Kinderzimmers als auch an das danebenliegende Zimmer meiner Mutter.

Ehe ich es verhindern konnte, tauchte der Raum vor meinem inneren Auge auf: *die weiß gestrichene Schminkkommode mit den antiken Metallknäufen an den Schubladen. Der Spiegel mit dem Goldrahmen an der Wand darüber. Der Futon, auf den sie sich legt, um ihre Gesichtsmasken einwirken zu lassen. Der dicke, weiße Flokati, der mein Blut aufsaugt wie ein Schwamm.*

Es wäre ein Kinderspiel, die Eiche hinaufzuturnen und festzustellen, ob meine Mutter mit Quark und Gurken im Gesicht in dem Raum entspannte, in dem ich …

Weil ich meinen letzten Besuch im Zimmer meiner Mutter nur knapp überlebt hatte, beschloss ich zu warten, bis sie herauskam.

Ein Motorengeräusch lenkte mich ab.

Eine silbergraue Limousine schob sich die gepflasterte Einfahrt hinauf, am Haus vorbei und hielt vor dem Nebengebäude, einem von Efeu umrankten Backsteinbau. Neben der riesigen, alten Holztür des ehemaligen Kutschstalls war nachträglich ein elektrisch zu öffnendes Doppelgaragentor eingebaut worden. Allerdings standen hinten in der Ecke, neben dem Rasenmähertrecker, tatsächlich noch zwei übrig gebliebene Kutschen unter Plastikplanen.

Verwundert neigte ich den Kopf zur Seite.

Während das Garagentor hochsurrte, meinte ich, durch die Seitenscheibe des Autos das Profil meiner Mutter zu erkennen.

Häh? Seit wann verließ meine Mutter das Haus?

Mit einem Satz sprang ich von der Mauer, landete auf dem federnd weichen, englischen Rasen und huschte zum offen stehenden Garagentor hinüber.

Die Limousine war beinahe lautlos hineingerollt. Als ich um die Ecke spähte, stand der Wagen gespenstisch still in dem alten Stall, in dem es nach Erde und Öl roch.

Wieso stieg meine Mutter nicht aus?

Reflexartig drehte ich mich um, doch im weitläufigen Garten war niemand zu sehen und in der Garage parkte nur die dunkle Limousine meines Vaters neben den abgedeckten Kutschen.

Weil ich mich mittlerweile darauf verließ, dass mein traumatisiertes Nervensystem mir eine Gefahr melden würde, wenn eine bestand, trat ich neben das Auto. Ich registrierte die Taschen und Tüten und den mit Obst gefüllten Korb auf der Rückbank und fragte mich, wieso sie die Einkäufe nicht von der Haushaltshilfe erledigen ließ.

Meine Mutter saß mit geschlossenen Augen hinter dem Lenkrad, den Kopf an die Nackenstütze gelehnt, als würde sie schlafen. Ich öffnete die Tür und glitt auf den Beifahrersitz.

Meine Mutter schrie auf, bevor sie mich erkannte und zur Salzsäule erstarrte.

»Hallo, Mutter«, sagte ich.

Einen Moment brauchte ich, um mich an ihren Anblick zu gewöhnen. Graue Strähnen hatten sich aus ihrem unordentlichen Zopf gelöst und hingen ihr wirr in das blasse, eingefallene Gesicht, das ungeschminkt und ohne die Einwirkung von Botox um Jahrzehnte gealtert schien. Ihre Augen, die so blau wie meine gewesen waren, kamen mir merkwürdig durchsichtig vor. Wie farbloses Glas.

»Gott sei Dank geht es dir besser«, flüsterte sie und hob eine zittrige Hand, als hätte sie tatsächlich vor, mich zu berühren.

Sicherheitshalber rückte ich ein Stück zurück.

Sie ließ den Arm wieder sinken.

»Seit wann kaufst du ein?«, lenkte ich ab.

»Seit dein Vater das Golfspielen aufgegeben hat«, antwortete sie matt.

Tatsächlich?

»Dass du ihn angezeigt hast, hat sich herumgesprochen. Das ist der Nachteil, wenn man mit dem Polizeipräsidenten in der Sauna sitzt.« Ihr unerwartetes, schrilles Lachen ließ mich zusammenzucken, bevor ich begriff.

»Jetzt geht Claudius an seiner Stelle hin.«

Ach nee.

Gut.

»Fahren wir irgendwohin, einen Kaffee trinken«, schlug ich vor.

»Der Wagen von Ortwin stand vor dem Haus, als ich mit Claudius vom Klavierunterricht kam. Ich habe mir nichts dabei gedacht.«

Mein Mund war plötzlich trocken. Die leisen Gespräche im Café und das Klappern des Geschirrs verschwammen in der Ferne, während die Worte meiner Mutter einen Nachhall in meinem Kopf erzeugten. Stockend fing sie an zu berichten, was sie mir mein Leben lang verschwiegen hatte.

Ortwin kannte ich. Ortwin Berger war Herzchirurg und einer der ältesten Freunde meines Vaters.

»Sie hatten sie zugedeckt.« Die Stimme meiner Mutter brach weg, sie begann zu husten. »Du hast oben geschlafen. Ortwin hatte dir etwas zur Beruhigung gegeben. Claudius dann auch. Und mir, nachdem ich sie gesehen habe.«

Sie verbarg schluchzend das Gesicht in den zitternden

Händen, wühlte die Finger in ihre Haare, die Spange sprang auf und ihre grauen Zotteln fielen ihr wirr ins Gesicht.

Ganz kurz wunderte ich mich darüber, dass wir nicht aus dem schicken Laden hinausflogen. Zitternd, abgemagert und ungekämmt wirkten wir wie zwei Junkies und völlig fehl am Platz an dem runden Bistrotischchen zwischen den Steinsäulen, die das Dach hielten.

»Als ich wieder aufwachte, hatte der Bestatter Malchen bereits abgeholt.«

Malchen. Der Name traf mich mit Wucht vor die Brust. Amalia-Feodora hatte meine Schwester geheißen. Ich hatte sie meiner Erinnerung nach Fee genannt.

Noch nie hatte ich meine Mutter über sie sprechen hören. Dass sie jetzt ihren Namen nannte – sogar einen eigenen Kosenamen benutzte –, machte Fee so schmerzhaft real, dass ich mir eine Hand aufs Brustbein presste.

Abrupt hob meine Mutter den Kopf und sah mich mit durchsichtigen, rot unterlaufenen Augen an: »Ich konnte das alles einfach nicht glauben, Lili.«

Meine Ohren begannen zu summen. Ich konnte mich auch nicht erinnern, dass sie mich je Lili genannt hätte.

»Ich konnte nicht glauben, dass Malchen tot sein sollte, und ich konnte erst recht nicht glauben, dass du …«

Ich spürte, wie sich mein Körper versteifte, mein Nacken zu Stein wurde. Das Summen in meinem Kopf schwoll zu einem schrillen Kreischen an, das ihre Worte übertönte, damit ich sie nicht hören musste.

»Ortwin meinte, ich könne den Tod meiner Tochter nicht verarbeiten und litte unter Depressionen. Wahrscheinlich hatte er recht. Vier Monate lang war ich in stationärer Behandlung.« Dumpf drangen ihre Worte zu mir durch.

Ich musste mich zusammenreißen und zuhören! Ein zweites Mal würde sie mir das garantiert nicht erzählen.

Breathe in … breathe out …

»Und?« Ich schob meine Kaffeetasse zur Seite, lehnte mich vor und stützte die Ellenbogen auf das winzige Tischchen. »Hast du denn nach der Therapie geglaubt, dass ich meine Schwester umgebracht habe?«

Der Tisch wackelte unter meinen Armen, der Kaffee schwappte über.

Meine Mutter fing unmerklich an, den Kopf zu schütteln.

»Du warst vier Jahre alt«, flüsterte sie, als würde das als Antwort reichen.

Ihre Worte krachten mir wie Felsbrocken ins Genick, ich hatte das Gefühl, darunter verschüttet zu werden. Die Kaffeetasse fiel klirrend um, der Kaffee ergoss sich auf das dunkle Laminat. Ein Kellner kam mit einem Lappen angerannt, wischte mit vorwurfsvollem Blick Tisch und Boden ab und verschwand mit meiner leeren Tasse.

»Als ich aus der Klinik entlassen worden bin, habe ich deinem Vater gesagt, dass ich ihm das nie glauben werde«, sprach meine Mutter weiter.

Ich umklammerte die Tischkanten. »Und?«

Meine Mutter fuhr sich mit zitternden Fingern durchs Gesicht: »Ich schäme mich.«

»Was ist dann passiert?«, wurde ich laut, weil ich an den Lippen meiner Mutter hing und Angst hatte, umzukippen, bevor sie weitersprach.

»Jochbeinbruch.«

Die Szene leuchtete grell vor mir auf.

Meine Mutter liegt auf dem Bauch. Bewegungslos. Auf den hellen Fliesen der Küche. Ihr blondes Haar verdeckt ihr Gesicht. Ich wage nicht, sie zu berühren.

»In der Küche!«, begriff ich.

Meine Mutter schluchzte auf: »Ich dachte, du kannst dich nicht mehr daran erinnern!?«

Sprachlos sank ich auf meinen Stuhl zurück.

»Es tut mir so leid, Lili.« Meine Mutter lehnte sich vor

und tastete mit zitternden Fingern nach meinem Oberschenkel, doch als sie in mein Gesicht sah, zog sie die Hand zurück und verschränkte die Finger so fest ineinander, dass ihre Knöchel weiß hervortraten. »Ich habe gehofft, du würdest irgendwann aufhören zu kämpfen. Aber das hast du nie.«

Ich konnte ihre Worte hören, aber die Bedeutung nicht begreifen.

»Du warst so klein und so mutig …«, sie senkte den Blick auf ihre ineinander verkrampften Finger, »… und ich nicht.«

Ich spürte Tränen auf meinen Wangen brennen, doch ich kümmerte mich nicht darum. Eine Ewigkeit saß ich meiner Mutter schweigend gegenüber und wartete darauf, dass mein Gehirn das Gehörte verarbeitet hatte und sich endlich zurückmeldete.

»Du hättest einfach gehen können«, sagte ich schließlich.

Meine Mutter nickte müde. »Aber du und Claudius, ihr nicht.«

37.

Wie gelähmt lag ich auf dem Rücken auf meinem Bett und starrte an die Decke. Wie ich gestern von Hannover zurück nach Bochum gekommen war, wusste ich nicht. Und ich konnte mich auch nicht erinnern, geschlafen zu haben. Genauso wenig, wie ich sagen konnte, wann Bibi und Romy aufgestanden waren und das Zimmer verlassen hatten.

Mein Vater hatte auch meine Mutter geschlagen.

Meine Mutter glaubte, *er* habe Fees Tod zu verantworten. Nicht ich! Die ganze Zeit!

Meine Mutter *mochte* mich?

Mein Gehirn schlug einen Salto: Natürlich hätte mein Vater niemals zugelassen, dass sie Claudius und mich mitnahm, hätte sie sich wirklich von ihm getrennt. Psychisch labil, wie sie erwiesenermaßen war, wäre es seine leichteste Übung gewesen, ihr Sorgerecht zu demontieren.

Jemanden als psychisch krank abzustempeln, war für ihn eine bewährte Methode?

Die Tür klappte. Die schweren, schlurfenden Schritte kannte ich. Bibi.

Quatsch mich jetzt bloß nicht voll!

»Hast du keinen Bock auf mich oder bist du krank?«

Schwerfällig ließ ich den Kopf zur Seite kippen, um ihr einen bitterbösen Blick zuzuwerfen. Merkwürdigerweise prallte der an ihr ab, ohne nennenswerten Schaden anzurichten. »Ach, du hörst mich ja doch. Die Bullen schleichen wieder im Haus rum, dabei haben die doch Laurent festgenommen. Was wollen die noch hier?«

Meine Lähmung hob sich von mir wie eine schwere Decke. »Die Bullen?«

»Diese magersüchtige Kriminalkommissarin stand gerade am Empfang«, nickte Bibi.

Wie eine Marionette, die von unsichtbaren Fäden hochgezogen wurde, setzte ich mich auf.

Sonntags?

Schon hatte ich meine Jeans in der Hand, wurschtelte meine Haare hinter die Ohren und schlüpfte barfuß in meine Turnschuhe. Dann riss ich die Zimmertür auf. Durch die großen Flurfenster gegenüber konnte ich in den Innenhof hinuntersehen. KK Katrins silbergrauer Smart stand direkt vor dem Haupteingang. Der weiße Bulli der Spurensicherung schob sich eben durch die Unterführung in den Innenhof.

Ich rannte los, erreichte das Treppenhaus, sprang die Stufen hinunter und stand gleich darauf in der Empfangshalle. Von der Kommissarin war nichts zu sehen, nur Rolf, der humpelnde Rocker, lehnte am Empfangstresen und beobachtete mürrisch den unter der Birke anhaltenden Bulli.

Ratlos sah ich mich um.

»Wo ist die Polizistin hin?«, erkundigte ich mich bei dem Bärtigen. Der musste sie gesehen haben. Rolf bewegte sich nicht schnell genug, um sie verpasst zu haben.

»Was willste denn von der?«, wollte er misstrauisch wissen.

Mein Blick fiel auf die Brandschutztür. *Ärztezentrum,* las ich die Aufschrift. Dahinter führte ein Flur zu den Behandlungsräumen. Mein schizophrener Stationsarzt hatte dort sein Revier. Und zur Chefarztvisite war ich ebenfalls diesen Weg gegangen …

Ich ließ Rolf stehen und schlüpfte so leise wie möglich in den Gang zu den Arztzimmern. Sofort entdeckte ich die offen stehende Tür von Bartholomeitschaks muffigem Büro.

»Besten Dank, dass Sie an einem Sonntag so schnell hier sein konnten«, erkannte ich KK Katrins sachlich distanzierten Tonfall, trat an den Eingang und lugte vorsichtig in den Raum.

Empfangsdame Maria schielte die Kommissarin unter dem zu langen Pony ihrer schweren Haarmatte hindurch an. Die große, unbeholfene Empfangschefin stand verloren im Raum, während Katrin Wegner sich Einweghandschuhe über ihre schlanken Finger streifte und ihre blonde Kollegin bereits die Schreibtischschubladen aufzog.

»Meine Fragen haben Sie alle beantwortet. Es wäre nett, wenn Sie dem Kollegen der Spurensicherung den Weg weisen würden, sobald er eintrifft. Ansonsten sage ich Ihnen Bescheid, sobald Sie wieder abschließen können.«

Ich musste grinsen. Natürlich wollte KK Katrin nicht, dass ihr die Empfangschefin über die Schulter guckte, wenn sie das Chefarztbüro auseinandernahm.

Es wunderte mich wenig, dass Maria beinahe erleichtert auf den durchschaubaren Trick hereinfiel. Als sie gehen wollte, zog ich hastig den Kopf zurück.

»Ach«, fiel KK Katrin noch ein. »Es wäre schön, wenn Sie Ihren Mann doch noch überzeugen könnten, hier kurz persönlich vorbeizukommen. Es sind noch einige wichtige Fragen aufgetaucht.«

Ihren Mann?

Ein kurzer Blick in den Raum verriet mir, dass Maria sich wieder der Kommissarin zugewandt hatte, die gerade an den Aktenschrank trat. Ich nutzte die Gelegenheit, um hinter Marias Rücken auf die andere Seite der Tür zu huschen. Der nächste Eingang führte in Dr. Oppolts Behandlungsraum.

»Ich sage doch, dass er beim Tennis nicht gestört werden will«, murmelte Maria wenig begeistert.

»Er wird Ihnen das nicht übel nehmen, Frau Alberti-Bartholomeitschak, glauben Sie mir«, antwortete KK Katrin.

Ich griff mir an die Stirn.

Ich erinnerte mich, dass mir Marias unaussprechlicher Nachname bei unserer allerersten Begegnung bereits aufgefallen war. Das Einzige, was ich zu meiner Verteidigung sagen konnte, war, dass ich zu dem Zeitpunkt nicht sonderlich aufnahmefähig gewesen war.

Die schielende Maria und der Gremlin?

In dem Moment trat Maria in den Flur. Ich drückte mich in die Türnische von Oppolts Arztzimmer und Maria schlurfte in Richtung Empfang davon. Ich betrachtete den Rücken der Frau mit den X-Beinen, den kräftigen Oberschenkeln, dem breiten Becken und schaukelnden Gang nachdenklich. Der Unterschied zur perfektionistisch schicken Kovacevic könnte nicht größer sein.

Am Empfang wurden Stimmen laut. Die Spurensicherung würde gleich hier sein. KK Katrin hatte den Schlüssel zum Aktenschrank gefunden und stand mit ihrer blonden Kollegin zusammen ratlos vor der Wand voller Ordner. Unauffällig drückte ich mich hinter den beiden ins Zimmer.

Dass die Polizei so spontan auftauchte, bedeutete wohl, dass das Ergebnis der Fingernagelanalyse vorlag. Kovacevic hatte sich auf eine Affäre mit dem Gremlin eingelassen?

Ich dachte an die Petersilienreste zwischen seinen Reißzähnen. Entweder war der Gremlin ein Sexgott oder Frau Dipl. Psych. war in der Lage gewesen, sich während des Aktes gedanklich auf einen anderen Stern zu beamen.

Ich stutzte.

Völlig unmöglich war das nicht. Schließlich hatte ich mich selbst jahrelang von jedem Spinner bumsen lassen. Ich wusste, dass es machbar war, aus seinem Körper herauszutreten, danebenzustehen und wie unbeteiligt zuzusehen, was geschah. Allerdings wusste ich mittlerweile auch, dass der Schaden, den ich mir damit selbst zugefügt hatte, um ein Haar irreparabel gewesen wäre. War Kovacevic wirklich so krank gewesen?

Wenn der gruselige Chefarzt jedoch der Vater von Kovacevics ungeborenem Kind war, dann hatte nicht nur er ein Motiv, sondern auch seine Ehefrau.

Maria.

Leise schob ich mich zum Schreibtisch und betrachtete das silbern gerahmte Bild neben dem eingelegten Gehirn.

Marias Söhne?

Die bösen Gerüchte hatten sich nach Kovacevics Beförderung garantiert wie ein ansteckender Virus in der Klinik verbreitet. Und Maria machte nicht unbedingt den Eindruck, als wäre sie in der Lage, locker über den Dingen zu stehen.

Mein Blick fiel auf einen schweren Stifthalter neben dem Foto.

Häh?

Verwundert griff ich nach dem Ding.

»Nicht anfassen!« KK Katrin hatte sich mit einem Ordner in der Hand umgedreht und mich entdeckt. »Sag mal, geht's noch?«

»Der Chefarzt und die Kovacevic?«, erkundigte ich mich, während ich den Schreibtisch umrundete, weil ich den Stifthalter nicht anfassen durfte.

»Wenn sich nicht einer der anderen Ärzte bei einer Sitzung mit dem Chef die Fingernägel geschnitten und auf dessen Schreibtisch deponiert hat«, nickte KK Katrin.

Ihre neue Kollegin schwieg verwirrt.

»Ich schätze, Bartholomeitschak kann uns erklären, wie es dazu kam, sobald seine Frau ihn beim Tennistraining erreicht und ihm mitteilt, dass die Polizei sein Büro leer räumt.«

Ich trat neben den Chefsessel und beugte mich über den Schreibtisch zu dem Stifthalter hinunter, den ich nicht anfassen durfte. Zwischen Kugelschreibern, Bleistiften, Textmarkern, Schere und Brieföffner steckten mehrere Reflexhämmer und ein mit Nadeln gespicktes Rad, mit dem irgendwelche medizinischen Untersuchungen durchgeführt wurden.

Katrin drückte ihrer Kollegin den Ordner in die Hand und beugte sich ebenfalls herunter, um zu sehen, was ich sah. Ich deutete mit dem Finger auf den Stifthalter.

Einen Augenblick musterte die Kommissarin irritiert das Nadelrad.

»Verdammt!«, fluchte sie dann.

Mit ihrer behandschuhten Hand zog sie vorsichtig die Lederhülle, in der der Brieföffner steckte, zwischen den Stiften hervor. Die unscheinbare, zwischen zahlreichen Schnörkeln in den herausragenden Messinggriff eingravierte Blüte hatte meine Aufmerksamkeit auf sich gelenkt, weil ich ihr meinen Namen verdankte.

Behutsam zog die Kommissarin die Klinge aus der Lederscheide. Sie war lang, scharf und blitzblank poliert. Sie sah aus, als könnte sie Papier wie Butter zerritschen. Oder Haut, Muskeln, Sehnen, Blutgefäße und eine Luftröhre.

»Ich habe stundenlang hier im Büro gesessen!«, überlegte die Kommissarin laut. »Wieso habe ich das übersehen?«

Nachdenklich betrachtete ich den altmodischen Messinggriff, während die Polizistin den Brieföffner in einem durchsichtigen Plastiktütchen verstaute.

»Bevor ich keinen Durchsuchungsbeschluss sehe, werden Sie hier garantiert keine Spuren sichern, verstanden?«

Draußen im Flur entstand ein Tumult.

»Bist du bescheuert, einfach so die Bullen in mein Büro zu lassen? Manchmal würde ich dir gern Schweinehirn transplantieren, um deinen IQ zu erhöhen!«

Bartholomeitschak war, schneller als erwartet, eingetroffen.

»Zeit zu gehen«, sagte KK Katrin und meinte mich.

»Wusste Maria von der Affäre?«, erkundigte ich mich noch schnell.

»Sie sagt Nein.« Die Kommissarin wackelte zweifelnd den Kopf auf dem dünnen Hals hin und her. »Heulend zusammengebrochen ist sie allerdings nicht.«

38.

Über die dunkelgrünen Baumkronen des Stadtparks hinweg konnte ich den Förderturm des Bergbaumuseums sehen. Weil der Anblick der graublauen Stahlkonstruktion einen Kloß in meiner Kehle verursachte, senkte ich den Blick in den Abgrund vor mir.

Ich zwang meine Gedanken zum Mordfall zurück.

Der Gremlin und die schöne Streberin.

Die Mordmotive, die sich aus dieser verhängnisvollen Affäre ergaben, lagen auf der Hand: Hatte Kovacevic Geld sehen wollen? Unterhalt doch sicher, vielleicht auch eine Wohnung? Oder hatte sie gedroht, Bartholomeitschaks Ehefrau Maria alles zu erzählen, was womöglich zu einer kostspieligen Scheidung geführt hätte? Oder hatte Maria auch ohne Kovacevics Zutun etwas mitbekommen?

Ein Krankenwagen bog unter mir in den Wirtschaftshof des Hospitals ein.

Die Tatsache, dass die Mordwaffe im Stifthalter des Chefarztes gesteckt hatte, würde ihn in Erklärungsnot bringen. Die Spurensicherung hatte natürlich noch nicht offiziell bestätigt, dass es sich bei dem Brieföffner um die Tatwaffe handelte. Aber die verschnörkelte Gravur ließ eigentlich keine andere Schlussfolgerung zu.

Allerdings hatte auch Maria offensichtlich freien Zugang zum Büro ihres Mannes …

Aber traute ich Maria einen kaltblütig geplanten Mord zu?

Na ja, wenn Maria ihren Mann und die schicke, junge Psychologin auf dem schmuddeligen Chefarztschreibtisch erwischt hätte …

Brrr.

Bei der Vorstellung lief mir ein Schauer über den Rücken. Seit ich süchtig nach Danner war wie nach Schokolade, konnte ich mir Sex ohne das dazugehörige Gefühl nicht mehr vorstellen.

Doch wenn Kovacevic nicht auf böse, kleine Horrorfilmkreaturen abfuhr, hatte sie den Chefarzt wahrscheinlich rangelassen, weil sie sich eine Beförderung davon erhofft hatte. Der Plan war aufgegangen. Allerdings kannte ich den Preis, den sie dafür gezahlt hatte. Es fiel mir schwer, die Erinnerungen heraufzubeschwören.

Ich zähle die Halogenstrahler über meinem Bett, während der Typ auf mir herumrutscht. Wie war noch mal sein Name? Mein Blick wandert auf die verfilzten Dreadlocks, die er mit einem gammeligen Haargummi im Nacken zusammengebunden hat. Sie riechen nach kaltem Rauch. Vom Duschen hält der nicht viel. Und er hat Pickel auf dem Rücken. Ich stelle mir vor, ich würde neben dem Bett stehen und zusehen, wie er auf mir rumrammelt. Er bewegt sich ruckartig und schnell. Wie ein Karnickel. Wahrscheinlich wird es bluten. Aber er müsste gleich fertig sein. Hoffentlich tauchen meine Eltern rechtzeitig auf, damit sich die Scheiße wenigstens lohnt.

Die Erinnerung ließ mich würgen.

In dem Moment packte eine kräftige, schwielige Hand von hinten mein Genick, riss mich nach vorn und schlug mein Gesicht auf die Teerpappe des Flachdaches.

Scheiße! Ich war wieder weggetreten, hatte nicht aufgepasst! Meine Wirbelsäule knackte, als ein schweres Knie meinen Rücken traf. Das Gewicht des Angreifers presste mir die Luft aus den Lungen, dunkle Punkte färbten den blauen Himmel schwarz. Eine zweite Hand packte meinen linken Arm und zerrte ihn auf meinen Rücken. Im gleichen Moment spürte ich das Messer an meinem Hals.

Kalte Panik lähmte mich.

War's das?

Nachdem ich meinen eigenen Selbstmord überlebt hatte, brachte mich ein durchgeknallter Killer um? Schnitt mir die Kehle durch und ließ mich verbluten wie Kovacevic?

Niemand wusste, wo ich war. Niemand ortete heimlich mein Handy, um auf mich aufzupassen. Ich war allein.

Mir wurde eiskalt. Vor Angst.

Müsste es mir nicht eigentlich egal sein?!

War es aber definitiv nicht!

Zumindest wollte ich wissen, wer es war.

»Was willst du?«, ächzte ich.

Im nächsten Moment spürte ich Haare auf meiner Wange, ich roch Zigarettenatem und die beißende Mischung aus altem Schweiß und Leder.

»Ich habe dich gewarnt, vergessen?« Die Stimme an meinem Ohr erkannte ich sofort.

Ich schluckte.

Hatten wir uns geirrt? Hatte der Mord weder etwas mit Laurent Matundu noch mit der Schwangerschaft und den Bartholomeitschaks zu tun?

»Meinst du, ich kriege nicht mit, dass du mir hinterherspionierst?«, spuckte mir Rolf ins Ohr. »Was hast du mit den Bullen gequatscht, häh?«

»Nix!«

»Ich geh nicht in den Knast!«

»Weswegen sollten die dich denn einsperren?« Aus dem Augenwinkel konnte ich sehen, dass Rolfs Bart zuckte, während er mich anstarrte. »Weil du nicht brav deine Tabletten schluckst? Du solltest deine Paranoia mal mit therapieren lassen.«

»Halt die Fresse!« Rolfs Stimme überschlug sich vor Zorn. »Halt endlich die vorlaute Fresse oder ich schneide dir die Zunge ab, verstanden?« Plötzlich hatte ich die Klinge direkt vor dem Gesicht, Rolf drückte sie mir in die linke Wange. Es war ein altes Taschenmesser, kurz, vom Rost zerfressen und so stumpf, dass es meine Haut nicht verletzte.

Damit hat er Kovacevic nicht umgebracht, ging es mir durch den Kopf, als hätte ich im Augenblick keine anderen Probleme.

Rolf zitterte, bemerkte ich.

Vor Wut vielleicht, aber auch, weil er, während er mich mit dem linken Knie runterdrückte, das steife rechte Bein irgendwie von sich strecken musste. Eine sonderlich bequeme Position konnte das nicht sein. Und weil er meinen Arm und das Messer festhielt, konnte er sich nicht einmal abstützen.

»Du bist ausgeflippt, das verstehe ich, Mann.« Ich versuchte, so beruhigend wie möglich zu klingen, doch ich konnte selbst meine Angst in meiner Stimme vibrieren hören. »Noch ist nichts passiert. Lass mich los und ich vergesse, dass du überhaupt hier warst.«

Nimm eine Sekunde lang das Messer weg und du liegst auf der Fresse!

Rolfs Kopf fing an zu wackeln: »Red keinen Scheiß! Du rennst zu den Bullen, kannst ja so toll mit denen!« Er beugte sich wieder dicht über mich, sein Bart berührte meine Wange.

Ich erinnerte mich daran, wie der Bärtige zusammengesunken auf der Friedhofsbank gesessen hatte. Am Grab seiner Tochter. Wollte der mich wirklich umbringen, weil er einen Mord begangen hatte und glaubte, dass ich es ahnte? Oder verlor er einfach nur die Nerven wegen seiner Tablettendealerei?

»Wie alt war deine Tochter, Rolf?«, flüsterte ich.

Der Druck des Messers an meiner Wange ließ abrupt nach, das Knie in meinem Rücken rutschte von meiner Wirbelsäule ab! Mit aller Kraft stemmte ich mich hoch, Rolf kippte und landete im gleichen Moment wie ein Käfer auf dem Rücken, in dem ich auf den Beinen stand.

Der Bärtige keuchte.

Mit einem schnellen Griff wand ich ihm das alte Taschenmesser mit Harley-Gravur aus der Hand. Einen Augenblick lang sah ich zu, wie sich der dicke Mann in der Lederweste stöhnend auf die Seite rollte.

»Das ist ein Krankenhaus«, sagte ich und deutete auf das Gebäude unter mir. »Soll ich ein paar Pfleger rufen, damit sie dir vom Dach helfen?«

Wie war der überhaupt hier raufgekommen?, wunderte ich mich. Durch das schmale Treppenhausfenster war er garantiert nicht geklettert.

Suchend sah ich mich um und entdeckte weiter hinten die verzinkte Feuertreppe. Mit breiten Stufen und Geländer.

Rolf schüttelte den Kopf.

Mühsam quälte er sich auf die Füße, dann starrte er auf sein Messer in meiner Hand.

»Verpiss dich!«, riet ich ihm. Und er gehorchte und hinkte über das Dach davon, als hätte er sich bei dem Sturz auch noch die zweite Hüfte gebrochen.

Erst als er unten angekommen war und sich über den Wirtschaftshof des Krankenhauses davongeschleppt hatte, sank ich auf die Knie. Das Messer fiel aus meiner bebenden

Hand klappernd auf das Dach. Als ich mir ins Gesicht griff, spürte ich, dass meine Wangen nass waren.

Erschrocken betrachtete ich meine Finger, aber es war kein Blut.

Ich blieb auf den Knien sitzen und heulte weiter.

Bis mein Handy in meiner Hosentasche vibrierte.

Hektisch wischte ich mir durchs Gesicht. Bescheuert, niemand würde sehen, dass ich weinte, wenn ich eine SMS las.

Ich zog das Smartphone hervor. Die Nachricht war von KK Katrin.

KK Katrin, 16:42 Uhr: B. gibt die Affäre zu, behauptet aber, es wäre alles geregelt gewesen. K. hätte kein Kind gewollt und einen Abbruch geplant. Den Brieföffner hat er angeblich nie gesehen.

Noch während ich las, summte das Handy erneut.

KK Katrin, 16:47 Uhr: Die Frau wiederholt, dass sie niemanden ermordet hat und den Brieföffner ebenfalls noch nie gesehen hat. Mehr kriege ich im Moment nicht raus, sie wirkt verwirrt.

Einen Augenblick lang betrachtete ich die SMS.

Dann rubbelte ich mit den langen, dünnen Ärmeln meines Shirts mein Gesicht ab und fuhr mir mit den Fingern durch die Haare, bevor ich Katrins Nummer drückte.

»Soll ich mal raten, wem der Brieföffner gehört?«, erkundigte ich mich, als sie dran ging.

39.

»Werd doch Polizistin.«

Ich rüttelte an meinem Ohr, weil ich meinte, mich verhört zu haben.

Ich saß neben Katrin Wegner im Auto, weil ich ihr meine Vermutungen bezüglich des Büroartikels, den ich für die Tatwaffe hielt, nur unter der Voraussetzung mitgeteilt hatte, dass sie mich mitnahm, wenn sie meinen Verdacht überprüfte.

»Das ist mein Ernst«, fuhr die Kommissarin fort. »Keine Ahnung, was zwischen dir und deinem Freund schiefläuft, aber Liebeskummer ist wirklich kein Grund, in einer psychosomatischen Klinik herumzuhocken. Wie alt bist du?«

»Einundzwanzig, bald.«

Katrin machte mit der Rechten eine Geste, die ›siehste‹ meinte, während sie mit der Linken ihren Kleinwagen durch die Innenstadt lenkte.

»Krieg den Arsch hoch und schreib eine Bewerbung für die Polizeischule«, sagte sie. »Die starten im Herbst mit dem nächsten Jahrgang.«

Wie bitte?

Ich atmete scharf ein. Ich meinte, mich zu erinnern, dass auch Lena die Möglichkeit, in die Fußstapfen ihres Kommissaren-Papas zu treten, in letzter Zeit schon ein- oder zweimal in Erwägung gezogen hatte.

Für einen Moment hatte ich das Gefühl, ein Blitz würde die rabenschwarze Finsternis in meinem Kopf erhellen. Ganz kurz glaubte ich, plötzlich den Weg sehen zu können, der vor mir lag.

Einen Weg, den ich gehen könnte.

Trotz allem.

Ich kam mir vor wie eine Astronautin, die zum ersten Mal einen Fuß auf einen fremden Planeten setzte. Dabei war es kaum vier Wochen her, dass ich mit Danner zusammen im Univiertel Hustadt mit den unzähligen, ineinander verschachtelten Wolkenkratzern ermittelt hatte. Doch mein Leben als Privatdetektivin kam mir Lichtjahre entfernt vor, als ich aus Katrins Smart stieg.

Die Polizistin hatte vor einem gepflegten, zehnstöckigen Wohnkomplex geparkt, der so lang war, dass er mehrere Hausnummern für sich beanspruchte.

Prof. Dr. Eberhardt Groß und *Dipl. Psych. Erika Kovacevic-Groß* bewohnten das Penthouse ganz oben, verriet mir das Klingelschild.

Die Nachnamen des Paares ließen mich stutzen. Kovacevic hatte den Nachnamen der Mutter getragen, den des Vaters nicht? Normalerweise versäumten Männer doch selten eine Gelegenheit, ihren Namen an die nächste Generation weiterzugeben. Außer, wenn die Mutter die Tochter mit in die Ehe gebracht hatte.

Südwestlich von uns musste die Uni liegen, nördlich führte die Universitätsstraße zum Bahnhof, östlich befand sich das ehemalige Opelgelände. Ich versuchte, nicht darüber nachzudenken, wie gut ich mich hier auskannte.

»Kovacevics Vater lehrt an der Universität«, lenkte mich Katrin ab. »Die Mutter betreibt eine Praxis.«

Ich fragte mich, warum Kovacevic in die Fußstapfen ihrer Eltern getreten war. Selbst für ein hochbegabtes Kind war es sicher nicht einfach, mit ihnen Schritt zu halten.

Als die Gegensprechanlage summte, erklärte die Kommissarin gewohnt knapp unser Anliegen und die Tür klackte auf.

Der Fahrstuhl öffnete sich direkt in der Wohnung des Therapeutenpaares, einer Wohnlandschaft ohne Wände, mit großen Fenstern und Blick über die Dächer der Hustadt. Irgendetwas daran gefiel mir so wenig, dass ich mit dem Schritt aus dem Aufzug zögerte.

Erika war jünger, als ihr Name vermuten ließ: Die schlanke Brünette, die auf uns zukam, sah aus wie Kovacevic mit Mitte vierzig. Wenn sie tatsächlich Mitte vierzig war, war sie ziemlich früh Mutter gewesen. Sogar ihr Kleidungsstil ähnelte dem ihrer toten Tochter: ein Pulli, der zu ihren braunen Haaren passte, ein vanillefarbenes Halstuch, eine figurbetonte Jeans zu leichten Stiefeletten. Das war irgendwie unheimlich.

Ich gab mir einen Ruck und trat neben Katrin in die weitläufige Wohnung.

»Das ist meine Kollegin Frau Ziegler«, log Katrin mich in die Befragung.

Auf der rechten Raumseite bemerkte ich eine offene Küche mit frei stehender Kochinsel. Zwei Stufen führten in die Wohnlandschaft mit dunkler Polstergarnitur und Glastisch hinunter.

Ich fröstelte.

Ich steh total auf dein generelles Misstrauen gegenüber Leuten mit Geld, hätte Danner jetzt vermutlich gesagt.

Und er hatte recht. Ich hatte Vorurteile.

Kovacevics Mutter hielt mir eine dezent manikürte, schlanke Hand hin. Ihre Finger waren kalt.

»Mein Mann kommt sofort, nehmen Sie doch Platz.« Die Psychologin deutete auf einen Massivholzesstisch mit weinroten Platzdeckchen und einem silbernen Kerzenleuchter, der auch auf einem blank polierten Flügel hätte stehen können.

Katrin Wegner legte die Plastiktüte, die sie von der Spurensicherung zurückgefordert hatte, auf ein akkurat parallel zur Tischkante ausgerichtetes Platzdeckchen. »Kennen Sie den?«

Mir fiel auf, dass die Platzdeckchen in genau gleichem Abstand zueinander angeordnet waren.

Erika Kovacevic-Groß füllte drei Wassergläser, bevor sie sich ebenfalls setzte und die Tüte in Augenschein nahm. Dann verdunkelte sich ihr Gesicht: »Ja …«

Siehste?

»Das ist der Brieföffner meiner Mutter.« Die Psychologin drehte die Tüte verwundert in der Hand.

»Sind Sie ganz sicher?«

»Sehen Sie die Blume, die hier eingraviert ist?« Kovacevics

Mutter zeigte auf die kleine Blüte, die mir zwischen den Schnörkeln aufgefallen war.

»Eine Lilie«, nickte ich.

»Lilia war der Name meiner Mutter.«

Tatsächlich?

»Ihre Tochter hatte eine Lilien-Tätowierung.« Ich deutete seitlich in meinen Nacken.

»Meine Tochter hatte ein sehr enges Verhältnis zu ihrer Großmutter«, nickte Erika Kovacevic-Groß.

Ich horchte auf, weil ich zum allerersten Mal jemanden behaupten hörte, die perfektionistische Streberin hätte ein enges Verhältnis zu überhaupt irgendwem gehabt.

»Nica wohnte drei Jahre bei ihr in Serbien. Ich bin mit meinem Mann nach Deutschland gegangen, um uns hier ein neues Leben aufzubauen. Als wir sie nachgeholt haben, war sie sieben. Meine Mutter verstarb wenig später. Die wenigen Erinnerungsstücke, die Nica blieben, hat sie wie einen Schatz gehütet.«

Okay. Mein Gehirn rotierte. *Eine* soziale Beziehung hatte Kovacevic also gehabt. Zu ihrer Großmutter. Bei der die Mutter ihre kleine – ich rechnete nach: ihre vierjährige? – Tochter zurückgelassen hatte? Um mit ihrem Mann – ihrem *neuen* Mann, wenn ich die Nachnamenkonstellation richtig gedeutet hatte – nach Deutschland zu gehen?

Ich rechnete noch mal nach, kam aber zum gleichen Ergebnis. Die kleine Kovacevic hatte drei Jahre lang bei der Großmutter gelebt, bevor die Mutter sie zu sich geholt hatte. Drei Jahre!

Für eine Vierjährige war das ein ganzes Leben. Die Schickse war kalt wie eine Gefriertruhe! Und ich stolperte über einen weiteren Punkt: »Ihre Mutter starb, kurz nachdem Sie Ihre Tochter nach Deutschland geholt hatten?«

»Sie war seit Langem herzkrank«, bestätigte die Psychotherapeutin mit bedauernder Miene.

Du hast deine Tochter erst nach Deutschland geholt, als deine Mutter zu krank war, um sich weiter um sie zu kümmern, du Tussi! Meinst du, ich bin zu blöd, um das zu schnallen?

Die Frau runzelte die Stirn, als könnte sie mir ansehen, was ich dachte.

Ich biss mir auf die Unterlippe, weil mir bewusst wurde, wie sehr ich Kovacevic unrecht getan hatte. Ich hatte geglaubt, dass sie eine weltfremde kleine Überfliegerin ohne Probleme war. Dabei war ich nur auf die perfekte Fassade hereingefallen, hinter der sie sich versteckt hatte.

»Entschuldigen Sie, ich sitze an einem Artikel für die *Psychologie aktuell* und musste erst den Sinnabsatz beenden. Konnte meine Frau Ihnen schon weiterhelfen?«

Ein Mann lenkte mich ab, indem er hinter einer frei im Raum stehenden, mit Büchern gefüllten Regalwand hervortrat.

Sieh mal an, die Veranlagung mit Horrorfilmgestalten in die Kiste zu springen, war also genetisch bedingt, platzte die böse kleine Stimme in meinem Hinterkopf heraus, bevor ich ihr den Mund verbieten konnte.

Denn der etwa Siebzigjährige, dessen vorgeschobener, schiefer Unterkiefer, die große Hakennase und das schlohweiße Haar ihn wie einen verrückten Frankenstein wirken ließen, war ja dann wohl Prof. Dr. Groß, der Stiefvater meiner toten Therapeutin. Vermutlich litt die Hälfte seiner Studenten nach einer Vorlesung bei ihm unter Angststörungen.

Der Psycho-Prof reichte Katrin und mir die knochige Hand.

»Tatsächlich hat Ihre Frau unsere Frage bereits beantworten können, Prof. Groß«, erklärte die Kommissarin, während ich versuchte, den Alten und seine deutlich jüngere Frau nicht zu auffällig anzustarren.

Wenn Erika mit – sagen wir mal – zwanzig Mutter geworden war und Nica mit vier Jahren bei ihrer kranken Oma in Serbien zurückgelassen hatte, dann war sie in einem Alter von etwa vierundzwanzig mit Groß nach Deutschland gegangen. Wenn Groß etwa siebzig war, war er damals, vor zwanzig Jahren bereits fünfzig gewesen. Und hatte eine zweifellos hübsche, junge Frau aus einem vom Konflikt gebeutelten Land geheiratet. Für Erika hatte Groß Sicherheit und Wohlstand bedeutet, für Groß – na ja …

Nicht, dass ich in der Position war, Beziehungen mit Altersunterschied zu verurteilen. Immerhin hatte ich mich selbst ohne jeden Skrupel in die Affäre mit meinem deutlich älteren Boss gestürzt – und würde es wieder tun, wenn ich die Möglichkeit dazu bekäme.

Allerdings hatte ich definitiv nicht aus finanziellen Gründen mit Danner geschlafen, er hatte mir weder ein besseres Leben versprochen noch hatte er mir ein Studium finanziert.

»Wir haben inzwischen herausgefunden, dass Ihre Tochter eine Affäre mit dem Chefarzt des Klinikums *Birkenhain* unterhielt. Er ist offenbar der Erzeuger des Kindes«, klärte KK Katrin die Eltern der Toten auf. »Wissen Sie etwas über die Beziehung?«

Kovacevics Mutter stützte den Kopf verzweifelt in die Hände: »Das habe ich Ihnen doch schon gesagt. Ich verstehe nicht, wie Nica das passieren konnte. Sie war gerade mit der Ausbildung zur psychologischen Psychotherapeutin fertig und wollte unbedingt die jüngste Professorin Deutschlands werden. Ich kann mir einfach nicht vorstellen, dass Nica ihre Karriere aufs Spiel gesetzt hat, um die nächsten Jahre Hausfrau und Mutter zu spielen.«

Nun ja, darauf, dass der Chefarzt seine Frau verlassen und mit Kovacevic die nächste Familie gegründet hätte, hätte ich auch nicht gewettet.

»Sie glauben, Ihre Tochter hätte das Kind nicht bekommen?«, schlussfolgerte Katrin.

Erika Groß-Kovacevic setzte ihre Brille ab und tupfte sich über die Augen.

»Jedenfalls ist sie nicht freudestrahlend zu uns gekommen, um uns von ihrer Schwangerschaft zu berichten«, beantwortete der Professor die Frage.

40.

»Du futterst Äpfel? Im Ernst?«

Das Abendessen war lange vorbei, als ich in unser Dreibettzimmer zurückkehrte. Aber KK Katrin hatte mir noch einen Burger beim *McDrive* besorgt. Absurd, dass mich ausgerechnet die Wegner bemutterte.

Wenn der Brieföffner die Tatwaffe war, dann war er nach dem Mord irgendwie ins Chefarztbüro gelangt. Doch vermutlich nicht am Tag des Verbrechens, denn da hatten nicht nur KK Katrin und mehrere Beamte, sondern auch ich selbst Stunden in dem Raum verbracht. Kaum möglich, dass das Ding niemandem aufgefallen war.

Entweder war Bartholomeitschak ein sadistischer Killer, der die Mordwaffe in unmittelbarer Nähe hatte wissen wollen, um seine Tat mithilfe dieses Souvenirs lebhafter zu erinnern, oder seine Frau war aus Eifersucht zur Mörderin geworden und hatte ihrem Mann den Brieföffner in den Stifthalter gesteckt, um den Verdacht auf ihn zu lenken.

Oder Rolf hatte … Keine Ahnung, wie. Vielleicht in einem unbeobachteten Moment bei einer Chefarztvisite? Völlig undenkbar war es nicht.

Nur eine einzige Person kam nicht infrage, stellte ich zufrieden fest. Laurent Matundu war nämlich seit Kovacevics Tod nicht mehr in der Klinik gewesen. Er konnte das Ding nicht deponiert haben. Eigentlich müsste Katrin ihn freilassen, sobald der Brieföffner als Tatwaffe identifiziert worden war.

Ein giftgrüner Apfel riss mich aus meinen Gedanken, weil er auf mich zuflog. Ich fing ihn auf.

»Und was ist mit unserer Wochenend-Fastfood-Schokoladen-Chips-Orgie?«, erkundigte ich mich neugierig. Romys Bett war mal wieder unberührt, am letzten Wochenende war sie erst, kurz bevor die Nachtschwester um halb elf den Klinikeingang dichtmachte, aufgetaucht. Bibi hingegen saß in Jogginghose und Totenkopfshirt im Schneidersitz auf ihrer Matratze und las einen Horrorschocker von Stephen King.

Eine aufgerissene Obsttüte lag neben ihr.

»Die Orgie ist abgesagt, nachdem du mich gestern beim Samstagabend-Wodka-Besäufnis hast sitzen lassen.« Bibi hob grinsend die Nase aus dem Buch und zuckte die Schultern. »Außerdem habe ich sonst die zwei Kilo, die ich diese Woche abgenommen habe, in einer halben Stunde wieder drauf.«

»Wie hast du das denn geschafft?« Ich ließ mich neben Bibi auf ihr Bett plumpsen, das bedenklich knackte. An die Wand gelehnt, saßen wir nebeneinander. Ich spürte Bibis Wärme an meiner Seite.

Auf einmal registrierte ich außerdem, dass mein Rücken schmerzte, weil mich Rolfs Knie getroffen hatte, und meine Schulter, weil er mir den Arm auf den Rücken gedreht hatte, und der Rest meines Körpers einfach vor Erschöpfung.

»Da muss ich mich wohl bei dir bedanken«, nuschelte Bibi kauend.

»Bei mir?« Ich konnte mich nicht erinnern, mit ihr Joggen gewesen zu sein oder ihr unter Hypnose eingeredet zu haben, ihr Magen sei operativ verkleinert worden.

»Weißt du noch, was du mir letzte Woche im Badezimmer gesagt hast?«

Ich rieb mir die Stirn. »Ich hoffe, es hatte nichts mit einem Federhalter oder einer Motorhaube zu tun …«

»Du hast gesagt, dein Freund hätte nicht mit dir schlussgemacht, weil du fett bist, sondern weil er dich scheiße findet.«

Autsch. Das klang, als könnte es mir rausgerutscht sein.

»Jedenfalls beschreibt das den Sachverhalt korrekt«, gab ich zu.

Bibi fuhr sich durch die langen, schwarzen Haare, die zerzaust vom Kopf abstehend erstarrten, weil sie einen Haarfestiger benutzte, der wie Kleister wirkte.

»Das ging mir irgendwie nicht mehr aus dem Kopf«, sagte sie. »Weil du, glaube ich, recht hast: Ich bin feige.«

Vielleicht war ich einfach zu fertig, aber diesen Gedankensprung mitzumachen, schaffte ich nicht. »Sorry, das ist mir zu hoch.«

Ich biss kräftig in mein Obst, während Bibi ihren Apfel sinken ließ.

»Na ja, dass ich fett bin, sehen die Leute auf den ersten Blick«, versuchte Bibi eine Erklärung. »Damit ist schon mal klar, dass ich undiszipliniert, faul und unsportlich bin. Die meisten wollen dann nichts mit mir zu tun haben. Aber nicht, weil sie mich kennen, sondern eben nur, weil ich dick bin.«

So weit konnte ich folgen.

»Ich verstecke mich, sagt Wulf – der ist jetzt mein Psychologe, weil die Kovacevic ja nicht mehr … Na ja, jedenfalls kann so niemand sehen, wie ich wirklich bin.«

Der Apfel blieb mir im Hals stecken.

Ich dachte an meine auf Krawall gebürstete Punker-Fassade mit den lila Haaren, die auf alles eine rotzige Antwort wusste und die lärmend darauf achtete, dass niemand das einsame, verprügelte, kleine Mädchen entdeckte, das dahinter kauerte.

Ich konnte nicht glauben, dass die dauerfröhliche Bibi gerade etwas derart Kluges gesagt hatte. War es möglich, dass wir beide am Ende das gleiche Problem hatten?

41.

Ich bin allein. Um mich herum herrscht Finsternis. Ein Sturmwind fegt mir ins Gesicht, reißt mein Haar in die Höhe. Kurz flackert ein Blitz auf. Schemenhaft meine ich, die wüstenartige Leere zu erkennen, kilometerweit nichts außer Staub und Sand und über mir, am schwarzen Nachthimmel, braut sich ein Gewitter zu einer drohenden, dunklen Wolke zusammen. Ich will mich ducken, weiß aber, dass es in der Leere keinen Schutz gibt. Beim nächsten gespenstischen Aufflackern eines Blitzes kann ich plötzlich den Weg sehen.

»Geh zur Polizei. Bewirb dich!«, donnert über mir KK Katrins Stimme.

Schweißgebadet schreckte ich hoch.

Draußen dämmerte es, wie mir ein Blick am Sonnenblumenbild vorbei verriet. Bibi lag noch lang ausgestreckt auf dem Rücken und schnarchte. Es war Montagmorgen, bald würde der Therapiealltag wieder losgehen.

Bewirb dich!

Den Mord an der Psychologin aufzuklären, war jetzt Katrins Sache. Aber in einer Ecke meines Bewusstseins nahm eine vage Idee, wie ich meinen Vater vielleicht doch noch drankriegen konnte, allmählich Form an. Mein Klinikaufenthalt endete in absehbarer Zeit, und da mir der Zusammenstoß mit Rolf deutlich klargemacht hatte, dass ich nicht sterben wollte, wurde es Zeit für einen Plan B.

Ich griff mein Smartphone, das auf dem Nachtschrank lag.

Als Bibi eine gute Stunde später ins Bad schlurfte, wusste ich, dass es ein Zimmer im Studentenwohnheim in Bochum schon ab etwa zweihundert Euro im Monat gab. Außerdem hatte ich die Ausbildung bei der Polizei gegoogelt und festgestellt, dass ich beim Einstellungstest Schuhe mit dicker

Sohle tragen müsste und dass ich nach drei Jahren Fachhochschule in einer Hundertschaft landen konnte, die, mit Schlagstöcken bewaffnet, Fußballspiele und Demonstrationen sicherte. Ich war mir nicht ganz sicher, ob ich nicht selbst zu gern demonstrierte, um bei einem solchen Einsatz artig die Befehle zu befolgen, die mir jemand wie die amtierende Polizeipräsidentin erteilte.

»Was ist? Traust du dich heute in den Speisesaal?«, erkundigte sich Bibi, die mit der Zahnbürste im Mund aus dem Badezimmer guckte. »Oder muss ich dir wieder was mitbringen?«, fügte sie herausfordernd hinzu.

Ich schaffte es mit einem Becher Kaffee und einem Teller, auf dem ein Brötchen und eine Scheibe Käse lagen, zum Tisch. Bibi saß bereits neben einem übergewichtigen Jungen mit Käppi und einem Türken.

Doch als ich den Teller abstellte, sah ich darunter plötzlich die rot karierte Tischdecke, die es längst nicht mehr gab.

Mein Handy rettete mich, weil es in meiner Hosentasche summte.

KK Katrin, 7:49 Uhr: Der Brieföffner ist die Tatwaffe.

So lautete die wenig überraschende Nachricht.

Ich legte das Telefon neben meinen Teller, setzte mich auf den Stuhl neben dem Türken, packte den Käse auf die Semmel und biss ab. Schmeckte nach nichts. Aber wahrscheinlich schmeckte es nirgends wie bei Molle.

Mein Handy summte wieder, als würde es die ungesunde Richtung meiner Gedanken registrieren und Alarm schlagen.

KK Katrin, 7:55 Uhr: Matundu wird entlassen.

42.

»Meine Tochter hat bestanden Prüfung zu Physiotherapeutin und andere kann Studium anfangen. Im Herbst. Medizin wie ihre Vater.«

In unserer Montagmorgen-Talkrunde mit Valeria hatte die Psychologin Hülya gebeten, als Erste von den Ereignissen am Wochenende zu berichten, denn wenn die schmerzgeplagte Evelyn erst anfing, das in ihre Wirbelsäule gehackte Beil zu beschreiben, das unser aller Nerven zerfetzte, war sie nicht mehr zu stoppen.

Ich saß mit verschränkten Armen links neben Valeria, den stabilen Schaft des Federhalters hielt ich in meiner geballten Faust.

Rechts neben der kurzhaarigen Therapeutin, die heute ein meergrünes Hippieshirt mit geschnürtem Ausschnitt und gleichfarbigen Chucks trug, hockte Sabrina zusammengesunken auf ihrem Stuhl und lugte durch den Vorhang aus brünettem Haar.

Neben ihr zwirbelte Rolf nervös an seinem Bart herum. Der Ledergeruch seiner Weste hing wie ein Raumspray in der Luft. Doch seine schulterlangen grauen Haare wirkten heute weniger fettig und zu dicken, weißen Turnschuhen trug er eine saubere Jeans.

Hülya war es unterdessen sichtlich unangenehm, im Mittelpunkt zu stehen. Sie zupfte nervös an ihrem schwarz-grau gemusterten Kopftuch, als wollte sie sichergehen, dass es richtig saß. Dabei trug sie es stramm um das ovale Gesicht herumgebunden, keine einzige Haarsträhne konnte sich darunter hervormogeln. Weil Hülya kleine, dunkle Augen, kräftige Brauen und eine gekrümmte Nase besaß, wirkte ihr Gesicht eher männlich.

»Was soll denn die Scheiße?«, zischte Evelyn für alle gut hörbar. »Die hat doch gar keine Probleme.«

»Unsere Gruppenregeln besagen, dass wir einander ausreden lassen. Meinen Sie, Sie können sich dran halten, Evelyn?«, erkundigte sich Valeria scharf.

Die Blondine schob schmollend die Unterlippe vor.

»Ihre Töchter sind aus dem Haus, Ihr Mann arbeitet, was machen Sie denn den ganzen Tag, Frau Aydin?«

Psychologie war ein bisschen wie ein Polizeiverhör, fand ich.

»Kümmere mich um Haus«, murmelte Hülya. »Kochen. Gucke in Fernsehen …«

»Haben Sie ein Hobby?«, wollte die Psychologin wissen. »Oder gehen Sie mal spazieren?«

Hülya starrte Valeria an, als hätte sie gefragt, ob sie Nacktfotos von sich machen ließ.

»Ich spreche nicht gut …«, schüttelte sie schließlich den Kopf.

»Und wie hast du es dann fertiggekriegt, dich vor einen Zug zu stürzen, wenn du nie rausgehst?«, erkundigte sich Sabrina verwundert.

»Wenn ich bin mit Mann unterwegs. Er mich festgehalten. An Arm. Und dann gebracht zu Arzt.«

»Und wieso? Weil du den ganzen Tag Fernsehen musst?«, blökte Evelyn dazwischen.

Hülya zuckte die Schultern: »Ich weiß nicht, es ist ja alles gut. Aber Stimme in meinem Kopf sagt: ›Bring dich um.‹«

Einen Augenblick lang herrschte ratloses Schweigen in unserer Runde.

Dann brach die schüchterne Sabrina hinter ihren herunterhängenden Haaren in Tränen aus.

»Tut dir was weh?«, erkundigte sich Evelyn.

Sabrina wischte sich schniefend mit dem Ärmel die Nase ab: »Heute Nacht habe ich gedacht, dass ich nicht noch ein Kind will. Ich wollte eigentlich wieder arbeiten, wenn Britney in die Schule kommt. Ich habe es satt, immer nur bei Aldi einzukaufen.«

»Du willst abtreiben, weil du nicht bei Aldi einkaufen willst?«, fasste Evelyn auf gewohnt einfühlsame Weise zusammen.

Sabrina verbarg schluchzend das Gesicht in den Händen.

Hülya hatte nicht kapiert, worum es ging. Rolf hatte offenbar gar nicht vor, sich heute zu beteiligen, und sogar Valeria schien über das Gehörte erst nachdenken zu müssen.

»Aber jetzt willst du das Kind doch bekommen, weil ...?«, erkundigte ich mich.

»Mein Freund freut sich so.« Sabrina schluchzte auf. »Aber der muss ja auch nicht zu Hause sitzen ...«

»Unterstützung aus der Familie haben Sie nicht in der Nähe?«, wollte Valeria wissen.

Sabrina schüttelte den Kopf. »Und selbst wenn ich schnell einen Kitaplatz kriege, muss ich als Krankenschwester bereit sein, Schichtdienste zu arbeiten. Sonst finde ich nie einen Job. Außerdem schaffe ich den Haushalt schon mit drei Kindern und ohne Arbeit nicht. Überall lassen die Klamotten liegen und schmutziges Geschirr. Und für vier Kinder ist die Wohnung zu klein und das Auto auch.«

»Du willst Kind nicht kriegen wegen Auto?«, hatte auch Hülya jetzt geschnallt, wovon die Rede war. »Aber Kind ist doch eine Geschenk!«

Sabrinas Kopf sank so weit herunter, dass ihre Haare ihre Oberschenkel berührten.

»Musst du grade sagen, wo alle in deiner Familie als Ärzte arbeiten, während du nicht mal genug Deutsch gelernt hast, um allein spazieren gehen zu können!«, kam Evelyn Sabrina unerwartet zu Hilfe. Sie fauchte die Türkin so böse an, dass der beinahe ebenfalls die Tränen kamen. »Du musst dir das wirklich gut überlegen«, wandte sich Evelyn dann an Sabrina. »An dir bleibt schließlich alles hängen.«

Interessant, dass das ausgerechnet die Frau sagte, deren Mann seit Jahren neben seinem Vollzeitjob auch den Haushalt schmiss und die beiden Kinder betreute, fand ich.

Sabrina richteten Evelyns Worte ein wenig auf.

»Frau Aydin hat nicht ganz unrecht, Frau Katschomeit«, griff Valeria jetzt doch mal in die Diskussion ein. »Das ist eine endgültige Entscheidung und Sie wissen vorher leider nicht, ob Sie es hinterher bereuen. Es gibt Unterstützung. Sie können zum Beispiel eine Haushaltshilfe beantragen.«

Evelyn wandte den Kopf in Zeitlupe der Psychologin zu und zog die Augenbrauen hoch: »*Sie* haben also keine Kinder, stimmt's?«

Ich hatte den Eindruck, dass unsere Gruppenleiterin ganz froh war, als die Stunde zu Ende war und die Teilnehmer davonschlurften.

Rolf musterte mich misstrauisch. Ich ließ ihm demonstrativ den Vortritt.

»Gibt's Schwierigkeiten?«, erkundigte sich Valeria, als wir allein im Raum zurückgeblieben waren, und deutete mit einem Kopfnicken hinter Rolf her.

»Heute noch nicht«, antwortete ich ausweichend. Ohne Eile trödelte ich aus dem Gruppenraum, während Valeria hinter mir abschloss.

Ich hörte, wie sie mir bis zum Treppenhaus folgte, allerdings ging sie geradeaus weiter zu den psychologischen Behandlungsräumen. Ich widerstand dem Impuls, schneller zu gehen und tastete stattdessen in meiner Hosentasche nach dem Federhalter. Als ich Schwester Annelie mit dem Popelpiercing hinter dem Rezeptionstresen entdeckte, atmete ich auf. Maria Alberti-Bartholomeitschak hatte ihren Dienst nach der Befragung durch die Polizei offenbar noch nicht wieder angetreten.

Dann zuckte ich zusammen.

»Ey, warte mal!« Rolf hatte mich am Empfang abgepasst.

»Wenn du ein Hirn hättest, würdest du mir aus dem Weg gehen«, zischte ich den Typ in der gammligen Lederweste an.

»Kann ich mal mit dir sprechen?« Er zupfte an seinem Bart.

Schweigend starrte ich ihn an.

Schwester Annelie war garantiert keine Hilfe.

»Unter vier Augen?«, fügte Rolf hinzu und deutete mit einem Kopfnicken in den Innenhof.

»Nur über meine Leiche«, knurrte ich.

»Alles in Ordnung?«

Ich zuckte zusammen, als mir Valeria eine Hand auf die Schulter legte.

Rolf funkelte die Therapeutin drohend an, trollte sich dann aber grummelnd in Richtung Speisesaal.

43.

KK Katrin, 13:29 Uhr: Ehepaar B. streitet Mord ab. Der Arzt behauptet, sich mit Kovacevic auf Abtreibung geeinigt und den Brieföffner nie in der Hand gehabt zu haben. Tatsächlich wurde gründlich desinfiziert. Nur auf der Lederhülle war Blut der Toten nachweisbar. Gruß, K.

Die Nachricht der Kommissarin war eine willkommene Unterbrechung der Dreizehn-Uhr-Kunsttherapiesitzung mit dem herausragend blöden Thema: meine Energietankstellen.

PS: Kovacevic stand tatsächlich im OP-Plan der gynäkologischen Abteilung der AKA.

Damit löste sich das Mordmotiv des Chefarztes in Luft auf.

Das seiner Frau allerdings nicht ...

Aber den Brieföffner konnte natürlich wirklich auch jemand anderes in das Büro geschmuggelt haben. Bei einer Chefarztvisite, einem Meeting, beim Saubermachen, durch einfaches Anklopfen mit einer blöden Frage. Ich hätte eine Möglichkeit gefunden.

Und Bartholomeitschak war nach wie vor nicht der Einzige, der sich zur Tatzeit zwischen zehn Uhr dreißig und zwölf Uhr dreißig in Kovacevics Behandlungsraum geschlichen haben könnte, überlegte ich weiter. Schenkte ich der Aussage von Laurent Matundu Glauben, dann war der Zeitraum, in dem die Psychologin hatte umgebracht werden können, sogar noch kürzer. Laurent hatte ausgesagt, dass Nica Kovacevic, als er um elf Uhr zu seinem Termin gekommen war, tot gewesen sei. Demnach wäre sie zwischen zehn Uhr dreißig und elf Uhr gestorben.

Ich rieb mir das Kinn.

War es eigentlich möglich, im Nachhinein herauszufinden, was Rolf Bleier an dem betreffenden Montag zwischen halb elf und elf Uhr gemacht hatte?

Klar.

Mein Blick wanderte zu Hartigs Behandlungsplan, den sie wieder auf dem Tisch hatte liegen lassen.

Auf dem bräunlichen Umweltpapier stand Hartigs Name und das heutige Datum. Darunter die erste Zeitangabe mit den Namen der sechs Patienten, die sie heute Morgen in einer Kreativ-AG betreut hatte. Die AG hatte laut Plan von acht bis zehn Uhr stattgefunden. Danach stand eine halbe Stunde Dokumentationszeit in ihrem Zeitplan. Und heute war wieder Montag.

Wenn die Kunsttherapeutin letzten Montag einen ähnlichen Arbeitsablauf gehabt hatte, hätte auch sie die Gelegenheit gehabt. Sie hätte in ihrer Dokumentationszeit in den

Therapieflügel hinüberlaufen und Nica Kovacevic in ihrem Büro die Kehle durchschneiden können. Pünktlich zur nächsten Anwendung – heute wäre das eine einstündige Einzelsitzung ›emotionales Malen‹ gewesen – hätte sie wieder hier sein müssen.

Ob sie das allerdings wirklich getan hätte, nur um zu verhindern, dass Kovacevic sie zukünftig als Chefin mit ihrem Perfektionismus tyrannisieren konnte, war fraglich. ›Verbesserung des Arbeitsklimas‹ war als Mordmotiv nicht besonders gängig.

Aber der Therapieplan der Kunsttherapeutin war von einem Computer ausgedruckt worden. Das bedeutete, welcher Therapeut wann, wo und wie lange welche Patienten behandelte, war irgendwo im Computersystem der Klinik gespeichert. Und solche Pläne wurden bestimmt nicht sofort aus dem System gelöscht …

Irgendwo gab es also wahrscheinlich eine minutengenaue Auflistung der Alibis aller neunundsiebzig Patienten. Und wer weiß wie vieler Mitarbeiter.

Wieder holte ich mein Handy aus der Tasche.

Ich, 13:41 Uhr: Hast du die Arbeitspläne der Therapeuten?

KK Katrin, 13:42 Uhr: Logisch.

Ich, 13:45 Uhr: Kann ich da mal reingucken?

KK Katrin, 13:47 Uhr: Weil wir dämlichen Bullen die Lücke im Alibi des Mörders mit Sicherheit übersehen haben?

Natürlich musste sie längst alle Therapeuten und Patienten überprüft haben, wenn sogar Auflistungen vorlagen, wer wann womit beschäftigt gewesen war.

KK Katrin, 13:49 Uhr: Komme gegen 18:00 Uhr vorbei.

44.

O je.

Der Stapel Papier, den Katrin Wegner auf den Couchtisch des Leseraumes wuchtete, war etwa vier Zentimeter hoch.

Der kleine Raum roch nach Staub und Papier und wirkte durch die deckenhohen, mit Büchern gefüllten Regale und die vier abgewetzten Sessel, die um den niedrigen, zerschrammten Couchtisch herumstanden, eng. Aber im Gegensatz zum Fernsehraum nebenan war er nicht dauerbesetzt.

Dass die Kommissarin allerdings extra vorbeikam, um mir die Einsicht in die Therapiepläne zu gewähren, war verdächtig freundlich.

»Der Chefarzt lässt sich nicht festnageln, hm?«, schlussfolgerte ich.

»Sein Anwalt ist ein Widerling«, gab Katrin zu. Sie schob mir den Stapel Papier unter die Nase. »Den Brieföffner kann beinahe jeder ins Chefarztbüro geschmuggelt haben. Haufenweise Leute hatten diese Woche Besprechungen mit Bartholomeitschak. Du übrigens auch.«

Da war was dran.

»Wenn du also zugeben willst, dass du Kovacevic doch umgebracht hast, nehme ich dein Geständnis gern zu Protokoll«, stichelte sie.

Ich warf ihr einen düsteren Blick zu.

»Dann leg wenigstens deine Hand auf den Haufen Papier, sprich eine Zauberformel und zieh einen brauchbaren Hinweis heraus«, verlangte sie.

Der Zettelstapel vor mir war fast so dick wie ein Paket Druckerpapier.

»Oder hilft dir das hier?« KK Katrin holte eine dünne

Pappmappe aus ihrer Aktentasche und zog zwei handbeschriebene Zettel heraus.

MitarbeiterInnen, die zwischen 10:30 und 11:00 Uhr keine Therapie am Patienten durchgeführt haben, lautete die recht leserliche Überschrift. Darauf standen sechzehn Namen, der Job, den der Genannte ausübte, seine Adresse und Telefonnummer.

Offenbar hatte sich bereits ein fleißiger Polizeibeamter mit einer nach rechts geneigten Handschrift durch die Pläne gearbeitet, um festzustellen, wer zur Tatzeit kein Alibi besaß. Er hatte sogar vermerkt, mit was die Leute beschäftigt gewesen waren, wenn sie keine Patienten betreut hatten.

Chefarzt Bartholomeitschak hatte in Ruhe sein Gespräch vorbereitet. Mein schizophrener Stationsarzt Oppolt hingegen hätte sich waschen sollen, denn bei ihm stand der Vermerk *Hygienezeit* hinter seinem Namen. Jenna Hartigs Freundin Sandra Roman hatte eine *Vorbereitungszeit* auf dem Plan gehabt, Hartig selbst wie heute eine *Dokumentationszeit.* Wahrscheinlich war keine der beiden wirklich mit der aufgeführten Tätigkeit beschäftigt gewesen, mutmaßte ich boshaft. Dokumentiert hatten aber auch Sporttherapeutin Welliehausen, ein Dr. Schneider, meine Psychologin Valeria und eine Krankenschwester namens Ilonka.

Sie alle hätten sich an dem Verbrechen beteiligen können. Das hätte ein ganz schönes Gedränge in Kovacevics Behandlungsraum gegeben.

Der zweite Zettel schien aufschlussreicher. Auf ihm hatte der fleißige Beamte *PatientInnen, die zwischen 10:30 und 11:00 Uhr keine Anwendung besucht haben,* notiert.

Neunundvierzig Patienten hätten theoretisch Gelegenheit gehabt, den Mord an Kovacevic zu begehen. Einschließlich Laurent, dessen Therapie bei Kovacevic ja erst um elf Uhr begonnen hätte.

Und mir.

Rolf Bleiers Name stand nicht auf der Liste. Wenn ich an die Sorgfalt des Polizisten glaubte – und zumindest seine saubere Handschrift ließ vermuten, dass er ordentlich arbeitete –, dann hatte Rocker-Rolf ein Alibi für den Mord an Kovacevic.

Zur Sicherheit durchwühlte ich trotzdem noch einmal zehn Minuten lang den dicken Therapieplanstapel, bis ich Rolfs Namen tatsächlich in einem halbstündigen Antiaggressionstraining bei Adonis-Wulf entdeckte, an dem noch drei weitere Patienten teilgenommen hatten. Die Frage, ob die Polizeibeamten sich beim Therapeuten versichert hatten, dass Rolf wirklich an der Anwendung teilgenommen hatte, verkniff ich mir. Ich wollte Katrins Geduld nicht überstrapazieren.

Damit schied Rocker-Rolf als Mordverdächtiger aus.

Aber warum war er dann ausgeflippt, als er glaubte, ich würde ihm hinterherschnüffeln? Und über was hatte er heute Morgen nach unserer Gruppentherapie mit mir sprechen wollen?

Katrin Wegner wartete immer noch auf meinen Zaubertrick.

Ich zuckte die Schultern.

Seufzend packte sie die Zettel wieder ein.

»Tust du mir noch einen Gefallen?«, fragte ich die Polizistin.

45.

Ich klopfte deutlicher an die Zimmertür neben der auf die Wand gemalten *1.* Hier auf Station eins des Schlafflügels war alles in warmem Orange gehalten und die Bilder an den Flurwänden zeigten Narzissen statt Sonnenblumen.

Niemand öffnete. KK Katrin zuckte die Schultern.

Kurzerhand hatte ich mir Polizeischutz organisiert, um Rolf zu fragen, über was er mit mir hatte sprechen wollen.

In Katrins Beisein würde er kaum auf die Idee kommen, ein Taschenmesser zu ziehen.

Allerdings schien sich die Vorsichtsmaßnahme zu erübrigen, der Bärtige war nicht im Zimmer. Und seine Mitbewohner auch nicht. Oder konnte Rolf sich ein Einzelzimmer leisten? Dann musste das Tablettengeschäft ja ziemlich gut laufen.

Probehalber drückte ich die Klinke. Es war nicht abgeschlossen. Hatte Rolf schon wieder Schlafmittel genommen und mein Klopfen nicht gehört?

Mein Puls beschleunigte sich, als ich die Tür aufschob.

Weil ich nicht riskieren wollte, dass der paranoide Rocker mir auflauerte, drückte ich das Türblatt mit der Hand gegen die Garderobe, um den chaotischen, kurzen Flur komplett einsehen zu können.

Rolf entdeckte ich nicht. Allerdings konnte ich riechen, dass er hier lebte, gelüftet worden war lange nicht und jetzt stank die Bude wie ein Fahrzeug der Müllabfuhr.

Katrin folgte mir in den Raum. In der Garderobe registrierte ich einen Koffer, eine mit Leergut gefüllte Plastiktüte und etwas, das wie ein zusammengerollter Schlafsack aussah. In dem Schuhhaufen, über den Katrin hinwegstieg, identifizierte ich, neben einem Paar schwerer Cowboystiefel und roten Chucks, die klobigen, schwarzen Turnschuhe mit der dicken Lasche, die Rolf immer trug. Links ging es ins Bad. Die Tür war offen, ich konnte schmutzige Handtücher auf den Fliesen liegen sehen, doch der enge Raum war eindeutig leer.

»Kriminalpolizei«, hörte ich Katrin sagen, die an mir vorbei in den Schlafbereich gegangen war. »Wir suchen Herrn Bleier.«

Ein kleiner Mann mit strubbeligem braunem Haar, ängstlichen Augen und einem starken Buckel hockte auf dem Bett, unter dem ich einen weiteren Koffer und Schuhe bemerkte.

Die Sachen im Flur und das platt gelegene Bett neben dem Schreibtisch gehörten offenbar Rolf.

Der Bucklige starrte die Polizistin an, als hätte sie das Zimmer mit einem SEK-Einsatz gestürmt.

»Ich hinterlasse am Empfang eine Nachricht. Bleier soll sich morgen im Präsidium melden«, beschloss Katrin. Ihre Adleraugen scannten einmal den kompletten Raum, bevor sie sich wieder zur Tür wandte.

Mein Blick blieb an dem Schuhhaufen im Flur hängen. Ich ging in die Knie, griff mir einen klobigen schwarzen Turnschuh und kratzte mit dem Finger den getrockneten Schlamm von der Sohle. Der Dreck bröselte auf das ohnehin schmuddelige Laminat. Größe 41.

»Die Kollegen von der KTU springen drei Meter hoch, wenn ich mit einem Schuhberg von einem Typ ankomme, der erwiesenermaßen ein Alibi hat«, bemerkte die Kommissarin, hockte sich aber trotzdem neben mich. »Oder ist er zufällig durch Blut gelaufen?«

Ich stellte das schwere Turnschuhpaar nebeneinander. Im direkten Vergleich war zu sehen, dass der rechte Schuh eine sehr viel höhere Sohle als der linke besaß. Rolfs Bein mit der steifen Hüfte schien kürzer zu sein als das andere. Die schweren Turnschuhe, die er meistens trug, waren orthopädisch angepasst worden.

Die Cowboystiefel nicht, beide waren gleich hoch.

Die Chucks ebenfalls.

Nachdenklich schob ich die Schuhe wieder zur Seite.

46.

»Was will die denn noch von dir?«

Von den Flurfenstern vor unserem Zimmer aus hatte Bibi beobachtet, wie KK Katrin sich im Innenhof von mir verabschiedet hatte. Dann hatte sie, neugierig geworden, auf mich gewartet.

Ich zuckte gleichgültig die Schultern: »Die verdächtigt mich immer noch, glaube ich.«

Bibis Augen wurden erschrocken groß. »Aber du warst es doch nicht, oder?«, erkundigte sich meine Mitbewohnerin völlig ernst.

Ich zog eine Augenbraue hoch.

»Ich meine ja nur«, stotterte Bibi. »So wie du Romy außer Gefecht gesetzt hast, als die an deinen Schrank wollte …«

Das wurde ja immer besser.

»Ich meine, theoretisch könntest du ja eine Auftragskillerin sein, die mit ihrem Job nicht mehr klarkommt, oder so.«

Hatte sie das echt gerade gesagt?

»Und du schläfst gut, mit mir in einem Zimmer?« Ich musste mich anstrengen, um nicht zu grinsen. Dann senkte ich verschwörerisch meine Stimme, während ich unsere Zimmertür aufschloss. »Du liegst nur ganz knapp daneben. In Wirklichkeit arbeite ich undercover für die Polizei. Aber sag's nicht weiter, ja?«

Dummerweise verkraftete Bibis empfindliches seelisches Gleichgewicht die Wahrheit nicht.

»Fühlt ihr euch eigentlich toll, wenn ihr euch über mich lustig machen könnt?«, fuhr sie mich an und verpasste mir einen wütenden Schubs, der mich ins Zimmer stolpern ließ.

Im gleichen Moment richteten sich meine Nackenhaare auf. Den Geruch registrierte ich eine Sekunde später.

Wie angewurzelt blieb ich stehen.

Bibi stampfte trotzig in Richtung Treppenhaus davon.

Ich starrte auf Romys Bett, das normalerweise sogar glatt gestrichen wirkte, wenn sie darin lag. Heute war die Decke zerwühlt und – ich hielt die Luft an, weil ich mich nicht traute, noch einmal einzuatmen – voller Blut! Ein roter Fleck hatte das Laken durchtränkt. Dass das nicht mit einem vergessenen Tampon zu erklären war, hatte mich schon der metallische Geruch ahnen lassen.

Auch die Spur aus dicken roten Tropfen, die auf dem Laminat auf mich zuführte, verriet, dass sie von einer schlimmen Verletzung stammten. Die Spur führte an mir vorbei in den kurzen Flur. Ich entdeckte Spritzer an der Wand und – ich schrak zusammen: einen blutverschmierten Handabdruck! Auf Augenhöhe! Direkt neben mir an der Toilettentür!

»Lila?«, hörte ich Bibi hinter mir. »Sorry, ich wollte nicht schubsen.«

Das rote Feld unter der verschmierten Klinke der Badezimmertür signalisierte, dass abgeschlossen war.

Der kalte Schauer kroch meine Beine hoch, krabbelte mit seinen spitzen Krallen an meiner Wirbelsäule entlang und biss mir in den Nacken.

»Sprichst du jetzt nicht mehr mit mir, oder was?«

Mit angehaltenem Atem drückte ich die Klinke der Klotür herunter.

Zu.

Scheiße.

Mit aller Kraft rüttelte ich an der Tür: »Romy?«

Keine Chance, die Tür war fest verriegelt.

»Was ist denn?« Bibi entdeckte den blutigen Handabdruck neben meinem Kopf. »O Gott!«

»Hol die Schwestern«, flüsterte ich.

Bibi wurde kreidebleich.

»Mach schon!«

Bibi drehte sich um und rannte los.

»Und jemanden, der die Tür aufkriegt!«, rief ich ihr nach.

47.

Mit einer Zange packte der Haustechniker die Achse des Badezimmerschlosses. Eine kurze Rotation aus dem Handgelenk und die Verriegelung klackte auf.

Während sich der Krankenpfleger, der Hausmeister und Bibi um die Toilettentür drängelten, wich ich zurück.

Vier Minuten hatte es gedauert, bis Bibi Bruder Dirk aus dem Pflegezentrum im Erdgeschoss geholt und der sich vergewissert hatte, dass auch er die Klotür nicht öffnen konnte. Er hatte einen Haustechniker verständigt, der mit seiner Werkzeugkiste von irgendwoher angetrabt gekommen war.

Mittlerweile standen wir seit fast zehn Minuten vor dem verschlossenen Badezimmer.

Mir war übel, alles drehte sich. Hätten meine Mutter und Danner zehn Minuten gebraucht, um zu mir ins Zimmer zu gelangen, würde ich jetzt nicht hier stehen.

Als ich sah, dass Bruder Dirk die entriegelte Badezimmertür nicht einfach öffnen konnte, weil sie gegen einen schweren, weichen Widerstand auf der Innenseite stieß, wandte ich mich ab.

Das konnte nicht sein!

Das hatte sie nicht gemacht!

»Wo bleibt der Arzt?«, hörte ich Dirks Stimme im Innern des Waschraums.

Mein massiger Stationsarzt Oppolt quetschte sich schnaufend und mit hochrotem, verschwitztem Gesicht ins Zimmer. Ich machte ihm Platz, indem ich mich in die schrankartige

Garderobe setzte und die Knie anzog. Bibi wich kreidebleich von der Klotür zurück.

»Holen Sie den Notfallkoffer, Dirk!«, übernahm Oppolt das Kommando. »Und rufen Sie einen Rettungswagen!«

Dirk rannte aus dem Zimmer.

»Und Sie kümmern sich um die Mädchen!«

Prompt marschierte der schnauzbärtige Hausmeister auf Bibi zu. Unbeholfen stellte er seine Werkzeugtasche auf den Boden und putzte sich die Hände am Blaumann ab, bevor er das wimmernde Mädchen an den Schultern griff.

»Kommen Sie, ich bringe Sie nach unten, zu den Schwestern«, brummte er dann und zog Bibi an mir vorbei aus dem Zimmer. Weil ich noch immer mit angezogenen Beinen auf dem Regalbrett der Garderobe kauerte, bemerkte mich der Typ nicht.

Ich hielt mir die Hände vors Gesicht.

Das konnte sie nicht wirklich getan haben! Aber die von innen verriegelte Klotür ließ kaum eine andere Erklärung zu.

Diese dämliche Kuh!

Im Badezimmer hörte ich das angestrengte Schnaufen des Arztes, der um Romys Leben kämpfte.

Und ich hockte heulend in der Garderobe?

Ich würgte den Kloß in meiner Kehle herunter, kletterte aus dem offenen Schrank und trat an den Eingang zum Waschraum. Die Lache hatte sich direkt vor meinen Füßen auf den Fliesen ausgebreitet. Ich sah Romys nackte, knochige Beine. Ihr Shirt mit dem Aufdruck der herausgestreckten Zunge. Ein von tiefen Schnitten zerfetztes Handgelenk. Den dünnen, weißen Oberarm, um den Oppolt den Frotteegürtel von Bibis Bademantel herumgeschnürt hatte, um die Blutung abzubinden. Den breiten Rücken des Arztes, den durchschwitzten Kittel, den hochroten Nacken.

Ich stieg über Romys Beine hinweg und hockte mich Oppolt gegenüber. Der Arzt kniete im Blut, Schweiß lief über sein rundes Gesicht, sein Atem rasselte. Oppolt sah aus, als könnte er jeden Moment mit einem Herzinfarkt umkippen.

»Ich löse Sie ab.«

Keuchend setzte sich der schwergewichtige Mediziner auf, nickte mir zu und wischte sich mit dem Ärmel über die Stirn.

Mit zitternden Fingern ertastete ich Romys Brustbein unter dem T-Shirt.

Oppolt beugte sich über das leblose Mädchen, überstreckte ihren dünnen Hals, pustete ihr Luft in die Nase. Ihre Brust hob sich unter meinen Fingern. Als der Arzt sich aufrichtete, legte ich die Handballen übereinander und stützte mich mit meinem vollen Gewicht auf Romy.

Das Knirschen war grausig. Ich war mir nicht sicher, ob ich es wirklich hören oder nur unter meinen Händen spüren konnte. Unter Oppolts Gewicht musste Romys zerbrechlicher Brustkorb zersplittert sein. Ich ignorierte das Geräusch, zählte nur die Pumpbewegungen, betete dabei, dass noch genug Blut in Romys Körper zirkulierte, um ihr Gehirn mit Sauerstoff zu versorgen, bis der Notarzt auftauchte.

Irgendwann stand Schwester Annelie neben mir.

»Ist das etwa die, die Minotti unbedingt in die Akutpsychiatrie überweisen wollte?«, erkundigte sich Oppolt atemlos.

Aus dem Augenwinkel sah ich die Krankenpflegerin nicken.

Kurz schaute ich in Romys Gesicht. Plötzlich fielen mir die feinen, senkrechten Risse in ihren Lippen und die entzündete Stelle zwischen Mund und Nase auf. Und die anderen Folgen der Magersucht: Ihre rechte Augenbraue besaß kaum Haare, ihre Stirn darüber schien rau. Und zwischen den zum unordentlichen Pferdeschwanz gebundenen, teuer frisierten Strähnen hatte ihre Kopfhaut kahle Stellen. Das hätte ich eher sehen können …

»Schwester Annelie übernimmt, Frau Ziegler«, drang Oppolts Stimme in mein Bewusstsein.

Annelies freundliches und in dieser Situation absolut unangebrachtes Lächeln schob sich in mein Sichtfeld: »Sie haben das sehr gut gemacht.«

Ich rutschte zurück, Annelie nahm meinen Platz ein.

Einen Augenblick lang sah ich mich selbst blutüberströmt auf dem Boden liegen. Hatte ich das wirklich getan?

Als Bruder Dirk einen schweren Metallkoffer hereinwuchtete, stand ich auf, taumelte aus dem Waschraum ins Zimmer, verfolgte mit den Augen die Blutspur zu Romys Bett zurück und entdeckte auf dem Nachttisch, neben ihrem glitzernden Handy, ein blutiges Papiertuch und eine Rasierklinge aus blitzenden Metall.

Mann, Romy!

Das Handy summte. Ich trat näher, griff den Apparat und klappte die Glitzerhülle zur Seite. Das Display zeigte eine SMS an.

Mama, 19:22 Uhr: Flug und Hotel sind gebucht …

Valeria musste geahnt haben, wie schlecht es Romy wirklich ging. Hatte sie sie tatsächlich einweisen lassen wollen? Dann wären all die superwichtigen Jobs, die nach Romys Entlassung anstanden, geplatzt.

Ich tickte das Handydisplay an.

Der Sperrbildschirm meldete mir haufenweise neue Nachrichten. Nach kurzem Überlegen tippte ich 0000 als Code ein. Falsch. Einen Augenblick betrachtete ich die virtuelle Tastatur nachdenklich, dann nahm ich die Zahl, auf der mein Daumen landete, wenn ich das Handy locker in der Hand hielt.

6666.

Bingo. Schon klickte ich mich durch Romys Intimsphäre.

Fünfunddreißig SMS waren heute eingegangen. Alle von ihrer Mutter.

Ich ging die Nachrichten durch. Tatsächlich hatte ihr niemand anders geschrieben …

Aber auch der Facebookbutton meldete siebzehn neue Kommentare. Ich tippte darauf und landete auf Romys Seite im sozialen Netzwerk.

Sie hatte sagenhafte 15.781 virtuelle ›Freunde‹. 386 davon hatte ihr letztes Foto ›gelikt‹. Das Bild zeigte sie in einer zerrissenen Jeans und einem coolen T-Shirt, mit gewohnt bockiger Miene auf einer mit Graffiti besprayten Mauer sitzend. Unter dem Bild hatte sie angegeben, wo man Jeans, Shirt und Sonnenbrille online ordern konnte.

Die Kommentare waren kurz.

Geiles Bild.

Die Jeans brauche ich!

Hammerfigur.

Ich hörte schnelle Schritte auf der Treppe und legte das Handy auf Romys Nachttisch zurück.

48.

Der Notarzt hatte Romys Tod festgestellt.

Bibi war mit einem Schock ins Krankenhaus verlegt worden. KK Katrin war einigermaßen irritiert gewesen, dass sie, kaum zu Hause angekommen, wieder in die Klinik gerufen wurde, weil Bibi und ich zum zweiten Mal innerhalb einer Woche eine Tote gefunden hatten. Da Bibi nicht vernehmungsfähig war, hatte ich meine Aussage mit allen Details vier Mal wiederholen müssen.

Die Spurensicherung hatte Romys blutverschmiertes Handy beschlagnahmt, auf dem neben ihren eigenen wohl hauptsächlich meine Fingerabdrücke zu finden waren. Sie hatten meine persönlichen Sachen durchwühlt und ich hatte den Eindruck, sogar Katrin Wegner hätte mich gern mit aufs Revier genommen.

Das gelang nicht, weil Bruder Dirk, Oppolt und der Hausmeister bestätigten, dass die Tür des Waschraums von innen verriegelt gewesen war und somit nichts auf ein Fremdverschulden hindeutete.

Nach der Befragung hatte ich Zimmer Nummer 4 räumen müssen.

Zu meiner Überraschung war ich in eine luxuriöse Suite im Dachgeschoss des Altbaus verlegt worden, die wohl sonst den VIPs unter den Patienten vorbehalten war. Abends um elf stellte sie aber anscheinend die einzige verfügbare Unterbringungsmöglichkeit dar.

Jetzt lag ich in der Dunkelheit allein auf meinem neuen Bett und starrte gegen die Decke.

Diese blöde Kuh!

Warum hatte sie nicht einfach ihre Fresse aufgemacht?

Gut, wenn jemand die Antwort auf diese Frage wissen konnte, dann ich. Ich hätte auch sehen können, wie schlecht es Romy ging, wenn ich nicht nur mit mir selbst beschäftigt gewesen wäre. Im Gegensatz zu Bibi hätte ich wahrscheinlich sogar mit ihr sprechen können.

Verdammt! Warum hatte Romy den Modeljob nicht hingeschmissen und eine Ausbildung gemacht? Aber statt ihre ehrgeizige Mutter zum Teufel zu jagen, hatte Romy sich in einer Psychoklinik versteckt. Dabei hatte sie sonst kein Problem damit gehabt, jemanden vor den Kopf zu stoßen.

Die fünfunddreißig Kurznachrichten gingen mir durch den Kopf, die alle ihre Mutter geschickt hatte. Und die fünfzehntausend virtuellen Freunde, die eben keine echten waren.

Ich dachte einen Augenblick länger darüber nach. Vielleicht hatte Romy ausgerechnet ihre Mutter nicht zum Teufel jagen können …

49.

Rolf war nicht da.

Das war mir aufgefallen, weil ich beim Frühstück allein an einem Tisch im Speisesaal saß. Bibi lag im Krankenhaus. Und zu den übrigen Teilnehmern unserer Gruppentherapie wollte ich mich nicht gesellen, weil ich nach Romys Tod und der schlaflosen Nacht ein Gespräch über die Axt in Evelyns Rücken nicht ertragen konnte.

Ich war als eine der Ersten hier gewesen und hatte ausreichend Zeit, meine Mitpatienten zu beobachten, ich konnte Rolf nicht verpasst haben. Sein buckliger Mitbewohner kämpfte am Nebentisch mit seinem Brötchen. Mittlerweile hatten einige Patienten ihr Frühstück beendet, räumten klirrend ihre Tabletts weg und verließen den Speisesaal.

Nach unserem Zusammenstoß auf dem Dach hatte ich definitiv keine Lust, das Vieraugengespräch, um das er mich gestern gebeten hatte, ohne KK Katrins Unterstützung nachzuholen.

Doch dass er nicht zum Frühstück erschien, beunruhigte mich ein wenig.

Natürlich war es möglich, dass er von seiner Einladung ins Polizeipräsidium erfahren hatte und abgehauen war.

Aber ich hatte ihn schon mal zugedröhnt auf einer Friedhofsbank sitzen sehen, mit auf die Brust gesunkenem Kopf, das rechte Bein steif von sich gestreckt, neben dem roten Windlicht auf dem Grab.

Ich nahm mein Tablett und blieb auf dem Weg zum Geschirrwagen neben dem Tisch von Rolfs schmächtigem Mitbewohner stehen.

»Sag mal, pennt der Rolf noch?«

Der Mann zuckte die hochgezogenen Schultern. »Nö«,

nuschelte er mit vollem Mund. Kommunikationsfreudig war der Typ nicht gerade.

»War der heute Nacht überhaupt da?«, bohrte ich weiter.

Der Bucklige schüttelte den Kopf.

Nein?

Keine fünf Minuten später öffnete mir Rolfs Mitbewohner die Zimmertür. Ein kurzer Blick auf den Schuhhaufen im Eingang verriet mir, dass Rolfs Sachen noch da waren. Denn zumindest die orthopädisch angepassten Turnschuhe hätte er doch mitgenommen, wenn er sich verdrückt hätte, um der Polizeibefragung zu entgehen. So leicht waren speziell angefertigte Schuhe wahrscheinlich nicht zu bekommen.

Außer Atem trat ich aus dem Gebüsch, durch das der Schleichweg in den hinteren Bereich des Friedhofs führte. Morgens um halb neun schwebte ein feiner Nebel über den weitläufigen Grünflächen. Ein paar Vögel zwitscherten, ansonsten herrschte andächtige Stille. Niemand war zu sehen. Einen Augenblick lang blieb ich stehen und lauschte konzentriert. Ein zweites Mal wollte ich mich nicht überrumpeln lassen.

Doch alles schien ruhig. Ich huschte quer über die Wiese, der Tau durchnässte meine Turnschuhe und Hosenbeine. Ich schlug einen Bogen, sodass ich mich dem Grab von Rolfs Tochter mit einigem Sicherheitsabstand näherte.

Im Schatten einiger Thujas blieb ich stehen. Von hier hatte ich bereits bei meinem letzten Besuch über die Grasfläche hinweg die kleine Grabstätte mit der alten Bank einsehen können, die ansonsten von wuchernden Buchsbäumen zugewachsen war.

Ich atmete auf.

Er war wirklich da!

Wie bei seinem letzten Friedhofsbesuch saß Rolf in Jeans, den klobigen, weißen Turnschuhen und der unvermeidlichen

Rockerkutte auf der rostigen Gartenbank neben dem unscheinbaren Grabstein. Wieder war sein Kopf auf die Brust gesunken.

Hatte er die ganze Nacht hier verbracht? Gefangen in einer Gedankenschleife, in der er seit zehn Jahren festhing?

Wie beim letzten Mal rührte sich der Bärtige nicht.

Wie beim letzten Mal wurde mir mulmig zumute.

Ich seufzte. Einfach sitzen lassen konnte ich ihn nicht. Und wirklich gefährlich werden würde mir der gehbehinderte Dicke, solange ich einigermaßen bei Sinnen war, wohl auch nicht.

Diesmal schlich ich mich nicht hinter dem Gebüsch im Rücken der Bank an, sondern lief über die Wiese geradewegs auf ihn zu. »Rolf?«

Er bewegte sich immer noch nicht.

Als ich ihm nah genug gekommen war, versuchte ich, sein Gesicht zu erkennen, doch weil er den Kopf hängen ließ, sah ich nur Haare, Brauen und Bart. Und ich sah die beiden Brausetablettenröhrchen aus buntem Plastik, die unter seiner schlaff herunterbaumelnden Hand im Gras lagen.

O nein!

Das konnte nicht sein!

Ich sprang auf Rolf zu, packte ihn an den Schultern, um ihn zu wachzurütteln, prallte aber sofort einen ganzen Meter zurück. Mein Herz klopfte bis zum Hals – Rolfs massiger Körper war kalt und steif.

Ich weigerte mich, das zu glauben.

Seine schulterlangen, grauen Haare fielen mir auf. Sie sahen weniger verfilzt und fettig aus, das hatte ich in der Gesprächsrunde gestern Morgen schon bemerkt.

Zögernd näherte ich mich dem Toten wieder. Vorsichtig bückte ich mich, um ihm ins Gesicht zu sehen, und zuckte trotzdem zusammen: Unter den buschigen Brauen standen Rolfs kleine, tief liegende Augen offen. Ich gab mir einen

Ruck und berührte den Toten vorsichtig an der Schulter. Die Totenstarre war voll ausgeprägt.

Der Geruch seiner Lederweste stieg mir in die Nase, aber der Gestank nach Zigaretten und altem Schweiß war weg.

Gestern Morgen hatte Rolf geduscht, war zur Gruppentherapie gegangen, hatte danach versucht, mich abzupassen – vielleicht um unseren Zusammenstoß auf dem Krankenhausdach anzusprechen?

Mir wurde kalt!

Hatte Rolf gestern versucht, sich bei mir zu entschuldigen?

Ich rieb mir das Gesicht.

Dann kramte ich mein Telefon aus der Tasche, um Katrin Wegner anzurufen.

50.

Nach all den Polizeibefragungen drehten sich meine Gedanken so schnell im Kreis, dass mir schwindelig wurde.

Während ich auf mein Einzelgespräch mit Valeria wartete, beobachtete ich, wie der schnauzbärtige Hausmeister Nica Kovacevics Namensschild aus der Glashalterung neben ihrem Behandlungsraum fummelte.

Am späten Vormittag hatte mich der Ersatzchef der Mordkommission noch einmal persönlich befragt. Zur Sicherheit.

KK Katrin hatte nur die Schultern gezuckt. Den Kriegstanz, den die Polizeipräsidentin nach dem Auftauchen von zwei weiteren Toten im Klinikum zweifellos aufgeführt hatte, konnte ich mir allerdings auch ohne Erklärung lebhaft vorstellen.

Staschecks Vertreter hieß Dietmar Altmann und war ein bleicher, hagerer Sechzigjähriger mit zitternden Händen und zitternder Stimme. Altmann sah aus, als hätte ihn die Polizeipräsidentin im Aktenarchiv ausgegraben und gezwungen, den zwangsbeurlaubten Kripochef zu vertreten, um die Altlast hinterher mit einem Nervenzusammenbruch in die Frührente schicken zu können. Ein Verhör hatte der jedenfalls seit Jahrzehnten nicht geführt.

Deshalb wusste ich jetzt, dass Maria Alberti-Bartholomeitschak bei der Polizeibefragung die Nerven verloren hatte.

»Wer in die ärztliche Abteilung will, muss an der Rezeption vorbei! Glauben Sie im Ernst, ich hätte nicht mitgekriegt, dass die kleine Schlampe jeden Tag auf seinem Schoß gesessen hat? Die hat es darauf angelegt, meinen Mann zu verführen! Hat sich noch lustig gemacht über mich! Natürlich wollte ich dem Drecksstück den Hals umdrehen!«, hatte sie geschrien, war auf die stämmige blonde Kollegin von KK Katrin losgegangen und saß seitdem in Untersuchungshaft und heulte.

Rocker-Rolf und Romy schienen nach dem derzeitigen Stand der Ermittlungen beinahe zur gleichen Zeit Suizid begangen zu haben, hatte mir der nervöse Vertretungskripochef außerdem erklärt. Bei keinem von beiden gab es einen Hinweis auf Fremdverschulden und in einer psychosomatischen Klinik lag ein solcher Zufall immerhin im Bereich des Möglichen. Damit konnte der Fall Kovacevic quasi als gelöst betrachtet werden.

Um den Abschluss der Ermittlungen nicht unnötig zu verzögern, hatte Altmann davon abgesehen, mich prophylaktisch in Untersuchungshaft zu nehmen. Was er durchaus in Erwägung gezogen hatte, einfach, weil ich mittlerweile zum dritten Mal neben der Leiche gestanden hatte, als die Polizei eintraf. Doch nun sollten die Akten zügig im Archiv verstaut werden.

Ich biss mir auf die Unterlippe. Mein Vater hätte sich totgelacht, wenn ich es auch noch fertiggebracht hätte, im Gefängnis zu landen!

Überhaupt: Warum saß ich noch hier herum und zerbrach mir den Kopf über Dinge, die die Kriminalpolizei als erledigt betrachtete, statt mich um meine eigenen Probleme zu kümmern?

Die Antwort lag auf der Hand. Ich wusste längst, dass es nur eine einzige Möglichkeit gab, mit Gewissheit herauszufinden, was meiner Schwester zugestoßen war. Doch statt es wenigstens zu versuchen, quatschte ich wochenlang mit Psychologen. Weil ich zu feige war. Weil ich Angst vor dem Zusammenstoß mit meinem Vater hatte.

Ruckartig stand ich auf und ging.

Der Hausmeister zerknüllte den Papierstreifen mit Kovacevics Namen darauf und schnippte ihn in seine Werkzeugtasche.

In dem Moment klackte hinter mir eine Tür.

»Liliana?«

Ich hatte den Durchgang zum angrenzenden Treppenhaus bereits erreicht, hielt aber trotzdem inne.

»Wir haben jetzt einen Termin, oder nicht?«, wunderte sich Valeria hinter mir.

Meine innere Punkerin, die ihre lila Haare gerade zur Irokesenkriegsfrisur hochgebürstet hatte, fluchte. Aber das kleine, zusammengekauerte, blonde Mädchen hinter meiner angriffslustigen Fassade, atmete erleichtert auf.

Na schön. Ein allerletztes Mal ein Stündchen auf Valerias gemütlicher, alter Couch verquatschen. Wie mit meinen Freundinnen im Café. Noch einmal so tun, als wäre alles in Ordnung.

Und dann würde ich es machen.

Hier verschwinden.

Nach Hannover fahren.

Meinen Vater zur Rede stellen.

Egal, was es kostete.

»Kommst du?«, wurde Valeria ungeduldig.

Als ich mich umdrehte, hielt mir die Psychologin einladend die Tür zu ihrem Behandlungszimmer auf. Auf ihren Wangen erschienen die Grübchen, als ich in ihr sympathisch verwüstetes Zimmer mit der durchgesessenen Sofaecke trat. Sofort wurde mir ein bisschen wärmer. Eine Stunde würde ich hier noch in Sicherheit sein.

Im Vorbeigehen streifte mein Blick ihren Namen auf dem Schild neben der Eingangstür. Die Information darauf erreichte allerdings erst mein Gehirn, als ich Valeria schon auf der Couch gegenübersaß.

Sie legte ihren Notizblock und das mobile Telefon auf den zerschrammten Tisch. »Möchtest du über Romy sprechen?«

Wie immer trug sie eine farbenfrohe Flatterbluse mit langen Ärmeln, heute mit rot-weißem Batikmuster. Ich suchte ihren Busen nach einem Namensschild ab, aber das hatte sie wieder vergessen.

Drauf hätte ich vermutlich das Gleiche lesen können, wie auf ihrem Türschild: *Dipl. Psych. Dr. V. Minotti – stellv. ltd. Psychologin.*

Meine Gedanken blieben daran hängen.

Valeria lehnte sich zurück und schlug ein Bein über das andere, während sie auf eine Antwort von mir wartete.

Mein Blick fiel auf ihren Fuß, der neben dem flachen Couchtisch in der Luft wippte. Er steckte in einem gelben *Converse Chuck* mit Aufdruck.

Die Gedanken wirbelten durch meinen Kopf wie Lottokugeln vor der Ziehung.

Kovacevic, der Chefarzt, die Schwangerschaft, die E-Mail, der Brieföffner …

Das Türschild …

Der Schuh …

Eine Sekunde lang glaubte ich, die Informationen in der richtigen Reihenfolge zusammensetzen zu können. Die Kombination zu erkennen, mit der ich den Jackpot knackte.

Aber das war unmöglich.

»Hörst du mir überhaupt zu?« Valeria beugte sich besorgt vor, um mich besser ansehen zu können. Wahrscheinlich befürchtete sie, ich stünde wieder kurz vorm Kollaps. »Unvorstellbar, dass du in so kurzer Zeit gleich drei Todesfälle miterleben musst«, tastete sie sich behutsam an mich heran.

Ich starrte ihren Fuß an, als wäre mir ein Gespenst erschienen.

Dann ließ ich mich nach vorn sinken, den Kopf so weit zwischen meine Knie, dass ich ihre Schuhsohle von unten sehen konnte.

»Liliana?« Erschrocken stellte die Psychologin die Beine ab. Doch ich hatte bereits gesehen, was ich wissen wollte.

Größe 41.

Das war blöd.

»Geht es dir nicht gut? Sollen wir abbrechen?«

Mein Puls beschleunigte, als ich Valeria wieder ansah. Die Frau mit den lustigen Grübchen und den warmen, braunen Augen hielt meinem Blick verwirrt stand.

Es war nur eine Idee.

Der Schuh sagte rein gar nichts aus. Valeria war einfach nur die einzige Person in der Klinik, deren Vorliebe für die amerikanischen Kulttreter mir aufgefallen war.

»Wirst du jetzt eigentlich die Chefin hier?«, erkundigte ich mich zusammenhangslos und machte eine vage Handbewegung, die den gesamten Klinikkomplex einschließen sollte.

Valerias Gesicht verriet mir, dass sie mit diesem Gedankensprung nicht gerechnet hatte.

»Unter diesen Umständen hätte ich gern auf die Beförderung verzichtet«, beantwortete sie meine Frage trotzdem.

Automatisch verlinkte mein Gehirn diese Informationen mit den anderen: In der halben Stunde, in der Kovacevic vermutlich gestorben war, hatte Valeria ›dokumentiert‹. Kein Alibi.

O Gott.

Dachte ich das wirklich gerade? Überdrehte ich jetzt völlig? War das die Vorstufe von Wahnsinn? Wenn ja, ließ sich der Prozess in meinem Kopf von dieser Erkenntnis jedenfalls nicht aufhalten.

»Hätte sich Kovacevic nicht vom Chefarzt bumsen lassen, dann wärst von Anfang an eigentlich *du* befördert worden, richtig?«, ließ ich nicht locker. Wahrscheinlich war das zwanghaft.

Valeria ließ sich in ihren Sessel zurückfallen, als sie beinahe im gleichen Moment wie ich selbst begriff, was ich ihr da zu unterstellen versuchte.

Karriere durch Mord? Okay, Kovacevic wäre möglicherweise über Leichen gegangen, um ihre Eltern zu übertrumpfen und die jüngste Psychologieprofessorin aller Zeiten zu werden. Aber Valeria?

»Nein«, antwortete die Psychologin kühl. »Auch dann wäre ich nicht befördert worden. Nicht, solange Bartholomeitschak hier das Sagen hat. Der hätte mich nämlich schon vor acht Jahren zur leitenden Therapeutin machen können, hat mir aber lieber den scheintoten Klander vor die Nase gesetzt.«

Ach so?

»Und jetzt zurück zu dir«, verhinderte sie weitere Nachfragen hastig. »Ich glaube nicht, dass du die Ereignisse der letzten Tage einfach so wegsteckst. Oppolt kann dir was zur Beruhigung verordnen.«

Oh, oh. Meine Alarmglocken sprangen an. Versuchte sie gerade, mich ruhigzustellen? Ich lehnte mich ebenfalls zurück.

Valeria griff nach ihrem Mobiltelefon.

»Nicht nötig«, bremste ich.

»Ich denke, das beurteilt in einer solchen Ausnahmesituation besser ein Arzt«, ließ Valeria die behandelnde Psychotherapeutin raushängen.

Na warte.

»Die Ausnahmesituation ist für mich keine, weil ich als Privatdetektivin bereits an mehreren Mordfallermittlungen beteiligt war«, klärte ich sie auf. »Ganz ohne Beruhigungsmittel.«

Die Psychologin verzog keine Miene, nur ihr rechtes Unterlid zuckte. Allerdings stellte sie auch keine weitere Frage, sondern ließ nur das Telefon sinken. Anscheinend musste sie über meine Antwort erst mal nachdenken.

Die Polizei wollte den Fall zu den Akten legen. Es gab kein Indiz, dass meine absurde Theorie irgendwie stützte. Nur ein Türschild und einen Turnschuh.

»Du wusstest von Kovacevics Schwangerschaft«, sagte ich trotzdem. Immerhin hatte sich mich überhaupt erst auf die anderen Umstände ihrer Kollegin aufmerksam gemacht.

Valeria schwieg immer noch, doch ihre rechte Hand zuckte an ihren linken Unterarm. Abrupt unterbrach sie den Blickkontakt, stand auf und ging zu ihrem Schreibtisch hinüber.

Das Thema ging ihr unter die Haut. Das war mir schon einmal aufgefallen.

»Und du hältst nichts davon, abzutreiben«, erinnerte ich mich an unsere Gruppendiskussion um Sabrina Katschomeits Schwangerschaft. Da war es Valeria nicht gelungen, neutral zu bleiben. »Hat Kovacevic dir gesagt, dass sie lieber Karriere machen wollte, als das Kind zu bekommen? Bist du wütend geworden?«

»Halt den Mund! Du hast keine Ahnung!« Valeria fuhr herum.

Na also. Da war er, der wunde Punkt! Die Frage lautete: War die Verletzung schmerzhaft genug, um sie derartig allumfassend die Kontrolle verlieren zu lassen?

»Bist du zu ihr rübergegangen, nachdem du die E-Mail gelesen hast?«, bohrte ich weiter. »Um sie davon zu überzeugen, die Beförderung sausen zu lassen und stattdessen das Kind zu bekommen?«

Valerias Rechte umschloss ihr linkes Handgelenk.

Sie sah, dass ich es sah.

»Hast du ihr erzählt, wie es ist, ein Kind zu verlieren?«, riet ich.

Valeria starrte mich an. Eine steile, kleine Falte grub sich über ihrer Nasenwurzel in ihre Stirn.

»Nein«, erklärte sie mit Nachdruck. »Sonst noch Fragen? Oder können wir mit deiner Therapie weitermachen?«

Mein Blick wanderte auf ihre Füße hinunter.

Die verdammten Chucks …

Sie war die Einzige, die ich die Kultturnschuhe mit der flachen Sohle und der weißen Kappe an der Spitze hatte tragen sehen. Nicht nur die gelben, die sie heute anhatte. Nur mal angenommen, das Blut ihrer Kollegin hätte an ihren roten Schuhen geklebt. Selbst wenn sie es abgewischt hätte, mit dem Desinfektionsmittel, dass hier überall herumstand, sie hätte trotzdem versucht, die Dinger so schnell wie möglich loszuwerden. Angenommen, jemand anders hätte die Schuhe dabei irgendwie in die Finger gekriegt …

Eine interessante Theorie, für die es allerdings keinen Beweis gab. Die Schuhgröße sagte rein gar nichts aus.

»Eine Frage habe ich tatsächlich noch«, sagte ich dennoch. »Wo sind deine roten Chucks? Die mit den weißen Schnürsenkeln?«

Die hatte sie bei unserer allerersten Begegnung im Innenhof getragen, daran erinnerte ich mich genau.

»Zu Hause«, erklärte die Psychologin gelassen.

»Sie hätten heute besser gepasst als die orangefarbenen«, erklärte ich mit einem Kopfnicken in Richtung ihres weißroten Oberteils.

Valeria zuckte die Schultern.

Sekundenlang starrten wir uns schweigend an.

Dann unterbrach ich den Blickkontakt, um mein Handy aus der Hosentasche zu ziehen: »Wenn du sicher bist, dass deine roten Schuhe nicht in Rolf Bleiers Zimmer stehen, dann macht es dir bestimmt nichts aus, wenn die Spurensicherung die Dinger einsammelt.«

»Es gibt Millionen Schuhe von der Sorte«, winkte Valeria ab. Das stimmte wahrscheinlich.

»Allerdings können die in Rolfs Zimmer nicht ihm gehören«, bemerkte ich beiläufig, während ich KK Katrins Nummer aufs Display klickte.

»Und wieso nicht?«, erkundigte sich die Psychologin lauernd. »Stimmt denn die Größe nicht?«

Wie bitte?

Valeria hob herausfordernd eine Braue.

Sie wusste, dass Rolf ebenfalls Größe 41 getragen hatte?

Mein Puls schnellte hoch, meine Hände wurden schwitzig.

»Alle rechten Schuhe von Rolf Bleier sind orthopädisch bearbeitet«, bluffte ich. »Der Absatz ist erhöht, wahrscheinlich war sein steifes Bein durch den Motorradunfall kürzer als das andere.«

Das war schlicht gelogen, denn die Cowboystiefel hatte er definitiv nicht anpassen lassen.

Doch Valeria hatte sich aufgerichtet.

»Im Labor finden sich mit Sicherheit Hautpartikel oder Haare des Besitzers im Schuh. Und sie werden auch feststellen, ob Reste von Nica Kovacevics Blut an der Sohle kleben.«

Ich tippte Katrins Nummer an und hob das Telefon ans Ohr.

Valeria schlug mir den Apparat mit einer Backpfeife aus der Hand, die mein Ohr klingeln ließ. Mein Smartphone landete auf den Sofapolstern. Valeria hastete hinterher und drückte den Anruf weg.

Eilig wich sie vor mir zurück, bis ihr Hintern an die Kante ihres Schreibtischs stieß. Sie legte mein Handy außerhalb meiner Reichweite in die überquellende Ablage neben dem PC.

»Das war so alles nicht geplant«, sagte sie. Ein Satz, der mir erschreckend bekannt vorkam.

»Vor acht Jahren war ich Stellvertreterin unseres damaligen Chefs«, berichtete die Psychologin stockend. »Außerdem habe ich meine Doktorarbeit geschrieben und eine wissenschaftliche Studie betreut, sowie mehrere Fachartikel zum Thema ›Depression und Bewegung‹ veröffentlicht. Es stand fest, dass ich die Abteilungsleitung übernehme.«

»Aber?«

»Ich wurde … schwanger.« Beim letzten Wort versagte ihre Stimme. »Bartholomeitschak hat mich damals vor die Wahl gestellt: Kind oder Karriere. Er war nicht bereit, mich zu befördern, nur damit ich mich dann für die nächsten Jahre in die Elternzeit verabschiedete.«

Was?

»Die Schwangerschaft war nicht geplant«, murmelte die Psychologin und nestelte an ihrem Ärmel herum. »Ein Kind passte gerade nicht in mein Leben … Ich konnte nicht wissen, dass ich zwei Jahre später geschieden sein würde. Und dann kam die Totaloperation. Dabei wollte ich immer viele Kinder, ich bin Halbitalienerin. Ich hab es selbst versaut …« Ihre Finger krampften sich um ihr Handgelenk. »Dass ich nie Kinder bekommen werde, habe ich nicht weggesteckt. Und Bartholomeitschak hat damals trotzdem den Klander eingestellt«, fügte sie bitter hinzu.

»Und wieso arbeitest du immer noch für den Wichser?«, wunderte ich mich. »Es muss doch noch irgendwo anders einen Job geben.«

Sie zuckte die Schultern. »Nach der Abtreibung ging meine Ehe in die Brüche. Dann kam die Krankheit, dann der Kollaps. Und wenn du eine Therapie hinter dir hast, weil du dich suizidieren wolltest, erschwert das in meinem Beruf die Arbeitssuche«, erklärte sie gepresst. »Ich habe damals alles aufgegeben wegen des Scheißjobs! Der hat mir einfach zugestanden! Und jetzt, als ich endlich an der Reihe bin, erpresst sich dieses kleine Drecksstück meine Stelle! Eiskalt hat sie das geplant! Die ganze Schwangerschaft war nur dazu da, die Beförderung zu bekommen! Sie war auch noch stolz drauf!«

»Das hat sie dir gesagt, als du zu ihr rübergegangen bist, nachdem du per E-Mail von ihrer Beförderung erfahren hast?«

»Ich wusste von ihrer Schwangerschaft. Sie hat ja wochenlang gekotzt. Und nachdem sie sich mit dem Kind die Beförderung erpresst hatte, sollte es weg«, schloss sie. »Da habe ich die Kontrolle verloren. Totalausfall der Schaltzentrale.« Sie deutete auf ihre Schläfe. »Kannst du dir vorstellen, wie das ist?«

O ja.

Unsere Blicke trafen sich. Eine Sekunde lang verstanden wir uns erneut ohne Worte.

Bis mir wieder einfiel, worüber wir sprachen. Sie hatte ihrer Kollegin die Kehle durchgeschnitten und – Moment!

Die volle Wahrheit erzählte sie mir immer noch nicht …

Ich lehnte mich vor, stützte die Ellenbogen auf die Knie und betrachtete Valerias offenes Gesicht mit den kurzen Haaren, den lustigen Grübchen auf beiden Wangen und den warmen, braunen Augen, die mich ganz ohne Worte zu verstehen schienen.

Die log! Ohne mit einer Wimper zu zucken. Hinter ihrer menschlichen Fassade steckte eine eiskalte Killerin!

Beweisen konnte ich ihr das jedoch nicht. Und zugeben würde sie es höchstens, wenn ich es hinterher niemandem mehr erzählen würde …

Oha! Mir wurde heiß, als ich begriff, dass ich jetzt herausfinden würde, ob mir wirklich jemand von einem Mord erzählte, nur aus dem Gefühl heraus, mir überlegen zu sein.

Unauffällig schob ich mir die kinnlangen Haarfransen hinter die Ohren, drehte die Spitzen meiner Turnschuhe ein wenig nach innen und zupfte meine Ärmel über die Finger.

»Immerhin warst du noch ausreichend bei Verstand, um Kovacevic auf eine Art zu töten, durch die der Verdacht unweigerlich auf Laurent Matundu fallen musste.«

Valeria verzog keine Miene.

»Du wusstest, dass Laurent als nächster Patient auftauchen würde, oder?«, überlegte ich laut. »Wahrscheinlich stand es auf Kovacevics Dienstplan, der lag ja auf ihrem Schreibtisch. Und du hast auch gewusst, auf welche Art Laurents Familie gestorben ist.«

Ich kauerte mich in der Ecke von Valerias Couch zusammen und schlang die Arme um meinen abgemagerten Körper, als würde ich frieren.

»Und dass Kovacevic Schiss vor ihm hatte, hast du bestimmt auch mitgekriegt. Habt ihr Besprechungen, in denen ihr euch über die Patienten unterhaltet? Oder steht es als Vermerk hinter den Namen auf euren Arbeitsplänen?«

Valerias Blick wanderte zur schalldichten Tür in ihrem Rücken. Dann zog sie eine lange Schere aus dem Stifthalter.

»Nica hat in der Frühbesprechung über Matundu berichtet«, gab sie zu. »Außerdem hat sie mich gebeten, in der Depressionsgruppe ein Auge auf ihn zu haben.«

Ihre Finger umschlossen den Plastikgriff so fest, dass sich ihre Knöchel weiß verfärbten.

Du denkst wirklich, ich lasse mich einfach kaltmachen? Nur weil ich aussehe, wie der vom Massenmörder in die Ecke gedrängte Teenie in einem Horrorfilm?

Meine Hand wanderte in meine Hosentasche.

Von wegen Totalausfall! Eiskalt hatte Valeria ihre Kollegin umgebracht.

»Rolf hat es mitbekommen«, sagte ich. »Wie hat er die Schuhe überhaupt in die Finger gekriegt?«

Mit der Schere in der Hand trat Valeria an den Couchtisch. Jetzt war sie noch knapp zwei Meter von mir entfernt.

Dass sich die meisten Menschen bereitwillig überlegen fühlten, wenn man ihnen Gelegenheit dazu gab, hatte ich einkalkuliert. Insgeheim hatte ich allerdings bezweifelt, dass das sogar Valeria passierte. Aber wahrscheinlich setzte die

Idee, einen Mord zu begehen und damit davonzukommen, einen gewissen Größenwahn voraus.

Komm schon, jetzt kannst du mir den Rest auch noch erzählen!

»Zum Glück habe ich seit Wochen ein Paar kaputte Schuhe im Auto spazieren gefahren, ohne dazu zu kommen, sie zu entsorgen. Deshalb konnte ich die Schuhe wechseln. Auf dem Nachhauseweg habe ich die roten Schuhe im Altkleidercontainer am Friedhof entsorgt. Bleier muss mich beobachtet haben. Ich konnte ja nicht ahnen, dass er sich da jeden Abend zudröhnt.«

»Er hat die Schuhe wieder rausgefischt, eins und eins zusammengezählt und dich erpresst«, begriff ich.

Valerias Wut flackerte über ihr Gesicht. »Er wollte, dass ich ihm Medikamente besorge. Aber ich bin keine Ärztin. Ich habe ihm alle Proben der Pharmavertreter gegeben, die ich in den Schreibtischen finden konnte. Dann war Schluss. Als ich ihm nichts mehr beschaffen konnte, hat er gedroht, alles auszuquatschen.«

»Aber du wusstest ja jetzt, wo du ihn findest«, ergänzte ich. »Und dann hast du dafür gesorgt, dass er die Klappe hält.«

Wenn Rolf genug genommen hatte, war es wahrscheinlich nicht mal sonderlich schwer gewesen, ihm eine Überdosis einzuflößen.

Die Wärme war aus Valerias Augen verschwunden.

Behutsam zog ich den Füller aus der Hosentasche, schob die Schutzkappe von der scharfkantigen Feder und schlang die Arme wieder um meinen Oberkörper. Die unscheinbare Waffe verschwand unter meiner linken Achsel.

»Dummerweise hatte er schon was ausgeplaudert«, sprach Valeria weiter, ohne dass ich nachgehakt hatte. »Erst dachte ich, er hätte mit dir gesprochen. Ich habe ja mitbekommen, wie er dich nach der Gruppe abgefangen hat.«

Ich zuckte zusammen. Rolf hatte mir erzählen wollen,

dass er Kovacevics Mörderin kannte? Als ich ihn hatte abblitzen lassen, hatte er mit jemand anderem gesprochen?

Ein Schauer durchlief meinen Körper wie eine Welle.

»Romy?«

Valeria zuckte die Achseln. »Sie hatte an dem Nachmittag anscheinend was bei ihm gekauft. Ich musste sofort handeln. Du weißt ja, wie schnell sich hier was herumspricht.«

»Aber wie …?«

»Ich bin gleich vom Friedhof zurück zur Klinik. Zum Glück war sie allein im Zimmer. Sie hat erst gemerkt, was los war, als sie das Blut gesehen hat. Sie wollte noch abhauen. Ich hab sie natürlich nicht rausgelassen, da hat sie sich im Bad eingeschlossen. Hat keine Minute gedauert, bis sie umgekippt ist.«

Ich konnte meine Fantasie nicht daran hindern, die zugehörigen Bilder zu liefern.

Romy liegt auf dem Bett. Sie wendet nicht einmal den Kopf, als Valeria hereinkommt.

Valeria geht zielstrebig auf sie zu, packt Romys Hand und zieht die Rasierklinge mit einer harten, schnellen Bewegung über ihr Handgelenk.

Romy starrt auf den tiefen Schnitt. Valeria verdreht ihren Arm. Ein zweiter Schnitt zerfetzt Romys Unterarm.

Das Blut kommt. Tropft auf die Bettdecke, durchtränkt das Laken.

»Scheiße!«, flüstert Romy, springt auf, torkelt zur Tür. Valeria reißt sie zurück ins Zimmer, stellt sich in den Weg. Valeria ist gesünder, kräftiger und nicht von Medikamenten betäubt. Romy hat keine Chance. Sie schafft es ins Bad, wirft sich gegen die Tür, schließt sich ein. Doch im gleichen Moment schwinden ihr schon die Sinne und sie sackt zusammen.

»Eigentlich wollte ich noch meine Schuhe aus Rolfs Zimmer holen.« Valeria trat direkt vor den Tisch. »Aber das verdammte Blut war wieder überall. Und du und Bibiane, ihr konntet jeden Moment auftauchen. Ich bin abgehauen.«

Nachdem sie die Rasierklinge abgewischt und auf den Nachttisch gelegt hatte …

»Also bin ich zum Friedhof zurück und habe nach Rolfs Schuhgröße gesehen. Zufällig trug er tatsächlich die gleiche Größe, wie ich. Deshalb dachte ich, wenn die Polizei meine Schuhe bei ihm finden würde, würden sie sie für seine eigenen halten.«

Valerias Blick wanderte an mir herunter. An meinen verschränkten Armen blieben ihre Augen hängen.

»Ich habe befürchtet, dass die Polizei bei zwei so dicht aufeinanderfolgenden Suiziden misstrauisch werden würde. Mittlerweile denke ich aber, sie werden sogar deinen Selbstmord noch schlucken. Immerhin hast du es vor Kurzem schon einmal probiert. Schade, dass ich mich bei deiner Prognose so geirrt habe, aber ich bin ja auch nur ein Mensch. Und dass ausgerechnet ich dich finden muss, wird mich ganz schön fertigmachen. Ich bin nur kurz aufs Klo, und als ich wieder hereinkam …«

»… habe ich mir eine Schere in den Unterarm gerammt?«

Die praktische Durchführung erschien mir nicht vollständig durchdacht. Immerhin stand der breite Couchtisch noch zwischen uns. Dass Valeria mit einem Satz hinübersprang, meinen Arm erwischte und die Schere hineinstieß, hielt ich für unwahrscheinlich. Sie war nicht die Sportlichste und wer von uns schneller die Tür erreichte, hatten wir bereits herausgefunden.

Ich erhob mich, zog den Federhalter unter meiner Achsel hervor und hielt ihn wie eine Waffe vor meine Brust.

»Glaubst du wirklich, ich lasse mich einfach umbringen? Wie die ahnungslose Kovacevic, der gehbehinderte Rolf oder die depressive Romy?«

Valerias Blick huschte von meinem Gesicht auf meine geballte Faust und wieder zu meinem Gesicht.

Ich wartete auf ihre Antwort.

Nach einer gefühlten Ewigkeit ließ sie die Schultern sinken. Die Schere polterte zu Boden.

»Ich rufe die Polizei«, sagte ich.

»Ich weiß.«

51.

Lena, 21:23 Uhr: Dienstag wirst du entlassen, oder?

Ich, 21:25 Uhr: Ich glaube nicht, dass sie mir spontan noch eine zweite Verlängerung geben, weil sie mich so gern haben.

Lena, 21:28 Uhr: Soll ich dich abholen?

Ich wusste nicht, was ich antworten sollte. Drei Wochen waren vergangen, seit Valeria verhaftet worden war. Sie hatte gestanden.

Nach den turbulenten Ereignissen hatte mein schizophrener Stationsarzt Oppolt meinen Aufenthalt prophylaktisch um zwei Wochen verlängert. Ich hatte keinen Einspruch erhoben, weil ich so zumindest zwei weitere Wochen nicht obdachlos war.

Bibi war aus dem Krankenhaus zurückgekehrt und zu mir in die VIP-Suite gezogen.

Kurz darauf hatte Staschek seinen Dienst als Chef der Bochumer Mordkommission wieder angetreten. Die Vorwürfe seiner Chefin waren nicht haltbar gewesen, weil trotz seiner zwanghaften Dauerflirterei niemand gegen ihn ausgesagt hatte.

Meine neue Freundin KK Katrin bearbeitete bereits den nächsten Fall mit viel medialer Aufmerksamkeit. Trotzdem besuchte sie mich jeden Sonntag.

Lena war regelmäßig samstags aufgetaucht. Am letzten Wochenende hatten sich sogar Karo und Franzi hergetraut und zwei Stunden lang hatte es sich angefühlt, als könnte alles wieder in Ordnung kommen.

Was eine Illusion war, denn selbst wenn ich in Bochum blieb, würde mich alles immer an Danner erinnern.

Lena, 21:34 Uhr: Weißt du endlich, wo du hinwillst?
Lena, 21:35 Uhr: Willst du bei mir pennen? Meiner Mutter verklickere ich das schon.
Lena, 21:37 Uhr: Ich würde mich freuen.
Lena, 21:40 Uhr: Bitte. Ich kann morgen schon deine Sachen mitnehmen und besorge eine Matratze.

Ich wusste, was ich endlich erledigen musste, bevor ich Pläne für ein neues Leben schmieden konnte.

Morgen war Samstag. Mein letztes Wochenende in der Klinik. Lena wollte wieder vorbeikommen, logisch.

Ich, 21:45 Uhr: Morgen habe ich etwas zu erledigen. Danach sage ich dir Bescheid. Schlaf gut.
Ich, 21:46 Uhr: Und danke.

Einen Augenblick lang starrte ich auf den Nachrichtenverlauf. *Lena, 21:48 Uhr: Melde dich,* kam noch zurück.

Mein Vorhaben war riskant, aber es war die einzige Möglichkeit, meinen Vater zur Rechenschaft zu ziehen. Und Valeria hatte mir bereits gezeigt, dass ich eine Chance hatte. Ich konnte das Zusammentreffen nicht länger aufschieben. Mein Herz wummerte gegen meine Rippen, mir wurde schwindelig davon.

Zumindest gab es eine Chance. Mit Glück. Und Hilfe.

Ohne Hilfe ging es dieses eine Mal wirklich nicht.

Ich gab mir einen Ruck und tippte auf meine abgespeicherten Kontakte. Die kurze Liste tauchte im Display auf.

Danner, dessen Nummer ich ja wieder eingegeben hatte, stand ganz oben. Meine Finger zitterten, als ich seinen Namen antippte, um ihm eine Kurznachricht zu schreiben.

Die erste seit beinahe zwei Monaten.

Mein Herz überschlug sich, die Suite um mich herum begann, sich zu drehen, ich ließ mich auf den Rücken in mein Bett kippen und wartete darauf, dass es aufhörte.

Dann schrieb ich.

Ich, 22:01 Uhr: Ich würde mich nicht melden, wenn es anders ginge. Aber ich brauche deine Hilfe. Und deine Kamera. Morgen Vormittag, 11:00 Uhr, am Haus meiner Eltern. Danach siehst du mich nie wieder, versprochen.

Das Handy verschwamm vor meinen Augen. Ohne den Text noch einmal zu lesen, versendete ich ihn.

Ich klickte den Nachrichtenverlauf rasch weg und ließ das Smartphone neben meinem Kopf auf das Kissen sinken. Wenn Danner antwortete, würde das Gerät seine Nachricht durch ein Piepen melden.

Es war nach Mitternacht, als ich den Handywecker stellte und mich auf die Seite rollte, um zumindest die Augen zu schließen.

Schlafen konnte ich nicht.

Danner antwortete nicht.

Er würde nicht kommen.

Aber ohne ihn konnte mein Plan nicht gelingen.

52.

Die Buchsbaumhecken, die das Grundstück meiner Eltern zur Straße hin begrenzten, waren beinahe so hoch, wie die Backsteinmauer an der Rückseite des Anwesens.

Das stählerne Tor der Einfahrt konnte per Kopfdruck auf der Fernbedienung zur Seite gerollt werden. Der Garten, der dahinter zum Vorschein kam, unterschied sich nur unwesentlich von den protzigen Parkanlagen der Welfen und Hohenzollern. Die Kieswege waren geharkt, die Eichen uralt, die Hausfront mit Efeu berankt. Zwischen den dunkelgrünen Kronen der Bäume erhoben sich die Dächer und Erker des Hauses.

Fuhr man die gepflasterte Einfahrt hinauf am Eingang vorbei, gelangte man zum zur Garage umgebauten Kutschstall, in dem ich meine Mutter bei meinem letzten Besuch abgefangen hatte.

Was ist das? Ein Schloss?, erinnerte ich mich an Danners lakonischen Kommentar zu meinem Elternhaus.

Automatisch sah ich mich um.

Er war nicht da.

Er ließ mich wirklich hängen.

Scheiße.

Ich suchte die Straße nach unserem klapprigen Oldtimer ab, bis mir einfiel, dass das sinnlos war.

Er hat seine Karre vorm Bahnhof aufs Dach gelegt. Totalschaden. Seinen Lappen ist er wohl los.

Trotzdem schlenderte ich am Tor vorbei und bog am Ende des Grundstückes in die schmale Sackgasse ein. Ich umrundete das Anwesen meiner Eltern und kletterte an der äußersten Ecke des Geländes mithilfe des Efeus auf die Mauer hinauf. Hier hinten, an der Rückseite des Gartens, konnte ich mich wie bei meinem letzten Besuch im Schutz der Büsche und Bäume ungesehen dem Haus nähern. Unter den tief auf die Mauer herunterhängenden Ästen der riesigen Eiche ließ ich mich nieder.

Weil ich ja wusste, dass mein Vater die Samstagvormittage neuerdings hinter der Tageszeitung zu verbringen pflegte und meine Mutter aus diesem Grund aus dem Haus flüchtete, ging ich davon aus, ihn allein anzutreffen.

Unbemerkt hineinzugelangen, wäre kein Problem. Es war warm, die Fenster im ersten Stock standen zum Lüften offen, die dicken Zweige der Eiche, unter der ich saß, bildeten eine natürliche Brücke. Ich konnte mich nicht erinnern, wie oft ich aus meinem Zimmerfenster geklettert war, um einen Hausarrest zu ignorieren.

Ich könnte natürlich auch direkt über die Terrasse gehen. Das Überraschungsmoment wäre so oder so auf meiner Seite, außerdem war es heute nicht entscheidend.

Ich sah meinen Vater am Kopfende des antiken Esstisches sitzen, mit einer Tasse Kaffee in der Hand und der Samstagszeitung unter der Nase.

Anscheinend war er tatsächlich allein.

Verdammt!

Jetzt hätte ich es wagen können.

Die Chance herauszufinden, was meiner Schwester zugestoßen war, war real. Außerdem würde ich meinem Vater seine Gewalttätigkeit nachweisen. Wenn es optimal lief, könnte ich hinterher nach Bochum zurückkehren und irgendwie weiterleben.

Wenn es nicht ganz optimal lief, würde ich ihn zwar nicht dazu kriegen, mir zu erzählen, was meiner Schwester zugestoßen war. Trotzdem würde ich ihm die Gewalt nachweisen und er würde im Knast landen.

Selbst wenn es für mich selbst ganz schlecht lief, würde ich den Krieg noch immer gewinnen.

Mein Plan war perfekt.

Dummerweise konnte ich ihn aber nicht durchziehen, weil Danner mich im Stich ließ. Ohne seine Hilfe hatte ich die Schlacht verloren, bevor sie begann. Denn ohne ihn gelangte ich nicht an die Beweise, die ich brauchte.

Ohne Vorwarnung schlug mein Herz plötzlich bis zum Hals.

Einen Sekundenbruchteil später bemerkte ich eine Bewegung hinter mir.

Er zog sich auf die Mauer und ließ sich neben mir nieder.

Seine Kamera platzierte er zwischen uns auf den klammen Steinen.

Obwohl er eine Armlänge Sicherheitsabstand hielt, spürte ich seine unmittelbare Nähe so brennend heiß auf meiner gesamten rechten Körperhälfte, als säße ich neben der Sonne. Die Härchen auf meinem nackten Arm richteten sich auf, sämtliche Sensoren meiner Nerven stellten sich kribbelnd scharf. Mein Körper reagierte unverändert unkontrollierbar auf ihn.

Vorsichtig sah ich ihn an.

Er war noch unrasierter als sonst. Sein Bart grau, sein Gesicht mal wieder versteinert. Er wollte nicht verraten, was in ihm vorging, und das beherrschte er hervorragend.

Ich hingegen drohte jeden Moment zu kollabieren. Mein Herzschlag flatterte hektisch, mir wurde übel. Ich war sicher, keinen einzigen Ton herauszukriegen.

Ich musste aber.

»Danke, dass du da bist.« Meine Stimme hakte. Ich räusperte mich. Mein Blick wanderte in Richtung Sackgasse. Ich meinte, Molles Bulli am Straßenrand parken zu sehen.

»Ich denke, du darfst nicht fahren?«, wunderte ich mich.

»Was nicht bedeutet, dass ich es verlernt hätte«, entgegnete er so eisig, dass ich prompt erstarrte.

»Ich hätte dir nicht geschrieben, wenn mir irgendwas anderes eingefallen wäre«, entschuldigte ich mich schließlich. »Aber ich brauche einen fähigen Fotografen. Dieses eine Mal noch. Sobald ich die Sache geregelt habe, siehst du mich nie wieder.«

Jetzt wandte er mir den Kopf zu. Seine betongrauen Augen waren vollkommen klar: »Wie hervorragend das funktioniert, zeigt ja die Tatsache, dass ich hier sitze.«

Es gelang mir nicht, den Blickkontakt zu unterbrechen. Er war es, der wegsah, zur Villa meiner Eltern hinüber. Mit einem Kopfnicken deutete er auf die Glasflügel der Terrassentür, hinter denen mein Vater in seiner Zeitung blätterte.

»Damit du gleich Bescheid weißt: Ich mache es nicht«, erklärte Danner entschieden.

»Was?«, flüsterte ich erschrocken.

»Du glaubst doch nicht im Ernst, ich filme, wie du dich von deinem Vater zusammenschlagen lässt?« Jetzt verriet das Vibrieren seiner Stimme doch, dass er seine Wut nur mit Mühe beherrschte. »Nur, um Beweise gegen ihn in die Hand zu bekommen? Das ist so was von krank.«

Scheiße.

Danner wertete mein Schweigen als Geständnis.

»Wieso bist du dann überhaupt hergekommen?« Ich klang trotzig.

Wieder trafen sich unsere Blicke.

Ganz langsam hob Danner die Hand.

Ich fing an zu zittern, als sich seine Finger meiner Brust näherten. Garantiert würde ich umkippen, sobald er mich berührte! Meine Kehle fühlte sich an, als würde sie zugedrückt, je näher Danners Hand mir kam. Die Erinnerungen durchzuckten mein Gehirn wie Stromschläge.

Danners Hände unter meinem T-Shirt. Danners Lippen an meinem Hals. Danners Gewicht auf meinem Körper.

Ich hielt die Luft an.

Ganz sacht berührten seine Fingerkuppen mein Brustbein und ließen mein Herz darunter zu einem zuckenden Klumpen zusammenschmelzen. Behutsam strich Danner über mein Schlüsselbein meinen Hals hinauf und umgriff meinen Nacken. Seine Augen glitzerten amüsiert, als ich, wie magnetisch angezogen, auf ihn zukippte.

Mit der freien Hand griff er seine Kamera und legte sie zur Seite.

»Deshalb bin ich hier«, grinste er, bevor sich unsere Lippen trafen. Er küsste mich genauso sacht, wie er mich berührt hatte.

Die Bilder explodierten in meinem Kopf.

Danners Zunge in meinem Mund, während er mich auf die Motorhaube der Schrottschüssel setzt …

Die wilden Knutschereien an der mit Graffiti beschmierten Flurwand vor Molles Kneipe …

Seine Hand, die mein T-Shirt hochschiebt, während ich an seinem Gürtel zerre …

Heute berührte seine Zunge meine nur ganz leicht.

Zu wenig!

Seine Lippen schmeckten salzig. Es dauerte einen Augenblick, bis ich verstand, dass es meine eigenen Tränen waren, die ich schmeckte.

»Lass den Irrsinn bleiben und komm mit mir nach Hause«, flüsterte Danner. »Ich brauche dich. Lebend.«

Mein Körper verkrampfte.

»Das ist die einzige Möglichkeit, ihm noch was nachzuweisen, Ben. Sonst kommt er doch mit allem davon.«

Abrupt ließ Danner ließ mich los.

Eine Sekunde lang hatte ich das Gefühl zu fallen.

»Es gibt nie nur eine Möglichkeit!«, fuhr er mich an. »Aber du willst unbedingt dabei draufgehen, nicht wahr?« In diesem Moment sah er aus, als wäre er mir bei der Erfüllung dieses Wunsches nur zu gern behilflich.

»Ich war in einer Psychoklinik, Ben«, versuchte ich eine Rechtfertigung. »Niemand glaubt mir noch ein Wort.«

»Es gibt immer einen anderen Weg«, wiederholte Danner.

»Wie soll der aussehen?«

Danner musterte mich schweigend. Eine Ewigkeit lang.

»Zum Beispiel könntest du den langen Weg nehmen«, sagte er schließlich überlegt. »Irgendwo existieren Beweise dafür, dass dein Vater dich geschlagen hat. Es kann sein, dass du jeden verdammten Arzt, jedes Krankenhaus und jedes Röntgenlabor im weiteren Umkreis von Hannover abklappern musst. Selbst wenn deine Eltern bei jeder deiner Verletzungen einen anderen Arzt aufgesucht haben, um die Häufigkeit zu vertuschen, gibt es Krankenakten, die zusammengestückelt werden können. Es gibt Röntgenbilder und OP-Berichte. Zumindest aus den letzten zehn Jahren, so lange sind Ärzte und Krankenhäuser verpflichtet, ihre Unterlagen aufzubewahren. Das bedeutet aber nicht, dass sie tatsächlich ständig ihre Archive aussortieren. Ich habe schon Röntgenbilder ausgegraben, die über fünfzig Jahre alt waren.«

Ich blinzelte verblüfft.

»Außerdem gibt es Verwandte, Nachbarn, Postboten, Putzfrauen, die irgendwas mitbekommen haben könnten«, fuhr er fort. »Und es gibt dein Gehirn.« Er tippte einen Finger gegen meine Stirn. »Du könntest jeden winzigen Erinnerungsschnipsel mithilfe einer Psychotherapie umdrehen, um herauszufinden, was er bedeutet.«

Irgendetwas in mir begann zu schwanken.

Danner hob eine Hand: »Ich sage, dass du deinem Vater *deine* Misshandlungen ziemlich sicher nachweisen kannst. Rauszufinden, ob er für den Tod deiner Schwester verantwortlich ist, wird schwierig, wenn er nicht selbst erzählt, was passiert ist. Und das würde er wahrscheinlich wirklich nur tun, wenn euch niemand hören kann und er sich sicher ist, dass du es hinterher nicht erzählen wirst.«

Das war genau mein Gedankengang gewesen.

»Mit der Ungewissheit, ob nicht wirklich *du* deine Schwester von der Empore gestoßen hast, müsstest du möglicherweise weiterleben.«

Meine Ohren begannen zu summen.

»Ich halte es für wahrscheinlicher, dass es dein Vater war, das habe ich ja schon gesagt.« Danners Stimme durchdrang das Summen in meinem Kopf. »Und wenn nicht, dann warst du vier Jahre alt, Lila. Dann war es ein schrecklicher Unfall, ein loses Geländer, eine unaufmerksame Betreuung.«

Ja, natürlich. Dass da was dran war und ich irgendwie damit weiterleben sollte, hatte ich ja mittlerweile eingesehen.

Trotzdem hätte ich mir am liebsten die Ohren zugehalten. Ich fragte mich, ob es sich jemals anfühlen würde, als hätte er recht.

»Wenn du akzeptieren könntest, dass du ein wunderbares, intelligentes, süßes Kind warst, dem etwas Furchtbares zugestoßen ist …«, bohrte sich Danners Stimme weiter in mein Bewusstsein, »… dann würde ich *diesen* Weg mit dir gehen.«

Was? Ich hob den Kopf.

»Nein, Moment!«, bremste er schnell.

Ich erstarrte.

Verdammt, der Dreckskerl wusste, dass er mich am Kragen packen und hochreißen konnte, nur um mich in das nächste Loch zu schleudern wie der Typ im Freizeitpark, der mit einem Knopfdruck die Achterbahn steuerte.

»Eine Sache noch«, sagte er.

Ich wappnete mich innerlich gegen den nächsten Hieb.

»Ich will außerdem, dass du den Job an den Nagel hängst«, erklärte er vollkommen ernst.

»Was?«

»Du bist raus«, wiederholte er. »Keine Verbrecherjagden mehr. Ich will total stinklangweilig mit dir leben. Molles Miete kann ich auch alleine verdienen mit irgendwelchen kleineren Scheidungssachen.«

»Geht's noch?« Plötzlich funktionierte meine Stimme wieder, was an meiner Wut darüber lag, dass Danner ernsthaft glaubte, mich zur Hausfrau degradieren zu können, um selbst den Ernährer zu spielen!

Ich verstummte, weil ich eine Sekunde lang meinte, sein Grübchen in seinem Bart auftauchen zu sehen.

»Während du studierst, halte ich uns irgendwie über Wasser«, sprach er weiter. »Wenn du dann Kinderärztin oder Bürgermeisterin bist und die dicke Kohle nach Hause schleppst, bin ich gern bereit, das Klo zu putzen und unsere fünf schlecht erzogenen Kinder zu bespaßen.«

Hatte er das gerade wirklich gesagt?

»Hast du getrunken?«, flüsterte ich ungläubig.

»Bis deine SMS kam«, gab er zu. »Trotzdem war ich seit Wochen nicht so klar wie heute.« Sein Blick wanderte zur Villa meiner Eltern. »Deine Entscheidung. Ich will nur, dass du weißt, dass du eine Wahl hast.«

Wow.

»Sorry, gelogen«, korrigierte er sofort erneut und seine Stimme bekam einen bösen Unterton. »Eigentlich will ich, dass du weißt, dass du schuld daran bist, wenn ich die nächste Karre gegen einen Brückenpfeiler semmele. Und dass du gute Chancen hast, Molle umzubringen. Und dass Lenny und Lena seit Wochen flennen – wegen *dir.*« Er holte tief Luft. »Und wenn ich dich damit nicht erpressen kann, werde ich auch noch auf Knien herumrutschen und betteln, damit du zurückkommst.«

Mir fehlten die Worte.

Er neigte den Kopf zur Seite und wartete meine Antwort ab.

»Ich liebe dich auch«, flüsterte ich.

53.

Der Motor eines Autos erinnerte mich daran, dass ich noch immer auf der Backsteinmauer unter den Eichenzweigen in gefährlicher Nähe der Terrassentür meiner Eltern saß. Beziehungsweise lag. Auf dem Rücken. Und Danner auf mir. Ich hatte die Beine um ihn geschlungen, spürte sein Gewicht auf mir, seine Finger in meinem Haar, seine Lippen an meiner Kehle. Der Rhythmus seines Atems presste mich auf die kratzigen Efeustängel, die durch den dünnen Stoff meines Shirts und meine Jeans piksten.

Das Auto hielt an.

Ach ja, das Auto …

Scheiß drauf!

Danner hob den Kopf.

Ich griff seinen Nacken und zog ihn wieder zu mir herunter.

»Da kommt deine Mutter.« Grinsend küsste er mich noch einmal. »Hast du nicht gesagt, es macht dir Spaß, dich von deinen Eltern beim Vögeln erwischen zu lassen?«

Meine Mutter.

Ich ließ den Kopf zur Seite rollen, um zu den Garagen hinübersehen zu können. Das Tor stand offen. Meine Mutter stieg aus, öffnete den Kofferraum und fing an, Taschen auszuladen. Ihre Bewegungen kamen mir vor, als hätte jemand die Zeitlupe eingeschaltet. Und als sie die ersten Einkäufe auf dem Boden abstellte und sich aufrichtete, wirkte sie krumm und bucklig wie eine sehr alte Frau.

»Ich fürchte, aus dem Alter bin ich raus«, seufzte ich.

»Schade eigentlich.« Danner küsste sich an meinem Hals hinunter zu meinem Ausschnitt.

Nachdenklich kaute ich auf meiner Unterlippe. In wenigen Minuten würde meine Mutter im Haus verschwunden sein.

Ich löste meine Umklammerung, schob Danner von mir herunter und setzte mich auf.

»Ich glaube, ich will mich verabschieden«, sagte ich und wunderte mich im gleichen Augenblick selbst über meine Worte. Aber es stimmte tatsächlich: Ich hasste meine Mutter nicht mehr. Sie tat mir nur noch leid. Vielleicht würde sie es niemals schaffen, meinen Vater zu verlassen.

Mit einem Satz sprang ich von der Mauer in den Garten.

Danner sah aus, als hätte er das Atmen vergessen.

»Baust du irgendeinen Mist …!«, begann er, brach aber mitten im Satz ab, weil ihm offenbar keine Konsequenz einfiel, die sich daraus für mich ergeben würde. Er rieb sich die Stirn.

»Keine Sorge.« Ich zwinkerte ihm zu. »Du kannst ja schon

mal den Motor des Fluchtwagens laufen lassen. Aber fahren tue ich.«

Danner fand das alles andere als witzig. Ich meinte, ihn fluchen zu hören, als er hinter mir im Gras landete. Im Schutz der Bäume huschte ich zur Garage hinüber.

Unendlich langsam lud meine Mutter eine vierte Einkaufstüte aus dem Kofferraum, als ich hinter sie trat.

»Hallo.«

Meine Mutter schrak zusammen, bevor sie mich erkannte und sich schwer atmend an der Kofferraumkante abstützte.

Einen Moment lang standen wir uns schweigend gegenüber.

»Danke für deine Hilfe«, sagte ich schließlich.

»Es tut mir so leid, Lili«, murmelte sie matt. Der Kosename verkrampfte etwas in mir. Ihre rechte Hand zuckte, als wollte sie sie nach mir ausstrecken.

Mehr aus Gewohnheit wich ich aus. Sofort sackte ihr Arm schlaff herunter und irgendwie machte mich die Kraftlosigkeit der Bewegung traurig.

»Also … falls du dich doch irgendwann scheiden lassen willst«, stammelte ich unbeholfen, »dann kannst du dich ja mal bei mir melden.«

Die ungesund farblosen Augen meiner Mutter füllten sich mit Tränen und mir ging durch den Kopf, dass sie ernsthaft krank wirkte. Vorstellbar, dass wir uns in diesem Moment zum letzten Mal gegenüberstanden. Plötzlich bedauerte ich, dass ich eine Berührung nicht aushalten konnte.

»Na ja, wenn du ihn nicht mitbringst, können wir irgendwann auch noch mal zusammen einen Kaffee trinken«, ergänzte ich hilflos.

Sie lächelte matt.

Das erste ehrlich gemeinte Lächeln, an das ich mich überhaupt erinnern konnte. Sah merkwürdig aus, als wäre das gar nicht ihr Gesicht.

»Mach's gut, Mama«, verabschiedete ich mich und wandte mich zum Gehen.

»Wo willst du denn hin?«, rief meine Mutter hinter mir her.

Ich hielt inne.

»Nach Hause«, sagte ich. Am liebsten hätte ich so laut gebrüllt, dass mein Vater es drinnen am Esstisch hörte. »Ich gehe wieder nach Bochum. Zu meinem Partner, Ben, kennst du ja. Und zu meinen Freunden. Und studieren.«

Studieren? Hatte ich das wirklich gerade gesagt? Und fühlte es sich tatsächlich so richtig an, wie es mir im ersten Moment vorkam?

»Studieren?«, wunderte sich auch meine Mutter. »Aber genau das wolltest du doch nie?!«

»Ich schätze, ich habe meine Meinung geändert.« Ich zuckte die Schultern.

»Und – und was studierst du?«, wollte meine Mutter wissen.

Ich staunte, wie einfach die Antwort war, nach der ich so lange gesucht hatte:

»Jura natürlich.«

Danke!

Auch bei der Arbeit an *Totalausfall* haben mich wieder zahlreiche Menschen unterstützt.

Ganz lieben Dank an:
Dipl. Psych. Julia Neufeld-Becker für den psychologischen Beistand ;-)

Katrin Renziehausen für die Einblicke in die Kunst- und Gestalttherapie und die ›Baumbilder‹

Dipl. Psych. Sabine Langguth für die Infos rund um das Thema Depression

Detlef, Annette, meine Mutter Dagmar, Moni und Emma für die sorgfältige Fehlersuche

Peter und Regina, bei denen wir bei unseren Recherchen immer willkommen sind

Carsten für die Homepagewartung

Ganz herzlich bedanken möchte ich mich an dieser Stelle auch bei all den Leserinnen und Lesern, die Lila und mich seit *Der 13. Brief* begleitet haben. Die vielen Reaktionen, Kommentare und E-Mails von Menschen, die sich nach den dramatischen Ereignissen in *Am Boden* Sorgen um Lila gemacht haben, haben mich sehr berührt.

Und natürlich gilt **ein dickes Dankeschön** meiner Familie, deren ausdauernde Unterstützung mir ermöglicht hat, allem

Patchwork-Chaos zum Trotz eine Krimireihe zu schreiben. Insbesondere danke ich meinem Mann Detlef, der mich sowohl in die Stadionkatakomben als auch auf die Dächer der Opelruinen begleitet, geduldig Mülleimer und Straßenbeläge fotografiert und immer auf Lilas Seite ist.

Außerdem danke ich dem Team des *Grafit Verlags* für die wunderbare Zusammenarbeit, für all die Hilfe seit meinen allerersten Veröffentlichungen und die Aufgeschlossenheit meinen manchmal unkonventionellen Ideen und Krimithemen gegenüber. Ganz besonders danke ich Ulrike, ohne die Lilas Geschichte eine andere geworden wäre.

Bei meinen Recherchen habe ich wunderbare und engagierte Menschen getroffen. Jetzt, wo Lilas Geschichte zu Ende ist, möchte ich gern noch einmal all diejenigen erwähnen, die im Laufe der letzten zehn Jahre zu ihrer Entstehung beigetragen haben.

Das sind Ingrid, Annett, Annette, Dagmar, Arnold, Carsten, Emma, Detlef, Nick, Lena-Lotta, Rutger, Ulrike, die *Grafitis*, Farina, Frau Düding vom *Schlaf am Zug*, Herr Pütter von *bodo*, die *Wattenscheider Tafel*, Irina, Frau Riedel und Frau Stein vom ambulanten Pflegedienst *Beckmeyer & Riedel*, das Team von *Ilses weite Welt*, Christine und Dieter, das Pflegeteam des *Therapiezentrums Friedrichshöhe*, Peter, Regina, die lieben Menschen aus dem Kleingartenverein *Friedlicher Nachbar e. V.*, Uwe, das *Deutsche Bergbaumuseum*, der *VfL Bochum 1848*, die drei *VfL*-Fans aus dem Stadion, Prof. B.A.M. van Wingerden von der *International Academy for Sportscience,* Jenny, Reiner Voß von der *Paritätischen Lebenshilfe Schaumburg-Weserbergland*, OStD Claudia Herrmann, Martina am Wege von der *Agentur für Arbeit Hameln*, Klaus Pöhler, Jürgen Schauer von der *Bochum Perspektive*

2022, Christina Melcher, Elke Schöning vom *Blauen Engel*, Jens Wylkop von der *Ruhr-Universität*, das Team des *Neolit*-Kletterzentrums und Julia, Sabine, Katrin und Moni.

DANKE SCHÖN!

Lucie Flebbe, Sommer 2017

Alle Lila-Ziegler-Krimis

In der Reihenfolge ihres Erscheinens. Alle Titel auch als E-Book erhältlich.

Der 13. Brief

ISBN 978-3-89425-349-3

Die 20-jährige Lila Ziegler erschleicht sich bei Privatdetektiv Danner erst einen Schlafplatz, dann einen Job.

Hämatom

ISBN 978-3-89425-367-7

Lila wird Zeugin, wie eine junge Putzfrau an einem Herzinfarkt stirbt. War das tatsächlich ein natürlicher Tod?

Fliege machen

ISBN 978-3-89425-381-3

Lila mischt sich unter die Obdachlosen und Straßenkids, um einen Mann namens ›Fliege‹ zu finden – ein eiskalter Job!

77 Tage

ISBN 978-3-89425-411-7

Ungewöhnlich hohe Todesfallzahlen bei einem Pflegedienst, ein mysteriöser Blog und unerwarteter Besuch …

Das fünfte Foto

ISBN 978-3-89425-417-9

Lila Ziegler und Ben Danner ermitteln unter Schrebergärtnern. Wo ist Sabine Kopelski? Hat ihr Mann sie unter dem Teich begraben?

Tödlicher Kick

ISBN 978-3-89425-435-9

Der Nachwuchsstürmer ist tot und eine ehemalige Prostituierte steht unter Verdacht.

Prinzenjagd

ISBN 978-3-89425-458-9

Zwei prominente Tote innerhalb kürzester Zeit auf dem Gelände des Allee-Hotels – ist dies der Beginn einer Mordserie?

Am Boden

ISBN 978-3-89425-475-9

Mehrere Studenten fallen tief und Lila verliert den Boden unter den Füßen: Sie stellt Strafanzeige gegen ihren Vater.

Totalausfall

ISBN 978-3-89425-494-0

Lila Ziegler sinnt auf ihr eigenes Ende. Doch es sterben andere ...